プロレタリア詩人 鈴木泰治

作品と生涯

尾西康充
岡村洋子 編

和泉選書

鈴木泰治

プロレタリア詩人・鈴木泰治——作品と生涯——●目次

I

鈴木泰治作品集成

一、詩作品篇

1、「プロレタリア詩」「大阪ノ旗」時代

赤い火柱《ひばしら》　——農民からの詩——

俺たちの渡政
俺たちだけの渡政
こいつは偉大な労働者の詩だ
赤い火柱は延びる　太くなると火を吹く
バク発する！　その日まで
あいつは俺たちの中に徹頭徹尾生きる
思へば
山＊＊を吹き　又　あいつの爆破
俺たちは泣く　おれたちの眼ぶた《ママ》は泥で汚れる　真夏の
太陽にびくともしなんだ俺たちの手の甲は
あいつの死でひり〳〵した
それから
俺たちの悲しみは憤りへ　憤りは闘争のダイナモだ！
にくしみ、にくしみ、にくしみの下から
俺たちは
仆れたあいつのなした仕事を記憶する！
あいつの内臓は赤旗だ！　そのまんま
流れろ　流れろ
そのまま俺たちの田んぼをひつつつめ！

働らく子はにくむ

村の八月
小学校が平ぺつたく夕陽の中にある
トマトみたいに窓からのぞひて居た顔は何処へ行つた！
踏みつけられぬ草は校庭の隅つこにはびこり
校庭が急にのび拡がつたやうだ
からだが三つも入る籠に
あをあをした桑の葉つぱを入れて
苦労を知つたおとなの疲れたカゲを
くびすじに、口もとに、肩に

いたい位キツカリ持つた子供が
山路から下りて来る

子供は立止る
理科室からピンポンの音がする
(可愛そうに子供の頬つぺたにはピンポン球ほどのふく
　らみもない!)
子供はのび上る　すりきれた草履の足が痛い。
村長の、工場の、村医の、子供たちの頭が
あんまりはつきり見える!
ピンポン球みたいにまるつこく
ピンポン球みたいにはずんで
とび上り、かち合つてみえる

「バカヤロ!」
子供の頬つぺたの歪み　涙
おゝ貧農の子供よ、しつかりしろ

春に与へる詩

——映画「春」のノートから——

一

日が来ると……
氷柱から水滴が落ちる——
雪達磨がいびつにとける——

氷結した河の爆破——
その泥濘の中をロシアは歩んで来た

今、あゝそして今
ロシアに春が訪れる
うつとりと水にうつつた物影にみとれる——
落着いた、心憎い迄落着いたモンターヂユ
俺が、この俺が
こんな陶然と眺めてゐてよいのか?

二

建設の春が来る
平原、播種、春の陽光、さやぐ穀草、トラクターの爆音、
　脱穀飛散する籾ガラ、機械、製粉……

——テンポが狂つてゐる——
ブルヂョア批評家はうそぶく
狂つてゐる、狂つてゐる
君の頭がポイントから外れてゐるのは確だ
プロレタリアの国サヴイエト共和国の
うづく生活の躍動の中に豊にうならうとする
春をみろ！　眼をあけて

三

春はサヴイエトにしゆん動し
春はサヴイエトを刺戟し
プロレタリアの国は生産を増して行く
一九三二年！
ああ《マ》さ《マ》さ予定表はすでに突破だ

四

俺たちはサヴイエトの「春」に誓ふ
生ある限り、俺たちの春を奪取して、奴等に陰惨な冬を
　投げつけるため
来るべき春をも闘ひの字でうめる！

凱旋

夜が来た
列車はベルトの様な響をたてて走ってゐる

昼間
万才が畦道や踏切りや堤から列車に向つて流れて来た
駅毎に改めて在郷軍人と子供が集まつて小旗と万才で俺
　たちを歓迎してくれ
その度に
俺たちは十回も窓から半身のり出し訳なしに大口あけて
「万才！」と叫び握手し、笑ひ、喋りつゞけて来た

兎に角　俺たちは決意しとるんだ
二度と来ないぞ！
骨がくだけようがどうしようが仲間殺しは真つ《ママ》平だ
今度こそ
俺たちの行く道がはっきりした
スローガンが空手形ぢやないことがトコトンまで納得

行ったんだ

列車は車体をキシませて走ってゐる
俺たちは窓をあけっ放して
顔にぶち当る虫をつぶしながら
成る程！　とうなづいてゐるんだ

スパナ持った此の指が引金を引き
この眼が照星の上に便衣隊の横っ腹を置き
この腕が斃れた便衣隊を積み上げ
この靴で舗道の上を十九路軍を追ひかけた
だからして　今日この俺たちが
訳もわからん子供達の喝采を受け
だからして　今日この俺たちが
痴者《しれもの》みたいに笑ったり喋ったりし
だからして　今日この列車内が
国旗で彩られてゐるんだ

思へば――
戦争を忌避した友隊が同じ日本兵におっとりかこまれて
　射殺され

（おゝ　俺たち、卑怯だった俺たちがこんなことを夢想
　でもしたか！）
それから間もなく……
通り魔の如き中国の労働者がうづ高いビラを投げつけ
斥候の俺たちに訳の分らんことを叫んで逃げた時
俺たち五人はこはごはビラを十枚位づつ内ポケットに入
　れてかへったのが
五人の戦場でのたった一つの「仕事」だったが……
あれが俺たちの「出発」だった！

列車は闇の中を走りつづけてゐる
指にイボの出来て居る百姓出のSが
首をかたげて
車輪の響の中から蛙の声を聞き取ってゐる
あいつらは農村で
おれたちは工場で
明後日《あさって》にもなれば職場は違ふが
俺たちはみちみち話し合ひ誓ひ合ってゐる！
「今度こそは、おたがひに組織をまもり闘はう！」

凱旋！

夜の列車はごうごうたる響だけで突進し
網棚に挿された小旗が機関銃の様な音で躍ってゐる
俺たち二〇〇の兵士は故郷を思ってしょげ込み
俺はうちの工場の仲間をおっ母あや女房よりも濃く思ひ
　浮べ
工場新聞「ハガネ」のはね上った文字をくどく考へてゐ
　るんだ!
明後日《あさって》!
俺たちの職場へおでましの日
俺たちの「仕事」の初まりの日!

十月のために

ポーランドの東境を
ソヴエート同盟への軍用道路が
葦のある沼を埋め
農家を取りこぼち
真白く舗装して
一日一日伸びて行く——

おれたちは知つてゐる!
開通式には帝国主義者どもの
戦車と軍馬とひん歪んだ靴が舗道を打ちならし
沿道のプロレタリアートの
帝国主義戦争反対の示威に銃火で答え
羨望と憎悪の火のかたまりとなつて
おれたちの祖国へ雪崩れ込むことを!

大阪の幹線道路は
大演習を前に化粧中だ
にえたぎるアスファルトを
打ちひろげ押しのばし
地べたから
カツ、カツと熱気を吹き上げるなかで
死者狂ひの労働強化だ!

一大演習までに(大戦争までに!!)
真つ白い平たい道路
戦車と野砲の行進に堪へる
ポーランドの様にたくましい軍用道路をつくれ!

——この道はソヴエート同盟へ！
大演習の正体は？
同志よ、覚えてゐるか！
一九二九年六月——「国家総動員演習」
小旗つけた「統監部」の自動車が
大阪を駆けめぐつた
産業動員がおれたちの前に来た！
生産計画命令！
生産実施命令！
砲弾
ベンゾール
ヂユラルミン
格納庫
計三百種の生産命令だ
飛行機と街々の速射砲の威嚇
五〇〇の戦闘的労働者の予備検束
新聞と演説と展覧会のがなり立て
こいつらが
生産地点の軍事化を強行させたんだ
この時から

又しても兄弟——
この道はソヴエート同盟へ！

おれたちの渡政デーは嵐の中に来た
白テロ絶対反対！
前衛への死刑重罰反対！
二つのスローガンを
反戦闘争の線で生かせ！
反戦闘争委員会をつくり
デモと「言葉の軍隊」を繰出せ
仕事、
仕事、
仕事、
十月の仕事をやつつけて
革命記念日——競争の決勝点へ
仕事の成果を結集しよう！
モルプの国際会議への日本代表も
おれたちの力で堂々と送り込め！
おれたちの激励と鞭撻で
代表に責任を持たせろ！

アルエルバツハやパンフエロフと一緒に
ベルヘルやイレシユの前で
やつて来た仕事の報告と
やるべき仕事のプランを相談させろ！

同志よ！
仕事をどんどん拡げながら
ますますボリシユヴイキー的実践を
深めて行くのが
おれたちの課題だ！

——一九三二・九・二〇——

舗装工事から

——十一月にはいると天皇統監の大演習だ。ブルジヨア共のカンパニアを前に、俺達への気狂ひじみた弾圧が労働都市大阪につゞいてゐる——

判任官《やくにん》の生地のあらい鳥打帽を見下して
輾圧機のハンドルにぎる俺の股間《またぐら》から
ゆすり上げる発動機と敷きつめたアスフアルトの熱気が
カツ・カツと吹き上る！
十月の陽と季節の風は俺の頭の上を素通りだ
「おい、こつちだ。バック　バック」
奴の指の間に煙をあげるエアシップを横眼でにらみ
「よいしよ」
俺はゴースタンをいれる
ぶすぶすいぶるアスフアルトの上を
俺をのせた八噸のルーラーが動いて行く
「ストップ・ストップ！」
ヤキモキ踊る先細《さきぼそ》のキツドの靴をせゝら笑ひ
八噸の輾圧機は石煉瓦の上へ—
何だい、そのあはてッ面！

アスフアルトの道をゆきかへりながら
俺はポーランドの国境を東へ伸びる白い軍用道路を思ふ
ポーランドでもここ大阪と同じ様に
輾圧機がアスフアルトを固め
セメン粉をなすりつけ

白い道路はのびてゆくのだ！
帝国主義者どもの戦車と砲車
馬蹄と歪んだ靴が舗道を打ちならし
俺達の祖国ソヴエート同盟
ダイナモとトラクターが俺達の生活《くらし》をうたう国へ殺到す
　る日のために

白く舗装されてゆくポーランドの軍用道路！
今、俺のハンドルにぎる輾圧機とルーラーの下に押し固
　められるアスファルトの道！
この上にセメン粉を撒りかけ、なすりつけると白い軍用
　道路
——この道はソヴエート同盟へ

俺達は特別大演習までに舗装を完成する
四ヶ師団の軍隊がこの道を行進する
天皇旗！
俺達が夜に日をつぎ、飢へた腹をゆすり上げられしきつ
　めた道を
天皇旗！
不可侵の権力——
税のいらぬ日本一の大資本家地主——
俺達が「出版物」ではじめて知り
憤怒を胸にやきつけた奴が
堵列する民衆の前を通る！
ソヴエート同盟攻撃の道を進軍する！

俺達、プロレタリアート
戦争を前に
土性骨の太いところを奴等にみせてやるんだ
—ソヴエート同盟擁護！　と。

——一九三二・十・十四——

あいつが立上つて来たのは

あの晩はひどい風だつた
工場の煙突の支索が唸つてゐた
あいつは電柱のかげで重たい眼を光らせおれを待つてゐ
　た
あいつはアスを敷いた道を歩いた

あいつは大阪砲兵工廠の仕上工だつた
おれたちは分会準備会について相談した
四〇〇〇に対する三人の仲間だつた
あいつの重たい眼がまつすぐ前を向いてゐた

戦争は北西へとのびようとしてゐた
三年前、おれたちの都市で行はれた産業動員演習が
実践に移された
産業の軍事管理！
演説会とラヂオは祖国愛をがなり立て
街々の高射砲はおれたちを威嚇した
砲兵工廠は五〇〇〇の臨時工を募集し
夜ふけまで汽槌をひゞかせた

四〇〇〇対三！
あいつの重たい眼は相変らず光つてゐた
これは大海の一滴であつた
が……やがて大海をゆるがすコムニストのそれだつた
あいつはおれたちの最も重い目標工場の仲間
徹底した軍事管理が四六時中正しい者に
投獄と虐殺を保証するところ
武器製造の大動脈をなすところ
目的を帝国主義戦争のみに持つところ
そこ、おれたちの力を集中すべきところから
あいつは立上つて来たのだつた

中年のあいつと若い街頭オルグのおれは
凍つて鉄の臭ひもせぬ道を歩いた
最後の決戦を前にしておれは深い息を吸ひ胸はわく〳〵
した
あいつの重たい眼は動かなかつた
若いおれを通して党を確信する眼だつた
一たん見据つたら断じて動かされぬ眼だつた

一年前の三Lデーカンパに
おれたちは武器製造の大動脈に細胞を得た
忘れもせぬ　十数年のむかし（！）
若いおれたちに未来を保証したリープクネヒトが
盟友ローザとともにノスケ、シヤイデマンの配下どもに
頭蓋骨をたゝきわられた恨みの紀念日の前夜だつた

三二・一二・二六

純粋なる逆卍《ハーゲンクロイツ》の旗

混沌たるドイツを救ふもの
あらゆる不純物に蔽はれたわが
「すべての上なるドイツ」！
祖国ドイツの生地を洗ひ出すために
われわれは荒療治を辞せぬ

おれは動耳近くでヒトラーの叫びを聞くやうだ
仲間、おれたちの同志！
ナチスの逆卍旗《ハーゲンクロイツ》が領事館に掲げられた
赤地に白いまる
まるの中に「卍」、
ナチスの旗が大阪ビルの領事館にあがつた

共和国ドイツ国旗は帝政ドイツ国旗にさらに
「すべての官公庁は逆卍旗《ハーゲンクロイツ》を併揚すべし」
シヤープなめなめメモに書きつけたおれ

あの日以来、
日毎訪れるおれの眼にうつる逆卍旗《ハーゲンクロイツ》
ナチスの反響を猟犬の如く嗅ぎ廻る館員
にくにくしげなるものの横行！

祖国に熱狂せぬ者は敵である
祖国愛に論理を要求する者も敵である
祖国の文化を謳歌せぬ者は敵である
われらは祖国の文化建設に他国人を必要とせぬ
ユダヤ人は敵である
貧しきユダヤ人をわれらは容赦しない
国際的連帯をほざくドイツ共産党は最大の敵である
かゝるが故に
マルクスの著者は火刑に、
その亜流者どもは銃殺の価値がある
ナチスは純粋なる祖国恢復のために
赤色パチルスを撲滅せねばならぬ
三月選挙に得たる民意に答へねばならぬ

咆哮する首領ヒトラー

動揺し、拍手する中産勤労階級、
雪崩うち、殺到する学生群、
投獄され、行方不明になる前衛たち
おれはかくの如くドイツの情勢を告げられた
だが、
民意とは何か?
民意に答へるとは何か?
さらに「憲法範囲内」の選挙とは何か?
おれは知つてゐた
五〇万の突撃隊と機関銃が如何にして民意を得たか、
五州の独裁、八州の警察権力の獲得にそれが如何に役立
　つたか、
それがドイツの仲間、プロレタリアートにとつて何であ
　つたか、
何故印刷工場の主任がナチスのパンフレットをおれに訳
　させたか、
何故ビール腹の教授が領事館にお百度を踏みドクトル・
　ローデ氏と話したか、
おれにはすつかり見当がついてゐた
見当についてゐたのだ、はつきりと
五州の独裁、八州の警察権力、
領事館の　逆卍旗《ハーゲンクロイツ》、
それでナチスが勝つたと彼等は思つた
歴史の歯車が逆転したと信じた
ドイツプロレタリアートの幅広い進軍を魂なき破壊者ヒ
　トラーが喰ひ止めたと考へたうたがひ、歓喜し、がむ
　しやらにしがみつく彼等の足場は流氷!

うはづゝた「ハイル!」の合唱に
自らの意志を持たぬプチ・ブルヂヨアと学生の拍手に
腹の底からぎりぎりしぼりあげる「ローデ・フロント」
　の叫びが
何で消されやう
仲間、おれたちの同志よ!
　△ドクトル・ロードはドイツ領事
△ハイルは奴等の合言葉。無事又はいやさか、とでも
　訳すか。
△ローテ・フロントは言ふ迄もなくおれたちの言葉
　「赤色戦線」!

一九三三、五、

2、「啄木研究」「詩精神」時代

大阪ビルで

廻転扉がまはる
てらてら、硝子に朝陽が映え
時とともに廻転がはやまり
二本の足を持つフオーヴアの群がつゞき
ビルは朝
モザイクタイルを水が流れる――

さむさ!
おれのオーヴアなしの身体が扉にぶつかり
自転車降りた軍手が磨かれた硝子に刻印をつける
おれのズボン
おれの泥んこの靴
守衛のおつさんが目を剝いた
おつさん
ちよつと休ませてもらう

ビルからビルへ
事務所から事務所へ
勤め人の暇を空巣の様に狙ひ
飛び込んで小間物をひろげるのがおれの仕様だ
課長不在
タイピストのまはりに若い社員が集り初めると
山猫みたいにドアからすべり込む
めくらめつぽう頭を下げておべんちやら
　考へるな、阿呆になれ
　考へるな、阿呆になれ
考へたがる虫を抑へつけ、抑へつけ
机の間を泳ぎまはらねばならぬ

さて、廻転扉はオーヴアの生物を濾して風車
ビルは出勤時だが
おれには一番暇な時間だ
内玄関のベンチに倚り
殺到する靴音の中に身を置いて
君!
おれはプロレタリア詩を考へ

君への第一信を書く

（一九三三・十二）

飼葉

山脈から這ひ下りる霧のなかに
定期自動車《ていき》の初発が警笛をひゞかせる頃
子供らは大きな桑籠を背中に転ばせ
鎌を片手にうち振り、うち振り坂の街道を上つて行く
路傍に籠をならべ
ベツと掌に唾きして土堤へ降りると
草履の下から小さい生物が飛び散る
子供らはおとなの様に黙りこみ、脇眼もふらず草を刈り
葉ずれに頰を真赤に膨らませ
一抱へになるとよちよち土堤を上る
身体一杯に朝日を受け
身体一杯に露の玉を光らせ
すゝきやどくだみを択り出して踏みにぢり
犬蓼の紅い花をパンツの紐にはさみ……

何度も土堤を降りて行く
籠が一杯になれば
めいめいが草を踏めつけて嵩を減らし
積め込めるだけ押し込み
重みをつけるために小川に籠ぐるみ漬け
水のたれる奴を背中にして街道を並んで行く
うたをうたひ、小石を蹴り
土橋渡つて街道から村に入ると
牧場の槙垣がみえ出すのだ
子供たちの仕事がここで支払はれる
一貫一銭五厘！
一本きりの地獄葉めつけてふり廻し
まけろ、まけろと叫ぶ牧場のおやぢ
彼等のつぶらな瞳から赤とんぼや空の青が消える
秤の目盛をにらむ彼等の瞳は
くらしを担ふ協働者
おやぢやお阿母とともに腕ほどな脛をならべくらしの車
　を押す者の
ぎしぎしした意慾に満ち
小鷹の様に冴へるのだ

間もなく子供らは空籠を躍らせて出て来る
めいめいが考へる——
昼までに仕上げねばならぬ仕事、
昼すぎに掛からねばならぬ仕事、
残り少い夏休みと真白い課題帳。

槙垣に沿ひ歩いて行く子供ら。
揃つたりな貧農のせがれども
振り廻したりな手に手の鎌
その労苦の道で
金輪際離さぬおれたちの腕をにぎれ

（一九三三・八）

大阪ビルで

おかしい。
わたしがエレヴエーターから降りてリノリウムを泥靴で叩くと、ビルの娘たちが顔をしかめる。美しい小指の様なこれらの娘たち、なめなめひかり、小さく清楚な彼女らが、わたしの歩む向ふからしゆつしゆつと飛んで来ては胸から香気を吹き上げて行きすぎる途端、わたしの破れズボンをみるとまるで自分がビルデイングの肉体の一部であるかの様に、力の限りはげしい眼つきをつくりわたしをにらむ。その烈しい眼つきはわたしにはこたえぬ。その俄かな虚傲もわたしに不愉快でない。それで、わたしは大きな外交の鞄をふりふり娘たちの胸のあたりをみながら、「君臣一如、主従一体」とつぶやくのだが、封建がビルデイング程の底力を持つのを眼のあたりに見、新たなる敵の今更らしく身近にあるのを感じて緊張するのだ。

（一九三四・一）

夜盲症

——手紙に代へて——

夜、自転車で走りながら、君、僕は春が来たと思つた。
風の街を五分間もペタル踏めば、わるい僕の眼は涙が出て昼の信号燈の見分けがつかなくなるのに、その上、その眼を汚れた軍手の指先でこするので、荒つぽい処置におどろき悲しんだ僕の瞳は、扱ひ様のない位意味のない涙を撒くのに、今夜はさうでなかつた。なが〻つた冬を思ひ、訳もなく嬉しくなつてゐると、すぐにガードを越えて暗い道だ。その半郊外の道で、僕はまた新しい病ひを知つてしまつた。可愛想に、僕は夜盲症《とりめ》になつてゐる。毎夜、この曇りを涙のせいにしてゐた僕なんだが、涙なしにも夜の道はあぶなつかしくつてロクに走ることも出来ぬ。破れズボンを新調したと思へば靴がひん歪んでゐる—僕の日常の満ち足りぬ心が、僕の眼まで犯しやがつた！　帰つて、餓じい胃の腑を机に押しつけて、仕様ことなしにくつくつ笑つて君に手紙を書いてゐる。

——1934・1——

工場葬

お阿母は悲しみにくれてゐたが
思ひ出した様に喜びの顔をあげてわたしに話す
手には二葉の写真、前には遺骨の小箱
線香のけむりが彼女の咳に揺れるのだ

オミヨはいま死んではならぬ。
一番気の弱かつたオミヨ
他人のかほを正面からみて
言ひたいことを言へる様にと
それだけを念じたオミヨが
三年の女工生活、そのかけがえのない春の犠牲《いけにえ》のうちに
差し合ひで寝る煎餅蒲団の様に
胸にしこりを拵へた
死んではならぬオミヨが死んだ
そのしこりをほぐす暇もなく、遠いメリヤス工場の寄宿で……。

お阿母の招待された工場葬の写真がここにある
そのおびたゞしい花輪と供物の山が
導師のかざす大きな日傘とそれに続く多くの僧侶が
死して見直された朋友の価値、この豪壮な工場葬に眼を
　見張る葬列の男女工の群集が
お阿母の悲しみに水を注すのをわたしはみてる
——これは未曾有のことにて候　これ一重に……お阿母

の胸からのぞいてゐる封筒、中味は三度も読まされた
——未曾有　とはどんなことかと幾度も訊ぬるお阿母
わたしは答へる言葉がないのだ
毒茸みたいな導師の日傘と、松露の様にならんだ僧侶の
　頭数
まこと未曾有のいたましい報酬、殺人者の催す壮厳な葬
　儀
わたしを衝く悲しみと憤り——
そのわたしの顔を香烟が這ひ上るのだ
わたしはその向ふに、お阿母が
悲しみの底から痴者みたいな喜悦をねらねら現し
ぢつと写真をみつめてゐるのを見る
二葉の写真は位牌の横に置かれるであらう
彼女のたるんだ鼓膜に
潮ざひの様な読経が残るであらう

無題

わたしが先刻からみつめてゐると
ああ、またこの紳士はげつぷをする
何といふ美しいげつぷであらう
紳士は眼を閉ぢながら
こんなに満腹してゐると言はぬばかりに
ながながとげつぷをした

胸にかゝつた金鎖が微に動くのを見ながら
饑じさにきやきや痛む胃の腑をいたはつてゐる
すると、また——
こんどは胃袋のはち切れさうなのを
みせびらかして横隔膜にこつんと当てたのか
げぷつと生温いのをわたしにあびせた

ぢつと腕を組んでみつめてゐる
可愛さうな胃の腑を胸廓の下にソツとかき抱いてやる
胃液が皮膚にしみ出しはしないかと
まじめにからだをまさぐるのだ
こいつの腹の中には臓品の厨がある
それを知りながら
空つぽの胃袋が吸盤みたいにあへぎ

みつめてゐる。
渾身で心にむちうつてゐる。
かほをそむけずに紳士の胸をにらんでゐる。
力のかぎり胃袋を抱きしめてゐるのだ。
（O駅待合室で）３４・３

田螺――故郷で――

田螺は畦道で子供らの歌を聴いた。
春近く、日は永いし、藻の生へた小鬢のあたりに水泡が
　擽つたいし……
突然、彼は通りすぎる暗い翳《かげ》を感じて居ずまいを直し
た。
それはいつも殻だけにした仲間の上でのびのびと羽ばた
　きをし、
吊歌をうたうて飛び去つた――
田螺。
天翔ける敵を憎む前に今日も一日自らのいのちの扉を閉
　めつゞけねばならんとは。
おのれの甲冑を疑ひはじめたのに、甲冑を試すたゞ一つ
　の方法は
ああ、自らを暗い翳の蹂躙に委ねることだけだ。

ふてくされて、ひつくりかへり、
瞼に揺れる太陽を感じ乍ら、明るい昏迷に眼をつむる田
　螺らの上――
幾億のいのちをはらんだ蛙の卵がねむつてゐる。

帰郷

故郷は雪になつた。
山ぎわへ駆ける軌道自動車がしきりに空転した。
降ると音のない喧騒がじんじん取り巻き身動きもさせ

ず踊り狂ふのであつた。

この風洞のなかへわたしは両手をふつて出て行つた。

雪をかむつた路傍のすすだまの下にも一突きでわたしを去勢させる奴が狙つてゐるなかを。

いかん、いかん。わたしが帰阪の日を決めようと焦つてゐるうちにわたしの生れた家が重つ苦るしい雪を背負つて近づいて来た。

——1934・2——

夜の街道で

鈴木　泰治

●それは時間を定めなかつた。

最初の夜、打ち震ふほど烈しい鋼鉄の響に飛び起きた。鉄工場が知らぬ間に建つたのであらうか、おかしい、おかしい、わからん、一体どうしたといふのであらうと夜ぴて思ひまどつたのだ。

●次の夜もそいつは地震のやうにやつて来たので、おびえながら窓をあけた。淡い月が国道の舗装を漆に沈ませ、黒さのなかから電車のレールをしらじら拾ひ上げてゐるだけで、沼みたいな草つ原のあなたガスタンクが浮き上つてゐた。眼をこらしてゐるうちに響は泥ほどの闇に消え、可愛想に強くない心臓が急ぜはしくつぶやいてゐるのであつた。

●これほどはつきりした響。この響は何物が発するのであらうと、それだけに頭は一杯であつたのに、ひとりで終生持ちつゞける頑強な秘密の様に押し黙つていらいらした。誰に聞くまでもない、生ける者すべての耳に入つたであらう轟然たる響——そいつの正体が何物であるか訊ねるのは恥だと思つたのだ。みなが押黙つてゐたのもそれだ。

●三日目の晩。もう我慢がならぬ。わたしは街道まで突つ走つたが、視野をさへぎるもの、戦車隊の行進。轟々たる流れ。陸続たるつらなり。大地とともに慄へて木片みたいなわたしの前舗石に噛みついて青白い火花をボウボウと燃し、どこか知らぬ、どこでもいい、わたしの知らぬ目的地へ突進してゐた。——溶岩流。薄明にはどこまで行くのであらう、明日は何があるのであらう。じつとしてゐていいのであらうか。そいつが通りすぎ、波濤ほどの皺が街道の静けさにワッと攻めよせられる前の空気の稀薄さに、重心を失ひかけるわたしの頭であつた。

（1934・4）

ポンプ

粗鉄の内側に生へた藻のため、滑らかに水を吸ひ上げるポンプ。
活塞が上下するたびに、ゆらゆら燃へ上るみどりのうぶ毛。
どつと溢れた水は、タタキの裂れ目から不逞な葉をのばすどくだみに飛沫をあびせた。
カツタン・ダツク・カツタン・ダツク
いりつける暑気に閉ぢてゐた眼をひらくとどうしたというのだ、腕が古ぼけたポンプの柄のつゞきになり、ところどころに虫の穴があき、
ポンプと一緒にあそんでゐた。

（一九三四・六・三〇　於故郷）

暁闇

家ダニに泣き喚いた赤ん坊がやうやく眠ると目覚時計がほたるの光を唱ひ出した。
お阿母が眼瞑つたまま脛を蹴ると飛び起きて眼こする子供。
薄暗いザルの上、萎えて頭《かぶり》ふる春蠶。
茎をはむ音に急に立てられ、
飛び越える、汚れた赤ん坊、眼閉ぢたお阿母の上。
残り少い桑籠、跳ね上る桑価に顔曇らせ、
扱ひきれぬ葉切り両手に、積み揃へた桑を切りくだく。
ぢやつとちゞみ、やがてふかふか膨れる葉片が
切り板から溢れ出した。
ひき出すザル、振りかける葉つぱ。
一瞬、鳴りをひそめ、夢中に葉のあるアミに攀じのぼる蚕ら。

間もなく香気に噎ぶ虫らの歯音が遠い驟雨のやうにひろがつた。

飛びかへる、汚れた赤ん坊、お阿母の上。

ボツカリひらいた煎餅蒲団が、朝の葉摘みまで子供の小さい身体をかかへ込むのだ。


（一九三四、五）

魚群

大謀網に気付いたのは夜になつてからである。

それまでひろびろと張られた網の目に戯れついたり、絲にかかつて揺れる藻をつつついたりした彼等であつたが、そいつが陸へ陸へ狭ばめられ手繰《たぐ》られてゐるのを知つた時、みなは一瞬ハツと蒼ざめ、つぎに日頃の群游の習性を蹴飛ばしてしまつた。

海と獲物を区切つた網のなか、のがれ出ようとする魚たちのおのれこそ逃げ終はせんと喰はす必死の体当りも無駄であつた。

飛走するひき、無数の流星が蒼闇の海に火花をちらし、網に当つて砕けた。ここで再び蒼白の尾を引いて疾走し直す奴もゐた。鰓深々絲を喰ひ込ませて血みどろにあがきくねるのもゐた。

ぶつかり合つた魚と魚は燐火の中で歯を剝いだ。

動くともなく動く網綱。せばまるともなくせばまる境界。魚たちはぎらぎら飛び跳ねたが、やがて濱辺のかゞりが見え、砂をこする網底の音が陸の喚声に混ぢるとき、捨身の激突に口吻は赤黝くはれ上り、眼玉に血がにじみ、脱け落ちる鱗は微に燃えてひらひら海底へ沈んでゆくのである。


（一九三四・七・三〇）

★ひき——夜、魚が泳ぐ時、マサツで夜光虫がひかるのを言ふ。

盆踊り

——越後から来た女工のうたへる——

音頭はおけさ上手のハナ姉さん
芝生にまるく踊るのはワシら越後から来た女工です
一人きりで村歩いてはナラン
三人以上で村歩いてはナラン
路傍で立話はナラン
工場の話は工場ん中で
規則を破ればガニ婆めの算盤がワシらの頭髪をかきむしる

それでも今夜は盆踊り
踊つて踊つて
ワシらの草履で芝生を踏み抜いてやりませう。
浴衣の女工《ひと》は尻まくつて
アツパツパの女工《ひと》は赤手拭で下つ腹に締りつけて
頰かむりなどいらぬ素顔と大根足で踊りませう
何の恥しいことがあるもんか、新娘さん
このトツクリ足で踏み抜いた芝生から砂埃を跳ね上げて
床几で並んでゐる旦那やガニ婆めらに喰はせてやりませう
闇の盆に月より明い電気つけて
新娘さんよ！
旦那の横で胸毛出しとるのが駐在で
あちこち歩き廻つとる洋服が町から来た新聞記者たち
模範工場の盆踊りに招待され、一杯のんでの見物です
今にポンと薬たいて写真とる—飛び上ると笑はれる

月のある盆踊り、月のない盆踊り
年期をつとめつとめてワシらは工場から工場へと移つて来ました
月のある盆踊、月のない盆踊
移るたびにワシらの給料はさがるばかり
ひもじい故郷から押し出す新郎は増へるばかり
そして新娘さんよ
ワシらがここの工場に来たのは一昨年の春
故郷の飢饉はワシらの給料を工場で食ふ三度の飯だけにしました
それはお前さんとて同じことだけれど
盆踊りが来るたび給料のさがるワシら妹娘の腹はつぶれるのです

むかつく胸をだきながら
なんでかうまで意久地《ママ》がなかつたか
盆踊りにはこんなに気合が揃ふワシらが
検番や旦那の前でへなへな萎へるザマは見られたもんだ
　つたか

盆踊りのたび毎に
かたまつたワシらのごつさに驚ろきながら
翌朝からは青菜に塩！
いろんな虫が鳴いてゐる。
新娘さんよ、わかるでせう
三〇〇のワシらが踏みつける草履の響
このタガみたいに組み合ふた胸と胸
みながみな同じ土ん百姓の娘と娘の気合のたかまりが
明日オサの前に立つた時へナへナくぢける口惜しさ
こいつをたばね、締め上げ、太らせては行けないものか
こんな音頭取りはないものか

ハナ姉さんのギロギロひかる眼をみてみな
姉さんの音頭で踊るワシらの元気をみな
歯がぢやりぢやりするこの砂埃をみな
ハナ姉さんみたいな音頭取りはないものか
三〇〇のくすんだ心を一つに鋳直し
ワシらをくるしめ、ワシらの親兄弟を皆殺しにする奴等
　を
きりきりやつゝけるために
ハナ姉さんみたいな音頭取りはないものか！

或る日に

おれは鼻をうつた。
（ここまで行きつくだらうと思つてゐたのだ）
あらためて設計し直さねばならぬ。
それにしてもおかしいではないか。
いま、おれの前には虚脱への道しか残つてゐないとは。
おれのほそぼそした良心が、
おれのすなほだと自負する心情が、
おれを伴つて行くのが虚脱の世界よりないとは。
けふ。村には飛行機が絶え間なく翳をおとす。

翳は稲田を這ひ、屋根を蔽ひ、丘陵を跨ぐのだ。

すると家々からカーキ色の人々が出て行く。

むなしい空気がおれを取り巻く。

サイレンや汽笛の喚きたてるなかをやつと好きになれさうな故郷がおれから離れてゆくのだ。


演習本部の造り酒屋へ這入つて行くと、一瞬みながひつそりする。

はげしい敵意がおれをとりかこむのだ。

仕様ことなしにニタニタ笑ふ。これでは取りつく島がない。


これだけそらぞらしい距離が出来てはおれの手足はかなしむばかりだ。仰向けに空をつかむ亀だ。

叫べば叫ぶほどおれの前の真空層は厚くなる。

声がかすれ、ひとりきりのおれは気違ひぢみるだけだ。

これを突き抜ける決意がいまのおれにあるか。

黙つてニタニタ笑ひ、ふんと鼻で侮蔑する。

全島を蔽つてしまつた翳におびえてゐる。

気合ひ負けしたおれ。

音たてて落ちた情熱。恐るべき干潮。


こいつを強引にひきずらうとするとおれは虚脱の一歩手前に来てゐるのだ。


月のなかをおれは帰つた。ねむられぬ。

庭先の楓に抱きつき、そのまま屋根に攀じのぼつた。

立上ると造り酒屋の小砂利の庭が見える。

伝令の自転車がやせた影を引く。

がやがや話し声が風に乗る。

そこに腰おろし、おれは思つた。

折角逃げ帰つた故郷ではあるがおれはまた出なければならぬ。

故郷はおれに興味をもちすぎる。

白い歯を剝き、尻を叩く。

いらだつ良心のつれて行く意味のない虚脱からおれ自身を救はねばならぬ。

そのために、おれは故郷を棄てる。

おれを知らぬ都会で腰を据へて出口を考へようと決意した。


（一感想として）

山に在る田で

一日、二日、三日。
あらあらしく掘りかへされ、みづみづしい黒さの土の上、
ひと田づつ下へ下へ送られて行く水。
上の田から落ちる水が、なかば水の漬いた田の片隅で濁つた小さい渦を巻き。
草の葉をまはしながら一日中踊つてゐる。
（もつと澄ませられぬものか）
眼の下の泥水を見てゐるとぢりぢりして来るわたし。
飛んで行き怒鳴りつけて澄ませたいわたし。
底の底までさらけ出し、それから頭を立て直したいわたし。

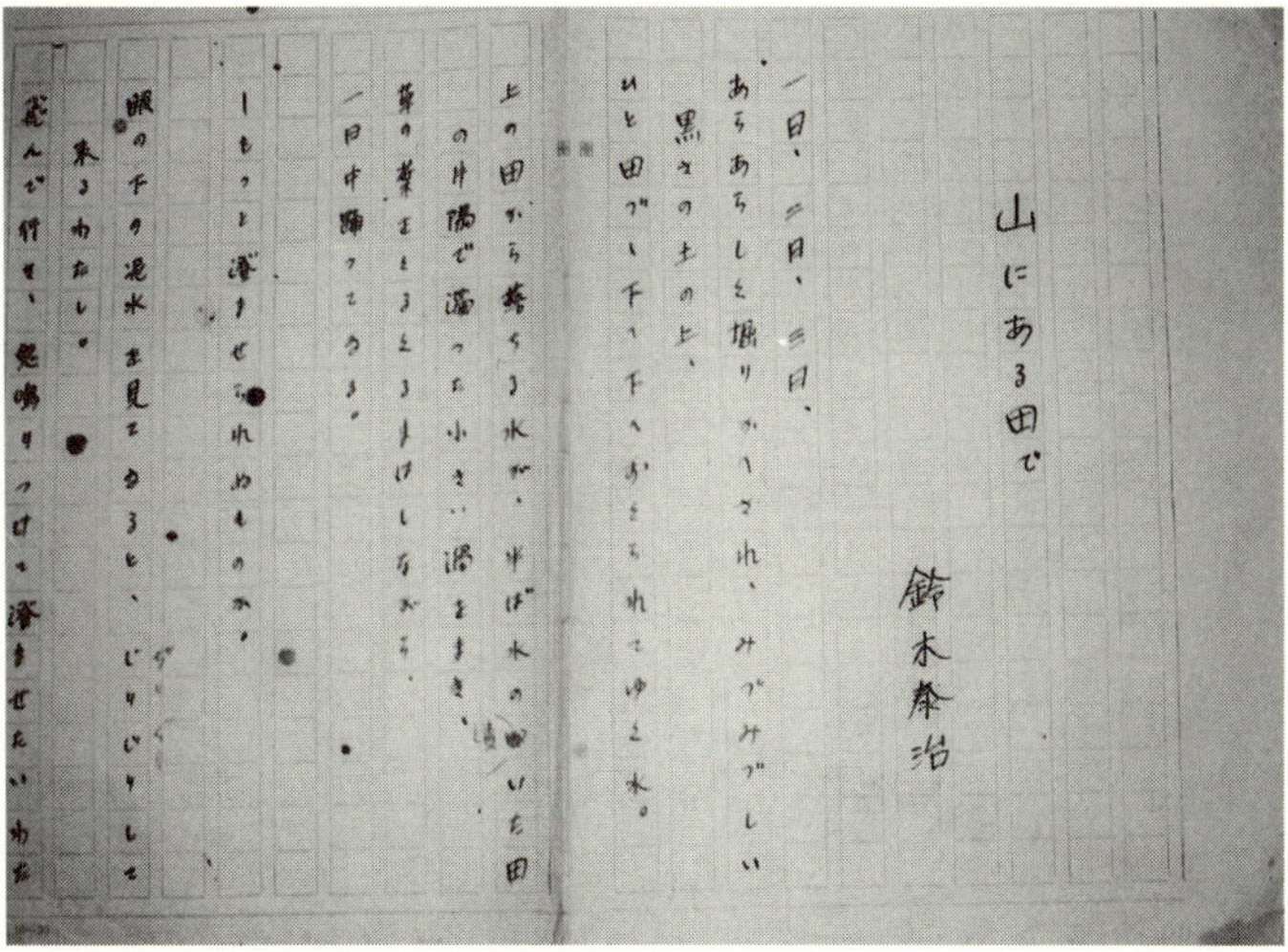

山にある田で
鈴木泰治
一日、二日、三日、
あらあらしく掘りかへされ、みづみづしい
黒さの土の上、
ひと田づゝ下へ下へおくられてゆく水。
上の田から落ちる水が、半ば水の漬いた田
の片隅で濁った小さい渦をまき、
草の葉をまはしながら
一日中踊ってゐる。
（もっと澄ませられぬものか）
眼の下の泥水を見てゐると、ぢりぢりして
来るわたし。
飛んで行き、怒鳴りつけて澄ませたいわたし

生家で発見された直筆原稿「山にある田で」（122頁参照）

毆りつけてもはらしたいこの曇り。
さて、一段づゝ、のぼるわたしの前、
低い田ではもやもや濁つた水がここではもう清澄への意
　志をみせ、
高みの田はこんなにさやさやさしてゐるのだ。
これが水元なのか、山際の泉。
芹が美しく生え揃ひ、目高浮かべ。
(あせるまい)
待つか。下まで澄み通るまで。
(一九三四、七月於三重)

地鎮祭

雨。その向ふに霞む石灰を含んだ白い山膚。
風。一毆りすると騒々しく羽ばたく天幕たち。
ばアつと飛び散る溜り水。
その下へ村人たちは集つて来た。
頬を濡れそぼちた人々の草履の下でしばし鳴る凍てた株
　跡。
地鎮祭。
このやせ地にコンクリートの工場が建ち並び、町からの
　引込線が掘割をのぼつて来るならば。
セメント工場のサイレンの響がくろずんだ村に活気を与
　へてくれるならば。
この地をめくされ金で売り払つても何であらう。
日に焼けたくび筋に雨滴が落ちた。ひくい雲。
彼等の手を離れる土地。工場は、町は、繁栄は神主の手
　にぱつさぱつさ振られる榊ほど軽やかに来るとでもい
　ふのであらうか。
社長代理のフロックが無尽蔵の埋蔵量と村民の受ける潤
　沢な利益に就いて語つてゐるうちに、村費でつくつた
　紅白の餅が運ばれ、
崩れた畦、蝗みたいに突つ走つて来る子供ら。

曇天

曇天の朝である。
厠に立つ。
把手が手あかでぬめぬめしてゐるので、
ここに来る度びに顔を顰める。

高台から廻りくねつた道を下りる。
わたしらの住居が其処の片隅にある。
ずらりと並んだ表札、散らばつた履物。
この一軒に三つの世帯がある。
（うす暗い生活のよどみ）
トランク一つひつさげ、
わたしの此処に来たのも曇天の朝であつた。
低い空と暗い大地、
その間で都会は騒ぎ立つてゐた。
わたしは雑誌の自分の名前だけ切り抜き、
肉親の名刺の裏に貼りつけ、
ならんだ表札の隣へピンで止めた。
（わたしの東京の生活のはじまり）
新しい生活。
わたしは此処で絶望を嚙みしめる。
絶望することの無意味さを納得するために。
一つ一つ、
わたしに残されてある退路を断つために。
所詮、わたし、受身《パーシウ》な男は
逃げられるだけ逃げて、
逃げ路のないことをはつきり自分に知らせるより他術が
ないのだ。

ぢつとしてゐると、
物を洗ふ音が遠い省線の軋りのなかに溶け、
物々しい騒しさがわたしをつつむ朝である。
（わたしは絶望することまで思ひ切りはしない）
（わたしの絶望には目的があるのだ）
それにしても、厠で考へ込んでゐるわたしの、脚のしび
れ！

河端三章

その一

わつはつは。わつはつは。
ならんだ幾本もの脚が揺れ、
踏みつけた草履の下から春の水がにじむのに、
河つぷちで洗濯する女房たちの笑ひは尽きぬ。
笑ひが女らを一渡りすると、
赤くなつた両手を空にのばし、
欠伸はながながするのだが、
誰かゞわつはつはと誘ひ掛けるので
饒舌功何級の連中がまた口をきる。
ここでは「生活《くらし》のこと口にすな」が不文律で、
だから皆もげらげら笑へるのだが、
欠伸の後で次の話を待ち構へる女らの眼の中に、
自分らを喜ばしてさへ呉れるなら「嘘」でも構はぬとい
　ふ悲しい色があるので、
わたしはいつもはつとするのだ。

その二

河と一緒に道草を食ひながら、
此処に来ては何も考へまいと思ふが
水に乗つた野菜のはしつきれが手にからみ着いたりする
　と、
それだけのことで
生活《くらし》が湯気のあがる柔い水面からのつそり暗い顔を出
　す。
ここで笑ひに水が入つたが最後、
虚につけ込んだこの無表情な悪魔どもは、
まるで鎖のやうに連らなつて跳ね出して来るのだ。
みなが泣き言と愚痴で手繰《たぐ》れば手繰るほど、
この重みは加はるばかりで、
女房らの首もこの鎖のなかで締つて行くばかりである。

その三

こんな瞬間がある——
話し疲れた女たちが、
足音に驚いた蛙の様に声を消し、
ホツと顔上げてあたりを見廻すのだ。

虚脱！
手を水から抜き出したまま。
水をぽたぽた滴らしたまま。
こんな時待ちの鰯売りが河向ひの道を自転車で通り、
「みへるぞ。みへるぞ！」と怒鳴ると、
「莫迦野郎。拝んで行きな」と騒ぎ立ち、
一斉に手を水に突込み、
また饒舌の渦巻きのなかに入つて行くのだ。

分裂の歌――藻について――

一

生温い春の日さがり。
わたしの身体が俄かに灼熱し、
気泡があはただしく舞ひ上つた。
これは何の為めにする苦しみであらう。

わたしは激しく喘ぎ、何か知ら喚き立てた。
わたしの肉体がわたしの外へ膨れて行くのである
わたしからハミ出して行くわたしを
一体どうすればいいのであらう。
五里霧中のわたしは
だんだん重心を失つて行く自分を知り、
必死になつて踏ん張らうとするのだが、

もう遅い！
わたしは原形を止めぬまでに膨れ上り、
まるで水の様に流れはじめた。

あせる。
あせる。
わたしの手綱に負へぬわたし。
この悲しく、不逞なわたし。

わたしが流れる。
わたしが消へる。
手足はあつく、眼は霞みかかる。

この焦慮をよそに、
水どもは何と物しづかに構へてゐるのだ。
　わたしも気をしづめる——
何か知らわたしの中からうごめき出した。

こいつなのであらう。
わたしを苦しめ抜いた奴は。
こいつに違ひない。
この数日、
わたしの肉体をぐぢぐぢ内攻したのは。
異分子。こいつ悪魔め。

こいつがわたしを見棄てる時が来たのであらうか
そしてわたしは再び良心《わたし》の枠のなかに入つて行くのであ
　らうか。
信じられぬ。
未だわたしには判らぬのだ。

—こいつが敵か味方か、が

わたしは痛む身体ねぢ曲げて、
身のまはり見ようとするのだが、
眼がくらくて何も見えぬ。
わたしはどうなるのであらう。
これから何が起きるのか。

微塵への観念《おもひ》——

常にわたしが恐れる微塵へ飛び散るのではないか
いづれそこへ行きつく自分の故に戦いた微塵へ。
あらゆる素朴でないものを叩き毀つために、
もうそこへ身を叩きつけるより他ない微塵が
前に歯を剝いてゐるのではないか。

わたしはただもう灼熱するばかり
ただもうしびれ、
微塵の妖しい魅力に惹きつけられ、
動きがとれぬ。

じりじりそちらへ動いて行くのだ。
金しばりになつた様に。
これがおれに残されたたつた一つの道だ、これだけがおれに…
と夢中に繰り返しながら。

微塵の彼方に浮ぶわたしの面貌はなにか。
絶望の後にわたしを待つものはなにか。
　知らぬ。
　判らぬ。
　眼も見えぬ。
　耳が轟々と鳴り渡る。

いまにわたしは四分五裂になる。
わたしは消へる。
わたしのすべてはそれからにかかる。
　波の様に襲ふ苦しみに息をつめる。

わたしであつてわたしでない、いま！

二

あれからどれだけ経つたであらうか。

何の変りもない。

太陽は水に揺れ、
魚は脇の下を擽ぐる。
わたしは疲れて重い眼をあげる。

何と言ふことであらう。
わたしのまはりに新らしいわたしが生まれてゐる。
わたしらのまはりに新らしいわたしらが生まれてゐるのだ。

一つの核を持ち、
それぞれに原形質を備へ。

これはわたしだ！
あれもわたしだ！
わんわん寄り添つて来る。
どんどん膨れ上つて行く。

（一体何が起つてゐたか）

わたしは分裂したのだ！

あちらの新しいわたしも
こちらの新しいわたしも、
みどりに輝いてゐるのだ。
わたしの身体に手をからませ、
静かにわたしをゆすぶり、
親愛の情に笑ひかけてゐるのだ。

わたしはみどりを濃くし、
拡がりと厚味は増した。
底にうつるわたしの影の刻明さ。
よし、この影のなかに古いわたしのなかの敵がゐようとも、
わたしの歓喜は傷つけられはしないのだ。
（ああ、やつと為し得た自己の拡充！）
やがて再びわたしに分裂がやつて来る。
もう恐れはせぬ。
分裂とともに新しいわたしの中に新しい悪魔が誕生しようとも
わたしは分裂を避けはせぬ。
敵とともに味方も生まれるのだ。

それを繰りかへすうちに、
わたしの胸幅も厚くなるだらう。
息もふてぶてしくなるであらう。
この池を草つ原ほどみどりにする日も、
それを通してわたしの前に来るに違ひないのだ。

一九三五年春

自然の玩具について

田に水が入ると村がひろくなる
蛙どもが鳴いて、鳴いて水に融ける日
畦道では、
子供たちが蛙の尻にムギワラ突き差し、

風船の様にふくらませ
口から臓腑吐出すのをニタリニタリ笑つてゐる
向ふでは一かたまりの子供にかこまれ
花火啣えた蛙が空にらんでゐる
やがてこのローソクの花火が破裂すると
口は裂けて跳ね飛ばされる

こいつらの触角にかかつては敵はぬ
自然の中で玩具探しまはり
草の実、木の葉、昆虫、お構ひなしだ
街《まち》の子供が汽関車のゼンマイ捲くうちに
こいつらはカブトムシ嚙み合はせたり
小蟹の鋏もいだりするのだ
女の子に蛇投げてへらへら笑ふのもこいつらなら
ドングリに笹竹突きさして独楽にするのもこいつだ。
野を駆け、山にのぼり
それでもまだ満足せぬこいつらは
その柔い触角を地面《ちべた》に突き入れる
蟻地獄ほじくる、
ケラを拾ひ出す、
ミミズを蟻の穴に供える

子供たちの前、
自然は何といふ完備した玩具のデパートであらう
ここで子供らは物を自分のためにつくることを覚える
自分のために探しに行くのを習慣づけられる
街の子供がサイダーの王冠で勲章つける様に
田舎の子供は粘り気ある八重葎《やえむぐら》のみどりの車輪を胸につける

どの山畑にどんな果樹があるか、
どの崖にいたどりが群生してゐるか、
青梅、杏、無花果、蜜柑……
それらについて
いつ花が咲き、いつ受精したかは忘れても
豊かなみのりの時期は時計ほど正確に知つてゐるのだ
まるで、
役場の戸籍吏が村の誰れ彼れについて知つてゐる様に、
学校の先生が同じい《ママ》イガグリ頭を見分けるほど

この小さい植物の戸籍係はススキ属の植物の根を掘る
細い根節から何と甘い汁が歯にしみることか！
わたしの名も知らぬ灌木の葉は何と酸つぱいことか！
朝露に濡れた路傍の紫の聚花は何と甘いか！

槇垣の下で子供が何やら話し合つてゐる
わたしが近づくと
——おぢさん、これ　と小さい実差出すのだ
槇の実を君は知つてゐるか、
ゼリーみたいにぬめぬめ舌に乗る、
淫蕩な年増女の後味に似たものうい甘さ
子供と一緒にわたしもむさぼり食ふのだ

わたしは驚嘆してゐるのだ
子供らはここで何と積極的に生きてゐるのであらう
何と執拗に自然の体内へ遊び相手見つけに出掛け
何と全身で自然にぶつかつて行くのであらう
まるで新鮮な果実を樹からもぎ取る様に
自然の懐から玩具を盗み取つて来るのだ
崖ぎわの赤い椿よ、いたどりよ、
針につつまれるからたちの実よ、
野茨に護られる名も知らぬ花々よ、
子供らは君らを愛するので
危険の故に君らの美しさをのがしはしないのだ

ああ、すべて呼吸づく自然
脛に血をにじませて自然から奪ふことの喜び
魅力ある日毎の営み、
美しい生活よ。

3、「詩人」時代

異つた二つの夜に

その一

月のあがるまえ
わたしは河向ひの草道に腰を下してゐた
露の未だおりぬ道で
残つた大地のいきれを嗅ひだ
虫々の鳴き声の織りなす
夜の村のしじまのうちで
大地がしんしん鳴つてゐた
いま、ひるの温気が堅い地中から浸み出してゐる
または、熱のさめる大地の囁き。
火から出した鉄がチンチン鳴るのを

わたしは思つた
悩天にしみ通る。
ひくい、ものうい冷却の愚痴！
わたしの一年間も――
（冷えかかる塊が）
胸で冷却のうたを打ちならしてゐた

その二

芹のあひだを流れる水ほどの速さで、
おれのなかに潮が差しはじめた
これでいい。待ちに待つた満潮へのきざしよ
少しづつ戻つて来るプロレタリアの気魄よ
日毎感じてゐる
おれの凹凸ある愴しみの底を
微かな満ち潮が舐めつつせり上るのを。
そのとき、おれのでこぼこの底は
潮の中で砂煙りをあげるであらう
だがやがて、煙は水のなかに溶け
たゞ一色の情熱が、おれの稜角ある性格の上に
いとしく咲き揃ふに違ひない

怠惰は結果に現れる

織機の前でモーターを入れる。
ベルトからベルト、車から車へつたはるなめらかな始動
縦横並んだ針の躍動の中で、一せいに
八つのアンクレットをつくりはじめる
理窟はまいにち教へられる。
心配で、技師から借りたドイツ本まで読む。
まだ気懸りなのだ。
隣の織機では鼻歌まじり、
女工のクックツ笑ひまでする
こいつらのゆとりは何処から来てゐるか。
こいつらの頭とあのすばやい手先はどんな関係がある
か。
僕はこんなこと考へて倍も疲れる。
織機の前に立ちすくむ僕は、
それをあやしながら操る奴らに気押されながら
パターンの動き、
ジヤガードの工合、

血眼でみてゐる。
また、光のやうに布地が一線うすく現れる
切れた！　思はず制動器に手をやり、
まて、と思ひとどまる。
いまに、
他にも針が折れるか、糸がきれるかするだらう
そこで、まとめて修理すりやいい。
一つ一つ機械を止めてゐた日にや追つかぬ。
ずるさの底で不安が波打つてゐるが
（これがインテリのちよつとした要領といふ奴さ）
僕の怠惰は、小さな満足に微笑む。

ああ、そして
怠惰は結果に現れる！
今日も不良品ばかりかさむ——
終業後、こんな筈ないんだがとつぶやき
汗みづくになつてあちこち調べてゐる
なに尤《もつとも》らしい顔して機械をしらべるのだ
故障は機械にあるのでなしに、
おまへ自身の中に在るのだ
すべて怠惰はここでは製品となつて立現れて
ずぼらな僕を殴りつける。

河童の思ひ出を

青紫蘇の高い匂ひの中で
おたけ婆はどぶ鼠の格好で溝さらひしてゐる
一生の終りは間もないさきだ
生涯の大半をあちこちの紡績で送つた婆
労苦に酬はれたのは飼ひ殺しの女中の地位と
三円也の給金である

僕はこの婆から古い女工時代の話をきかされる
工場の記憶は歯の様に抜けおちて
たのしい思ひ出だけがしなびた胸にひつかかつてゐる
——これでも男工に騒がれたつけ
これが婆の花束であらうとは！
工場で娘になり、女房になり、そしてリヨーマチが出る

までの卅年
ぬりつぶされた灰色の労苦の月日
取立てて物珍らしげに話すことなどどうしてあらうぞ
婆よ、
早よ河童のはなししてくれ
　お前がただ一つ情熱もて語る思ひ出、
　聞き流すとカン筋立てて見たと言ひ張る・・・・

お前は河童の思ひ出一つ抱いて墓場へ行くことになる
お前の運命だけが
そこの町工場の隅で、あのオサ台の前で
乳房ふくらんだ青春の中にのつそり構えてゐる！

桜――大阪の仲間に

まい朝、僕は半郊外から歩いて来た
砂埃立つ道は歩くにつれてタタキになり
ひろくなつてアスフアルトに続いてゐた
桜宮橋。

あの銀色のアーチが現れると
さあ来た！　とつぶやいたものだ
緊張する眼は露に濡れた、
桜の花がふくれてゐた
しつとりと豊かに
咲いてゐる花のあちらでは
造幣工場が穢らしい煙を吹上げ
けむる空を背景に
花々は梢にあざやかに浮いてゐた
橋詰の紋章ある箱をうかゞひ
ほつと安心すると、花々は
疲れた僕の五体に流れ込んだ
僕は嬉しく、
　他愛がなかつた

ある朝のこと――
幾人かの子供たちが
こちら岸、桜宮公園から向ふ岸造幣局へ向けて
飛行機をとばしてゐた
暗い空に飛込む姿勢をとつたと思ふと
低く水面にすれすれに飛び

落ちれば急な流れだたちまち抱き込むのだが
子供たちは確信をもち
愛機の進路を見守つてゐた
拳をにぎり、眼をカツとみひらいて。
飛行機が波に打ちあげられるやうにふんはりと向ふ岸に
　乗ると
ワツと喚声をあげた

僕もほつとして楽しくなり
小刻みに舗道を叩いて
煤煙の街にまぎれ込んだものだ

松

海岸の松を見た、
たかい空を風が駆け
　地上では、
砂礫が幹を撃つてゐる、
ひしめき合ひ、
ムツと耐へる渋面つくり
鱗は網の目に腕をくみ
みづみづしい内質をまもつてゐる

近づいて見給へ、
ところどころ
脱け落ちた奴もある、
意久地《ママ》ない、
われわれへの教訓なんざあ
どこにだつて、
転がつてゐる、

寝てゐたこの樹が

ねてゐたこの樹が
むつくり
起上つた。
一せいに

芽を吹いた。

村の工場の片隅
小さい祠《ほこら》の下に這つてゐた、
休みの時間がくると
女工たちは馬乗りになり
わいわい騒いだ、

ぬめぬめ光つた木膚
人のあぶらになじんだ
もう枯れたと思つてゐた、
枯れてなどゐなかつた
芽を吹いた
来春もあるだらうに
そのエネルギーのたくはえも忘れ
必死になつて芽を出した、

—付け刃《やいば》などしやがつて
—来年はくたばるだらう、
　僕が笑つた

—いま、この瞬間の、
—おれの価値を
—ぎりぎりにたかめるために

来春のことなど構《かま》つてゐられるか、
これが樹の答。

意地わるい自然

よるの街道のふかふかした外皮を
雨が叩きはじめる
ハフ、ハフ、ハフ
いそぐわたしのあしもとから
温気がしめつて這ひあがる

足どりは雨足とともに。
草々は喜びに弾ねあがる
葛の葉の群からはそのやうな、
すすきの群からはそのやうな、

両側から湧くつつましい歓声のなか、
すると、どうだ
雨に叩かれて、忘れたにほひどもがよみがへつた
雑草や牛馬の糞
定期《てい》自動車のおとしたガソリン
いままで喜《き》びにさざめいてゐた自然は
ポタリポタリ血滴を垂らしはじめた

意地わるい自然よ、
駆けはじめるあしの下で
白い腹見せた街道は
うねり出す、うねり出す！

どつかで生物《いきもの》するの腐臭のかげで
自然に放心してゐたわたしを
誰やら嘲《わ》笑《ら》つてゐるのだ
—ここにも、
—逃げ路のないのが
—やつと判つたか！

童話うたひ（花売車）

夜明けの街道を
花束の群。
大きな車はのろのろまはり
小さい車は気ぜはしい。

眺めてゐると
車の形だけの花々のなかに
動く蕊《しべ》よ、
赤ん坊がうごめいてゐた。

童話うたひの僕が
次から次へ、
一つ一つの蕊に笑ひかけるのに
子供は笑つてなどくれぬ。
僕をにらみつけ、
やせて、

花々を嚙みちぎつてゐる。

当てのはずれた悲しみに
僕の顔はかたくなる。
手もなく笑はせるつもりでゐたのだ！

童話うたひはもう止めだ、
童話うたひはもう止めだ！

紅葉する林とわたし断層

風やら、さむい太陽やら
裸になる樹木やらが
いつときに、
わたしのまはりを寒くした

ひどいフケ。
落葉は舞ひおりて凹みに溜り
灌木などにひつかかる
ぬぐつても、
ぬぐつても、
葉は音なく降つてくる。
へばりついたのは
霜がかちかちに糊づけてしまふ

そのうえに
また新らしいのがふりつむのだ

―紅葉する林のこと。
かつてわたしの傍で
林は林なりの姿で斜面に映え
わたしはそれを空に照りかへした

意地わるい自然の好意よ、
葉は冬から稜角を護つてくれる
そして、わたしは
鏡のやうな断層を失ひかかつてゐる。

お前自身の圧力と外からの衝撃でおまえは肉体の一部を
そりおとせ。苦痛の後に新らしい断層は手を叩いて現れ

る。鏡のやうな壁面にまつすぐに燃へる林がうつつてゐ
る。これを雲にまで照りかへせ。断層は喜んでゐるの
だ。おのれ以外のものの息吹きを照りかへすことが出来
るなら、幾度でも割れかへれと言つてゐるのだ！

雑草の標本から

都合のいい形に折りまげられ
模造紙のうえで
カチカチになつてゐる。
何気なく繰つてゐるうちに
こいつらが、
おれのやうな、
おれたちのやうな気がして来た。

煙硝くさい運河。
追ひ込まれる無心の水のうえを
われら、雑草が流れて行くのだ。
手足をピンで止められて、
カーキ色の台紙のうえにしなびかかり、
この、
おれの意志のそとに予定された台紙のうえの一本の雑草
　の標本であつていいものか。
すでに強ひられた枠から
おれの一生をハミ出させるのが出来なかつたら
おれは、
死んでも死にきれぬ！

このとき、部屋の隅の圧石《おもし》の下から
まだ枯れきれぬ草たちがコツソリにほいはじめた。
雑草はまだ生きてゐる。
日毎の圧石は、その衝撃のしたから
おれもまた、
我慢づよく、
執拗に。

川崎扇町にて

臨港をおりて昭和肥料のよこを歩き
不思議なことだ、
—故郷を思ひはじめる
砂ほこり立つくろずんだ道を
乾いた馬糞が駆けて行く
ちがつてゐるのは煙の斑だ
こいつが地上を追ひかける
右に川崎工場地帯の喚き
左は雑草の海
海の中にタンクが浮いてゐるのだ

おかしい。
これは故郷に似てゐる
……虫々の鳴き声の織りなす夜のしじま。
僕は故郷の詩でさう書いた
扇町
鉄の打合ふ響きがひろすぎる大空にちり

奇ツ怪なことよ、
響は抵抗なくたゝづむ僕の身体を通りぬけ
カツタリ、
骨の抜けおちるけだるさが
僕のまはりに舞ひおりる

僕のなかで押黙る石がある。此処で、かたくなにつめたい異質の魂。回顧にはづまぬ魂は　何か知らつぶやいてゐる。茫然と立つてゐる　僕を憎んでゐる。情熱の空廻りだ。しかし、僕はここに突つ立つ。何度でも突つ立つ。いまに見てゐろ！　叩き割つてやる、手潮にさらけ出した僕の底、お前異質のかたまり。

やつぱり沿ふて行くコンクリの塀。
高い、とほい船橋の様な作業室の窓、
カーキ色の労働服の背が一つだけ
吹上る蒸気のなかに
揺れてゐるのを見る。

樹々、二章

末梢

駆ければ一緒に駆け、しやがめば
阿奴らもしやがんで
こちらを覗つてゐる

人間第一主義の僕を
その　余念のない　素撲な形成の美をもつて
あいつらは攻め立てる
負けるものか、と駆け抜ける後から
樹々はムンズと猿臂を伸ばし
僕の襟くび捕へて離さぬ。
末梢は
僕を捕へて離さうとせぬ。

夏の疎林で

炎天の下の林
蟬の声が僕を麻痺させる。

何がなし、ぎとつとし、あたりを見廻してみたら
樹々の根元にポッカリくろい穴があいてゐる

身動きもしない樹々は
そのまま地下に沈んで行くやうに見える

奇怪な冷汗がにじみ
片手に車をつかみ
片手で地面に突つぱつてゐた。

二、小説作品篇

砂浜

僕達は足にやはらかい砂を気持よく感じながら無意識に渚をつたつて歩いた。弓なりの渚には水が白くくつきりと陸との区別をつけて続いて、末は黒いもやの中に消えて居り、砂浜の所々には高い柱があざわらふやうな赤い燈を光らせながら広く黒い海を見下ろして居た。

『そら聞えるだらう?』この静かさを重々しい兄の声が破つた。

『え?』私はふり返つて兄のしんみりした、淋しそうな顔を見つめた。

『そら聞えるだな《ママ》いか』兄はくらい顔をして耳をかたむけた。

『あ!!　あのほらの音?』

『そうだあれを聞くと去年の二人の淋しい生活を思出すなあ』私と兄とは何時の間にか暮れなやんで居るもやにつゝまれて砂の上に足を投出して居た。ほらの音は風に送られてとぎれとぎれにあへぐやうに淡く聞こえて来た。

『僕達は夕食をすましてすぐ浜へ出て砂にねころんで黒い空に光つて居る星を見つめたものだつたが』と言つて兄は追憶にひたるやうに言葉を切つた。

『あゝあの時分は面白かつたなあ』私はつい淋しさに引こまれようとするのを幾分でも明るくしようと思つて元気な声で言つた。然し次に来た沈黙が私を更に淋しみの底へとみちびいた。私は少しあつくなつた目で火一つない海上をずつと見渡した。

『何だらう?』私はちらつと西の海上に見た一つの赤い灯を見直した。私は何か親しいものにあつたやうな気持でそれをみつめた。灯は又ちらつと光つて消えた。

『何だらう?』私は目をつむつてねて居る、兄の方をみながら言つた。

『何が?』兄は驚いたやうに私の顔を見た。そして立上つた。

『あの灯は何だらう?』

『あれかい』兄はぢつとその灯を見つめた。

『あゝ分つた。あれは四日市の回転灯台ぢやないか』

『あゝそうか』私は又それを見つめた。灯火はともつたと思ふとすぐ消えた。私と兄とは別の気持でそれを見つめた。

『おいもう帰らうぢやないか』兄は着物の砂をはらひながら言つた。

『帰らう』私は淋しく言つても一度灯台のあたりを見て見た。

相変らず広い海には時々その光が灯つたり、消えたりして居たゞけであつた。

伸び上る手

何も考へぬ、夢もない眠りから、大きい力が「時間だぞ」と啓次を呼び起こしたやうだつた。半身起して、腕時計を眼に押しつけるやうにして、二時間前なことを確めた。眼の前の銃架に並んだ銃身が、月に鈍色に光つてゐた。耳を澄ますと、二人置いた右の大槻が、胸をひしがれた様な兵士の息づかひの中で、鼻にかゝつた、恐しい鼾声をたててゐた。こいつは、今夜も啓次にとつて、全廠舎内の兵士の眠りの深さを知るための試験台だつた。

「大槻、おい、大槻」返事はなかつた。

第二分隊の隅つこの奴が、寝返り打つて何かぐにやぐにや言つた。

ゆんべの夜襲も物凄かつた。啓次の中隊は攻撃軍で、靴マメや、股ズレの脚をひきづゝて、赤土の道を上り、小松と丘のある厖大な演習場へ行つた。疲れて血走つた眼で、兵士たちはこの不生産地を田圃に換算した。終りに近く、小隊から出た下士斥候の斥候長が敵軍の斥候と不意にぶつかり、かつとなつて引金を落してしまつた。五間と離れないので、空弾の破片で、敵斥候の一人が、栗のイガをたゝきつけた様に顔の半分血だらけにして、よろめき、へたばつた。兵士等はこの椿事を、銃声と敵斥候の怒号で大凡そ《ママ》想像したが、闇の中で草をつかんで眼を光らせたゞけだつた。

「二人や三人殺すつもりでやつつける、敵はロシア兵と考へる」兵舎出発の際の中隊長の言葉を頭のしんで反芻した。つかれてゐるのだ！

啓次は靴をつけた。踵で歩いて廠舎を出た不寝番は背を見せて、反対側の出口に立つてゐた。振向いた時、啓次はターキから、しめつた土へ踏み出してゐた。一段高い寝台に軍曹がねむつてゐた。

便所へ来た。左側が小便、右側が大便——その中を農家の土間を思はせる、踏みつけられて、凹凸だらけの「通路」があつた。啓次は眼をこすり乍ら咳をした。

—ゴホン、大便所の箱で応じた。細胞の木谷だつた。彼は其の隣の箱に入り、腰をゆつくり押し下げて、木谷と板一枚隔てて向ひ合つた。

「よかつたか?」

「うん」

「来るぞ、もう……」

聞耳を立てた。うづくまつてゐるモモ根の骨が鳴つた。

来た。便所から三尺程の空地を置いて、黒々塗つた七尺もあるトタン塀が続いてゐた。その向ふは小路だつた。小路を進む足音が、草の上を擦る靴音が、痛い位緊張した耳に嵐の様に聞えた。

啓次が立上つて出て行つた。裏へ廻つてトタン塀にぴつたりくつついてへたばつた。一昨夜切り開けた場所を外部の者は探してゐるのか、行つたり戻つたりした。彼は片手を出るだけ出して、震へる指先を動かした。靴音がすり寄つて、膝をついた。

「まつ」

「たけ」

痛い位、啓次の手は外部の者に握られた。

「ビラ、ビラ持つて来た」

＊池近くの森でふくろうが鳴いた。

二言、三言、彼等は声を出さずに息だけで話した。声帯がひどく押へつけられるので、ゴリゴリ音を立てた。地面にすりつけた啓次の頰つぺたが、片側だけ氷の様になつた。

「たのんだ」

「だい、ぢようぶだ」

立上つた。四分とかゝらなかつた。

斜向ひに、ちよつと見える第三号廠舎の入口をすかし見てから、啓次はズツシリ重いビラを両手で持ち上げた。又、もとの便所へ入つた。立つたまま、自分の廠舎の分だけ取つた残りを、仕切り越しに隣の箱の木谷に渡した。

木谷の太く先の円い指先がのび上つてビラを受取つた。二人とも、板を隔てて一寸笑つた。

啓次が去ると、間もなく一人、又一人—都合三廠舎の責任者が同じ箱へすまして来た。隣の箱から、つぎつぎにビラを掴んだ手がのび上つた。そして、受取つた兵士は、生々した顔付でバンドを締め直して出て行つた。

最後にながい間を置いて、木谷が飛び出した。かたい土を歩き、手洗ひからちつと水をはね飛ばした。

ビラには、一等の働らき人である彼等を奪はれた故郷の肉親たちが、のびもせぬ腰をのし、動きもせぬ手足をてんてこ舞させて地主の倉に納まる収穫《とりいれ》に鞭を以て追ひ廻されてゐること、兵士は何故敵である資本家、地主どもに、煙草代にも足りぬ給料でコキつかはれねばならないか、が海のあちらのソヴイエート同盟の彼等赤衛軍の生活と対比してアヂつてあつた。

「うまく、おれたちのスローガンまでぐつと持ち上げてアヂつてあればえゝが」木谷は何よりもそれを気づかつた。実の所、彼は便所で長い署名だけ確めてゐたゞけであつた。

—国際反帝国主義民族独立支持同盟日本支部　日本反帝同盟大阪地方委員会

蒲団と賽銭箱

一

自動車は街道に残されてあつた。二町の道を奴等は這ひよつて来てゐた。村は夕餉時で、七時をすぎてゐるのに、歪んだ煙突から吹き上げる煙で、泣き喚く子供らで、がつ〳〵貪り食ふ子供を叱りつける父や母の声々で一杯だつた。

で、如何にも神妙に奴等が啓蔵の家へ入り、「今晩は」と言つた時だつて、啓蔵一家の者は誰も気づきもしなかつた。入つて来た二人は、そつと身をおよづかせて、食事中の一家をのぞき、啓吉がゐるのを確めると、今度は大きい声で「おい啓吉君はゐるか」と言つた。声と一緒に立上るが早いか啓吉は、土間つゞきの裏口へ裸足のまんま飛出して、隣の吉太郎に急を知らせやうと思つた。それも駄目で、裏口に廻つてゐた奴に、一足飛出すが早いか両腕をつかまれた。

「貴様にげるか」

これは吉太郎の方でも同じだつた。彼も家を飛出す所を、捕へられて唇を噛んでゐた。

　二人は手錠をはめられて街道まで歩き、そのまゝ自動車に押し込まれた。自動車の傍に、何時の間に来たのか、村の警官が鳥打かむつて嘲笑してゐた。三月の或夜である。

二

　啓蔵がむつくり床から起き上つたのは、それから五月の後八月の中ばすぎの夜である。その夜も、よれ〳〵の蚊帳に止つたすいつちよが美しい声で鳴きしきつてゐた。女房は腰巻一つでもう死んだ様にねむりこけてゐた。

　啓吉は三月以来帰らなかつた。検挙が全県的なものであるだけに、取調べが捗らないのであらう、彼は村から一番近いYの監獄からTへ移され、TからMへ、Mから再びTへ戻されてゐた。T市は県庁所在地で、Yから電車で一時間半の所であつた。

　啓吉が持つて行かれてから、啓蔵一家のくらしがどれ程窮迫したかはくどくどしく書かない。三段足らずの田と、一段程の畑地—それが小作である!——からはみ出す一家のくらしを支えてゐたのは啓吉の給料であつたから。

　高等小学校を卒へて、毎朝二里の街道を自転車のペダルを踏んでYの銀行へ通勤し、給仕として得る十二円の月給を仏壇のワキに掛けられた竹筒のなかへ投げ込んで啓吉は五年余りきた。その十二円が最愛の息子と一緒に、啓蔵の前から消へたのだ。竹筒は振つても音もしなくなつた。

　負担—残された啓蔵たちが負はされた苦る《ママ》しみはそれだけではない。桑摘みの帰りで、寄り合ひの隅で、鋤鍬を洗ふ河つぷちで、啓蔵夫婦は村の人々の物々しい注視を全身に感じなければならなかつた。

　人々が如何にも気の毒さうにたまに近づいては、直ぐに不思議な喜びに日に焼けた顔をかゞやかせるのであつた。すると、最初のつゝしみ深さなど忘れてしまひ、野ばんな好奇心に夢中になつて、執拗に啓蔵たちに根掘り、葉堀り訊ねて来た。そんな時、啓蔵や女房の濁した言葉尻が、人々の勝手な憶測の尾鰭をつけて、傍若無人にひろがるのであつた。

　或時など、女房が村の真ん中を貫通する笹田川で汚れた物を洗濯してゐると河向ひの堤で幼い子供が数人「共産党、共産党」とはやし立て、かつとした彼女がわれ知らず立上ると、子供等が投げた小石が前で小さいしぶきをあげた。唇をかみしめ、洗ひ終つて家にかへるなり、ボロ／＼涙を流しながら、啓吉の不孝をなじるのであつた。憎くかつた。勝気らしくはね上つた鼻先を思ふまい、と考へるそれでも、蚊帳のなかで啓蔵と並んで仰向けになると、先に口をきるのは彼女であつた。「先達て、林田さん（駐在巡査）Tの監獄へ行つたさうな。元気やから安心してくれ、と言ふとつたさうな。お父う、一遍都合して行つてやつたらどうや」すると、啓蔵がきまつた様に「そや、一ぺん行つてやらんとあかん。けども、行くとしや三円は用意せんならんしなあ」こゝで二人とも黙つてしまふのであつた。

その夜も、啓蔵夫婦は習慣の様に「三円は用意せんならんしなあ」と話し合ひホッと深い溜息つく女房のほだけた乳房へ、山葵みたいに節くれ立つた指をのばしかゝつて、啓蔵は眼をほそ／″＼とぢてゐる筈の彼女が急に身体を横向きにして、「お前さん」と言つたので驚いてなんだと軽い非難めいた口調で言つた。

「ほんとに何とかならんかいな、お前さん」女房の声が真剣なので、啓蔵もくるりと身体の向きをかへて女房の顔をみた。そして、「ならん」と言つた。すると、「吉兵衛さん、二遍も行つてをるのに、実の親のわしらはまんだ一ぺんもや。あんまりかいしよがないやないか」女房の濁つた眼が硝子の様に涙でひかるのだ。

吉太郎は吉兵衛の養子であつた。吉太郎の女房がひどい子宮後屈で流産ばかりしてゐるので、手術せぬ限り出産しないと言ふ医者の証言に依つて、遠い縁筋からもらひ受けたのが吉太郎であつた。吉兵衛の女房は、手術する位なら死んだ方がましだと言ひ張る位神経質な女で、彼女は吉太郎が持つて行かれたのを啓吉の勢《ママ》だと思ひ込み、以来啓蔵夫婦に対してさそりの様に反発するのであつた。啓蔵夫婦が一度も行けないTの監獄へ二度行つたのを、寄り合ひの席などで、こつそり啓蔵のところへ来ては誇らしげに話すのであつた。「吉兵衛んとこは吉兵衛んとこや。気にせんでもえゝ」

「そんでも啓吉、監獄で肩身せまう可愛想や」女房は更に陰鬱な眼で啓蔵に迫るのである。昼だつたら、「なにが肩身がせまい。肩身のせまいのはおいらや。大それたことしでかしやがつて……」と言ふ啓蔵であつたが、彼は女房の言葉を率直に受容れるのであつた。「そや、おれも勘考しとる」と啓蔵は言ひ、「なにもかも明日んことや。もう寝よ」と言つて女房を寝かしつけた。

そして、鈍重な頭でくよ〳〵金の苦面を考へあぐんでゐたが、まるで女房の寝息のなかから浮き上つて来た様に、とつさに或る考へが彼の頭を打つた。「阿呆！　なにをまた」と自分にあきれ乍らも、その裏で啓吉の姿、声に対する飢えに似た激情が彼を押しやり、考へ直すひまなく、「そうや」と立上つたのであつた。

三

啓蔵が西行寺の白壁を廻つて歩きながら、「糞つ」とつぶやいてみた。来て終へば、反つて落着きが増した様にも思はれた。何しろ盗まねばならぬ決意が、啓蔵の頭に満ちてゐるのであつた。頭がしん〳〵痛いほど！

彼は、高くなつた夜の空に、思ひきり葉を拡げてゐる銀杏と槙の古木を見上げ、次に大天幕の様にきつい眼をしてあたりを見廻すのであつた。

本堂の裏に不動尊が安置してあつた。小さい堂であつた。そこの横が、何時の間にか白壁が崩れて通行が出来た。彼がそつと入ると、地獄葉（どくだみ）のきつい臭ひが鼻を打つた。

或男がこの不動尊を盗むために、背に負ふて逃げ出すと、村外れまで行くとさながら全身金縛りに掛つた様に動けなくなつた。翌朝、倒れてゐる男を見つけた村の人々が、男の背から像を取ると、眠りから覚めた様に起上つた、といふ伝説があつた。彼は地獄葉の小路を歩きながら、ふとこの伝説を思ひ浮べ、思はば四肢を固くした。顔をなでると、何時か油みたいな汗が額に流れ出てゐた。「糞つ」彼はまた心の中で叫び、そろ〳〵歩み出した。

啓蔵は本堂へしのび込むには、本堂横にくつゝいてゐる挿花部屋から行くのがいゝと思つた。挿花部屋の床板が腐つて、人一人充分抜けられる程の穴のあるのを彼は知つてゐたのである。役僧が穴のあるのをいゝことにして、紙屑や挿し残りの花を棄てゝゐるのも彼は知つてゐた。啓蔵一家は西行寺の門徒で、在所同行が順番に当つて来る年番をしたことがあるので、よく知つてゐた。

挿花部屋の床下へ入り込むまでに、も一度啓蔵は飛び上らねばならなかつた。挿花部屋から突出してゐる半鐘の下を通る時、軒廂に巣喰つてゐる鳩が足踏みの音をカタコト響かせたのである。

それでも挿花部屋の床下から身体を抜き上げた時は、さすがに彼はほつとし手拭で汗をふいた。部屋の闇では、腐つた藁や、古い花瓶の水の臭ひが、蚊柱とゝもに渦巻いてゐた。

こゝまで来れば占めたものだつた。部屋は重たい障子で内陣と境してゐた。啓蔵は指先で紙を破り、片眼を押し当てゝ内をうかゞつた。五燭の電球が二つ本堂に下つて、それが内陣の柱の金ぱくに鈍い光を投げてゐた。賽銭箱は三つ当山賽銭箱、本山賽銭箱、それに小さいのが感化院寄附金箱で、三つとも柱のかげになつて見えなかつた。彼は息を吸ひ込み、障子の一番下に手を掛け、そつと引きあけにかゝつて、どきつとして石みたいに身体を凍らせた。庫裡からの廊下に足音がしたのである。

四

庫裡からの障子があいた。鶴の様にやせた住職の通念が、首だけ本堂に突き込んで、嶮しい眼付で広い堂を見廻してゐる—啓蔵は足許が震へ出した。思はず眼玉を障子の穴から遠ざけた。啓蔵はおそる〳〵眼を再び障子に押しつけた。

住職の後には、役僧が大きな蒲団を担いで従つてゐた。彼等は盗人の様にあたりをはゞかりながら中央まで進み、頭を下げて念仏を唱へた。啓蔵はちよつと安心して安心し、彼等の様子に不思議を感じて凝視をつゞけた。

住職の姿が柱にかくれると、カギを合はせる音がした。

役僧が拡げた蒲団の上へ賽銭箱が置かれた。役僧がそれを包み静に逆さにした。蒲団の中で、鈍い金属の音が続くのであつた。音が烈しくなると、通念が手を振つて、役僧の所作を制し、ひどい眼付で堂を見廻したり、歩き廻つたり肩をすくめたりした。まるで盗人である。

啓蔵は最初自分の眼を疑つた。次の瞬間、その賽銭箱が末寺の自由にならぬ筈の本山の賽銭箱だと知ると、「盗人」と思つた。すると、奇妙にも、自分も盗みに来てゐることも忘れて、ぎり〳〵憤りが彼の身内に吹きつけるのであつた。蒲団の中で、鈍い金属性の音はまだひつきりなしに続いてゐる。彼は眼玉を剝いて、身体をぎりく慄はしながら、凝視をつゞけるのであつた。

三、評論・随想作品篇

「同伴者」の感想
——同時に「自己批判」——

同盟へ入つた時、僕は自分を同伴者詩人だと考へてゐた。いまのところ、仕様がないとも思つてゐた。今はくびになつたが、僕は学生だつたし、同盟へ加盟するまでには真実なにも仕事をしてゐなかつた。みじめな階級的実践が、僕の心持を萎へさせ、僕の作品は僕の烈しい意志のはるか後で跛をひいた。もどかしかつた。何とも出来ない焦燥だつた。

詩はおれ、若くはおれ的な芸術だ。誰をうたひ、何を扱はうと、おれ若くはおれ的な気魄に貫かれないならば、せつぱつまつた感情、ぎり〳〵の底深い「叫び」はないと僕は思つてゐる。そして、このおれ、若くはおれ的なもの、の根帯に、階級性がある！　なければならない。

「今日の歌の最も大なる悪弊は、各考へに考へた上で勝手な自覚を開き、意識の働きを駆つて、無暗と思索を重ねて歌を作つて居る点にある。自然感情の動きが直接に響を発したやうな歌は実に少い。実際感情の興奮から湧いたものでなく、情趣を思索し想像し、然らずとするも、殊更に我れから勉めて醸した興奮に於て作つたと思はれるものが多い、であるから「真」の感じある歌が無く、仮の感じの歌が多い」（傍点は僕）

これは伊藤左千夫の言葉である。向けられた相手は異り、書かれた時期は勿論ちがふが、同伴者詩人には痛烈な言葉ではないか。

同伴者詩人の多くは、左千夫の指摘した、われ乍ら愛想がつきるやうな窮迫を、詩作の度ごとに経験した時代を持つてゐるだらうと僕は考へる。烈しすぎる意図と、もどかしく足踏みつゞける詩作の筆、幾度かペンを投げようとしながら、身に余る大きなプロレタリア文学の課題に思ひ直してはつゝかゝつて僕等は来た。或る場合には、おれ、若くはおれ的なプロレタリアートの気魄を、「思索し、想像」しもした。「殊更に我れから勉めて醸した興奮」の中に詩作もしたであらう。これは極めて歪められた詩作の態度だ。そこからは、しらじらしい、反吐を催す様な公式にみちた、機械的な詩が生れる！

　地区での組織活動につく。これが、これのみが同伴者をプロレタリア的に訓練することができる。たしかだ！　眼にも見えない位だが、確実に同伴者はプロレタリア化してゆく。生活の、気持の上の、ルーズさが組織的で規律立つて訓練される。もつと僅かづゝであるが、プロレタリアのコツが解つて来るような気がする。労働者の土性骨の太い、しかも竹のやうにまつすぐな気魄—そいつを自分のものにしたら占めたものだが！

　これは理想的な場合かも知れない。これは一本道で、而もそれが大道である上に近道でもある場合でもあらう。現実の過程は、はるかに複雑だし、無類に困難だ。五行か六行で片づけた前記の過程、同伴者の「脱け変り」は一生の仕事であるかも知れない。が、この困難さは、同伴者が自己の世界観に於ける「脱け変り」のためになすべき実践の正常さをなくしはしない。困難さは正当性を抹殺することは出来ない。

　プロレタリア詩をつくるため、同伴者詩人の仕事はたつた一つ、おれの改造である。ぢり／＼と、闘争のうちに自身を労働者化して行くこと—平凡だがこれ以外に方法はない。同盟の到達した創作活動と組織活動の弁証法的統一の理解とそれの積極的な実践—文句はない！　これの精力的な実践なくしては、同伴者はプロレタリアートとの日常的な接触もなくなつてしまふ。従つて僕等は頭で「必要から！」一応プロレタリアートの階級的に思惟する頭をつくり、その立場に自分の感情を制約しつゞけながら、詩を書かねばならぬ感情は、かな縛りだ！　感情の燃焼とか、感情の圧縮だとかいつた、詩として必要な一定の整理作業は、先づこのいぢけた感情、この感情の迸りを制約するもの、始末をつけてからのことだ。この感情を、思ふまゝに迸ばしらせ、而もそれが革命的プロレタリアート、農民のいぶきと一致するようにすること、これは何と困難な仕事であらう。さらに、そのプロレタリアートの気魄に満ちた感情にくまなく詩的概括を施して、一篇の詩を仕上げることは、いかに大きい仕事であらう。だがこれを目標に進まねばならぬ。

　さて同伴者が執拗な組織活動の遂行それと創作活動との弁証法的統一のために闘ひつゝ、自身の「脱け変り」の過程を進んで行く。この過程は或者にはながく、或者には短いだらう。いづれにしろ、この過程が同伴者的作家には必然の、正当な過程である。だが、この必要で正当な過程を、全体との連関のもとに正しく評価して行かなければ僕等は結局、少しづゝプロレタリア文学の主流から逸脱して、偏向への道に頭を突込んでしまふ。

偏向への道——それは、この同伴者の脱け変りの過程を、その過程の必然性と正当さを、偏重するあまり、プロレタリア文学の中に同伴者のためにのみ設けられた課題があるかの様に考へはじめることだ。

プロレタリア文学への道に、同伴者にのみ与へられる席といふものはない僕は思つてゐる。彼がプロレタリア作家への「脱け変り」を、真実、意志するかぎり、彼の進むべき道はプロレタリアートの道であり、プロレタリアートの革命的文学課題でなければならぬ、と僕は考へる。このことは、同伴者作家の立場をなくするものではない。反対に、このことは同伴者作家を、その意志する正しい出発点へ置くことだ。こゝでは、同伴者の頭、正しい、文学に於けるマルクス、レーニン主義的理解が、まさしく先に立つ。こゝでは実践が理解のはるか後で、よた〳〵跛をひくかも知れない。意志の頭を、実践の足が追ひかける！

問題を詩に戻さう。事情は詩にあつても同様である。同伴者詩人の最も重要な課題は、言ふまでもなく、革命的プロレタリアートの課題でなければならぬ。同伴者詩人が、上記の「脱け変り」の過程にあるがために、積極性ある主題をも、公式的、機械的にしか具象化することが出来なかつたとしても罪は理解にあるのではない。反対に、上のことの理解はあくまでも正当であり上の基準に依つてこそ、同伴者詩人の到達した段階を明にすることが出来る。

以上のことの総てが天に吐きあげた唾の様に、そのまゝ自己批判として僕の上に落ちかゝる。同伴者からプロレタリア詩人への脱けかはりの過程で、一波乗り越へた心算でゐた僕自身が、何時の間にか出発点近くまで押し戻されて、そこいらで漂ひ初めてゐるのである。

だが、僕はプロレタリア文学が僕等傍系の者にとつてそれ程容易なものだとは思はないし、プロレタリア文学以外に傾到して悔ひない文学はあり得ないと思ふし、その上、この頃の僕は少々図太くなつてもゐるので、元気でも一度出直すつもりで準備してゐるのだ。

「松ケ鼻渡しを渡る」
――田木繁の詩集――

「拷問に耐へる歌」の田木繁が詩集を出した。「松ケ鼻渡しを渡る」五〇頁活版の小い詩集である。

田木繁は古くからのプロレタリア詩人である。「拷問に耐へる歌」「三月十五日」、二篇の詩で彼はプロレタリア詩人としての不動の位置を占めた。これらの詩は、われわれの詩の優れた成果の一として残るであらう。上記の詩では、インテリゲンチヤ田木（彼は京都帝大独文科に学んだ）の暗鬱でさむざむした風貌は、徹底的な自己否定を通じて「俺らはハガネ、俺らは不死身」と彼が「拷問に耐へる歌」で結んでゐるプロレタリアートの気魄にとけ込んでゐる。これは一の高い到達であらう。

「拷問に耐へる歌」で得た文字通り圧倒的な賞讃は、以後の田木の詩作を非常に用心深くさせた。一九三〇年から一九三二年一杯、彼の沈黙がつゞく。少し皮肉に言ふならば、「拷問に耐へる歌」で得た詩的到達が今度は逆に田木のつばさを締めつけた、といふ感じである。彼は詩作を止め、専ら彼の所属するナルプ大阪支部の仕事に没頭した。若干の短い小説、評論がこの期間にものされたが、これらは成果づけるにはまづしいものであつて、それよりも、この期間に於ける堂々たる地区活動のなかに、彼が自ら締めつけたカセギ、よりよきものを生むための制作に於ける誤つた用心深さから来る身動きもならぬ制約を打破る芽をみつけたことが、彼の場合では最大の成果であつた。

詩集「松ケ鼻渡しを渡る」は、かゝる所から生れた作品集である。文学（文化）オルグとしての田木繁の地区での生活の記録である。詩九篇、そのうち「拷問に耐へる歌」「女工小唄集」以外の詩は、すべて大阪で発表され、われわれが論議し、われわれが価値づけたものである。

いま、一つ一つの詩についての批判ははぶいて、田木の最近の傾向、そのプロレタリアの現実のうたひ上げの方法を問題にするならば、「拷問に耐へる歌」「三月十五日」の破壊的な情熱、ぎりぎりの気魄は、一日を建設的な、地味で底深い意慾のうちに、この「西日本資本主義艦隊」（彼は、東洋一の重工業地帯春日出をかううたふ！）を眺める街頭的なオルグの眼の後に失はれてゐる、と言へよう。この観点から、「松ケ鼻渡しを渡る」

をうたひ、「大同電力春日出発電所八本煙突」を驚嘆の眼をもつて見上げる。「叫び」の要素が稀薄になり、彼は嘗て「拷問に耐へる歌」でわれわれを喜ばせた手固い手法で地区の風物を「描く」のである。

そこに、僕に言はせれば問題がある。真実のところ、彼が刻明《ママ》に地区に密集する大工場、林立する煙突や、クレンや、汽槌を「描き」出すと、それは間違もなく「真実」を描き出してゐるに拘らず、僕等は田木の感情とその「叙景」との間に、小さい組織の隙間を感じる。一寸、比類のない位、確実な田木の詩的概括が、ちよつとぐらつくのである。「拷問に耐へる歌」と、集中の諸作——そのいづれが詩としてのレアリズムの方向により進んでゐるか、これは問題だと僕には思はれる。

詩に於ける社会主義的レアリズムの問題も、特殊な文学形式の一としての詩に、嘗て僕等が要求した小説的な「概括」を、そのまま押しつける限り根底から歪められた形で発展して行きそうに僕には思はれるからだ。

とまれ、田木の詩、この九篇の詩はまがひものではない。田木の「結晶」の固さは、それとして大いに僕等を喜ばすのである。

「松ケ鼻渡しを渡る」定価十五銭　大阪市此花区春日出町一五一ノ二四谷口方　ナルプ関西地方委員会出版部

感想

伊藤左千夫の言葉。

「創作上にも批判上にも又鑑賞上にも、計ひの心が内々働いてゐると、総ての事を自己の好きな様に見て好きな様に極めることになり易い。よくは極らぬものを、我から早く極めて見度いのは人間の一つの弱点である。多くの間違ひが皆そこから起るのである」（左千夫歌論集巻二「強ひられた歌論」から）

僕等の間違ひの一つも、まさしく「そこ」から派生してくると考へる。たしかに、「計ひ」の心が、僕等の詩の発展を喰ひとめてゐはしないか。

「計ひ」とは何であらう。それが具体的に僕等の詩・歌にいかに現れてゐるか。

例へば、佐藤宏之の優れた歌、「笑ひの殿堂」（本号創刊号）又は「坊やとお風呂へ行く」（同四月号）などの最後の連に見られる定石めいた「しめくくり」を考へよう。ここに佐藤の「計ひ」の心が働いてゐるのではないだろうか。これらの作品は、来るべき日への希望を高調するまでの「現実」を盛つてゐるだらうか。盛つてゐない様だ。ここに見られる最後の感情の高揚は、作者佐藤が僕のいくつかの詩についても正しく指摘した通り、作者の「惰性」か、「気休め」にすぎないのだ。これらの一般的な、しばしば用ひられる「定石」が、作品をよりよくしてゐるであらうか。これらの連は、反つて、作品の内容する感情を浮足立つたものにしてゐるのだ。こんなきまりきつた言葉がなくとも、この作品はいきいきと僕等をうつではないか。

総じて僕等は、作品に「計ひ」の心を多く持ち込みすぎはしないか。自らの限界、ぎりぎりの到達点がわかつた今日も猶、ともすれば僕等の足がすべりかゝるのは、僕等の「計ひ」の心が莫迦げた程の表情や饒舌を無理に詩にもたせるからではないか。もつと無愛想に、もつと無表情に、「突つ放し」てみたら、新しい展開があるのではないか。何にせよ、僕等のレアリテイへの肉迫を、僕等が執拗に後にくつつけてゐる微温的な「気休め」、又は「惰性」が、足踏みさせてはゐないであらうか。他のものでない詩の流れ自身を太らせるために、僕等はもつと「現実」に徹底する必要がある様に思はれるのだ。

――1934・4――

感想二つ

一、矛盾からの出発について

文学――詩、小説といつた区別の代りに、一般の人たちの頭に、文学（小説）対詩といふ風な誤つた理解が相当根強かつたのは事実であつた。

詩が、その有する若干の特質に依り、自らを他の文学形式から遊離せしめるに急な余り、特殊な世界を形成してしまつたことは、いまにして僕等が考へれば、詩自身の退却と敗北への道を用意したものに外ならなかつた。果せるかな、詩の貧困は当面の問題として僕等の前に現はれ、幾人かの進歩的詩人は偏向を意識しつつ追ひつめられた詩の大手術に向つたのである。

僕は、最近まで所謂詩の特質の擁護者であり、プロレタリア文学陣営に於ける方法的混同——それは、小説的概括を、そのまま詩作に適用するために起きる悪い結果、例へば頭の痛くなる細叙だとか、肉体をもたぬ言葉の羅列だとか——に対して自己批判を執拗につゞけて来たし、其の場合僕が立てこもつたのは常に「文学に於ける特殊な形式としての詩」であり、それ以外の何物でもなかつたのだ。

勿論、この根拠はその範囲では問題なく正しい。が、僕等が常に持つのは現実に対する能動的精神であり、等しく胸郭にたゝき込むのは反逆の精神であるからには僕等に接触し、僕等を撃つ現実の一コマ一コマに向つて、詩的成心（この言葉はおかしいが、適当な言葉が思ひ出せぬ）で対するといふ様なことは恐らく不可能に相違ない。

ところが、実のところ、詩の貧困の原因はこの「不可能」を「可能」にすべく習慣づけられた詩人自身にあるといふのは間違つてゐるであらうか。実に、この詩的成心が詩人の現実への働きかけ、或は咀嚼を中途半端なものにしてゐたことは恐しい位だ。

僕等が、意識的或は無意識的にどれ程詩の既成概念の制約を受けてゐるか、といふ問題に対して、これを簡単に否定するのは容易ではあるが、翻つて自己の詩的実践のなかに、これらの規制概念の制約の絶無を明言し得る詩人が一体幾人存在するのであらう。そして、詩についての考察を深めて行くとき、僕等の理解するのは、実のところ、正しい意味での詩は、僕等がこの詩的概念、僕等のうちで無意識的に一の制約にまで達したところの詩の既成概念を突破しようとするところに在るべきだ、といふことである。したがつて、今日、僕等ははつきり断言することができる。すでにこの既成概念から突き抜ける意慾、それの果敢な実践のうちにこそ、詩の本来あるべき姿があるとするならば、僕等が詩の問題に関して考察を進める場合、これを徹頭徹尾詩の領域内で解決しようとするのは、凡そ意味のない徒労でなければならぬ。詩が詩からハミ出さうとする一点にこそ僕等の詩が存在することを理解した、いまこのことは特に重要である。

さて、以上は詩そのものを主体的に考へ、これを攻め立てる詩人の目標を設定してみたのだが、詩人の詩作への心構へを中心にして考へた場合、この目標の設定は相当な危険をともなつてゐるのを知らなければならぬ。何故ならば詩の既成概念の突破といふことは、詩作に対する詩人の心構への方向ではあり得ても、具体的な目標ではないからである。若し僕等が、既成概念の打破のみを常に意識的に念頭に置きつゝ詩作したならば、それはどういふことになるだらう。新しい形骸化への危険が、僕等の詩の前途に待ち構へることになりはしないか。勿論それもあるが、その反面意識的な既成概念への反逆でさへも、概念のワクのうちで一定の色彩にそめ上げられた詩的精神をいぢくるよりははるかに多くを期待し得ることも考へねばならぬと思ふ。

現在は、言ひ様もなく複雑になり、激しく混乱し、混迷にまで達した社会のうちで、詩の既成概念がとまどひしてゐる時期である。こんな時期に、詩の古い概念にかたくなにくつゝき、しがみつくことは文学の極地に追ひ込まれた詩を、身動きも出来ぬまでに凍結させることであり、詩を愛する所以ではない。

詩を忘れることに依り詩に肉迫し、現実に対するサンセリテの名に於て、詩を微塵に粉砕しつゝ新らしい詩精神を獲得する。この矛盾のうちにこそ、僕等は詩を再発見し、これを他の文学形式、例へば小説のレベルまで引きあげ得ることを知らなければならぬだらう。僕等の出発も言ふまでもなく、そこにある！

（八月廿四日）

二、詩精神と散文精神

今年に入つてから、所謂詩精神が新しく評論家、作家のあひだで問題にされ、詩へのなみ〳〵ならぬ関心がこれらの人々の間で起されるかに思はれた。

この現象を楽観的な詩人は、詩精神の散文的精神の領域への侵略と理解し、詩のために簡単に喜んだのであつた。

ところが、僕はこれをそのまゝ喜ぶ訳に行かなかつた。詩運動の現状を多少でも知つてゐる者には、しかく簡単に喜ぶ前に、幾つかの絶望的な懐疑が頭をもたげ、やがて僕等は激しい自己批判を自らに強要せずにゐられないのであつた。何故なら、どう詩に肩を持つても、詩精神が散文精神の上に君臨すべきだといふ理由は認めることが出来なかつたし、かゝる方向への動きを裏書きする材料を僕等はみつけ出すことは不可能であつたから。

僕は若干皮肉に考へるのであつた。この詩精神の再検討若くは諷歌への気運は、散文精神の極度の疲れの告白であり詩精神を援用してこの困憊を切り抜けようとする意図が彼等にあるのではないか、若しさうだとすれば――こゝで僕は苦笑するのであつた――これは少し当てがはずれてゐる。僕等もやはり、「反対物には魅力を感じる」といふボオドレエルの言葉通りに、詩精神なる言葉のうちに、散文精神を救ひ得る清新な動力を予想してゐるのではないだらうかと考へたりするのであつた。

ところが、詩の現状は、むしろ反対にその既成概念の打破のために、散文精神の一時的援用をすら必要としてゐたのである。こゝで、次の様に理解することも可能であらう。即ち上記の詩精神と散文精神の歩みよりは、とりもなほさず双方の精神の弱まりの告白以外の何物でもなく、従つて詩精神の勝利と称せらるべき現象では絶対にあり得ないのだ。

考へてみれば、詩精神と散文精神の優劣といふことは全く無意味だと言へる。僕は考へる、詩精神と散文精神の交渉は、線として現れることなしに、点として現れる。交るのは一点であつて、持続的な線としてゞはないのだ。そして――ここが僕の云ひたい重要なポイントであるが――現在の様に詩精神がいぢけきつてゐる時期には、二つの精神の激しい一点での交りのなかにこそ、僕等の求めて止まぬ詩が誕生するのではなからうか。だからして、或る場合には意識して僕等の詩作の方向を散文的現実へ向けることも必要であらう。詩精神が散文精神の濁流に船首をハツシと乗り入れた時、そして本来の詩精神の姿をはつきり濁流の中に描き出し得るとき、詩人として詩精神の勝利を感じるのは当然である。こんな場合こそ、僕等の詩作は満足に近い状態にあると僕は思ふのだ。行分け自由詩から、散文詩形に移らうとする僕らの意図はこゝにあると僕は信じる。

僕らの未熟さは、僕らの散文詩形をして、しば〳〵散文精神と詩精神の持続的な野合の観を呈せしめはするが、この二つの精神の歴然たる区別については、誰にも劣らず僕は理解してゐる心算である。その故にこそ、僕らは散文形式の試みに対して大胆不敵でありたいと念じるのである。

僕は詩を文学の極北に位置するものだと思つてゐる。ここには激しく、云ひ様もなく激しい詩精神だけがある。このことを詩の危機として悲観する必要はない。この精神をしつかと自らのうちに持つ限り、僕らは果敢に翼を肥沃な散文的現実の豊かな土壌にのばせばいいのだ。構ふことなく散文精神に激突し、格闘し、詩精神の赤い一線を鮮かに散文の土壌に植えつければいゝのだ。こゝに二つの精神の正しい理解があるのだ。

（八月廿五日）

所謂「愴しみの段階」について

愴しみの段階はわれわれの場合克服されなければならぬ。その通りであらう。それを立証するためには、泣き言は所詮泣き言であり、愴しみは結局愴しみにすぎぬ、とだけ言へば事は足りる様である。

一九三三年から四年へ、手近い所で言ふならば、「詩精神」創刊とともに、嘗てのプロレタリア詩に於いて見なかつた一つの方向がわれわれの間に現れ始め、それは外観上旧プロレタリア詩の方向の対蹠点に立つて進んでゐる様に思はれぬでもなかつたのだ。一つの方向とは個の追求である。そして、個を攻め立て、追ひつめて行くうちに、われわれの一部の詩人たちは現実の暴力を前にして立つ自己の非力を骨の髄まで感じるとともに、言ひ知れぬ恐怖を誰にでもないおのれ自身に抱くに至り、愴しみがまるで翳の様におつかぶさつて来た。

愴しみの段階は前進のための足踏みであつたか、それは一つの待機の姿勢であつたか、はわたしに問題ではない。この場合、愴しみは他に道のない詩人の姿であつて、あれこれ選択の許される性質のものではなかつた。これだけが自分らに残されたたゞ一つの道だと思つて進むより外姿勢のとり様のない時期でもあつたのだ。

考へてみればこの一年ほど、所謂愴しみの詩人たちが、批評家の論理性を憎悪したことはなかつた。一般的な論理が、個の問題に沈降して来る場合――古い私らの言葉を用ひるならば論理の具体的な問題に対する「当てはめ」かたに於ける固定化といふことが如何に救ひ難いものであるかを痛感するとともに、その気持は或る種の反動さへもつてわれわれを無論理性へと駆り立てもした。

実際、「吾々は勝つのだ」と言つた論理の帰結をそれに対する或る程度の確信は、疑ひもなくわたしたちのすべてが持ちつゞけてはゐたであらう。しかしながら、「遠い未来の勝利」と、現在われわれの置かれてゐる現実の暴力の不可避的な承認との関係はどうなるのであらう。一人の遠大な理想を持つた人間が現実の圧倒的な暴力を前にして、まるで仰向けにされた亀の様な姿をさらしてゐるとするならば、これはどうなるのであらう。詩はこの亀を路傍に黙殺するのであらうか。

一体、この亀はどうなるのであらう。理想もあり、意志もあり、また良心の存在も身の内に感じながら、嘗て至上の力を持つたそれらからハミ出した今日のおのれを見ることは何といふ愴しみであらう。文字通り食ふか喰はれるかの切破つまつたあがきも無駄で、ぢつと息をつめて自分にこの上加はるであらう変化を待つ気持――この惑乱の感情は遠い未来へのわたしの確信を飛び越へて足許に襲つて来る。

これを認めてくれとは言はぬ。理解も大して必要ではない。たゞ愴しみの段階、或は絶望への門はここからはじまる。問題はそれを突ききるか、又はそこを通ることなしに生き得るか、である。ここにも、二者択一が人間の型、生きかたの相違としてあるばかりであらう。兎に角愴しみははじまる。そして、究極のところわたしはシエストフの妖しい絶望感に向はなければならない。わたしは、シエストフの問ひに答へ得る到達点を詩的実践のなかで示し得たとき、愴しみの詩人は、「勝つた！」と答へると考へる。

わたしもシエストフを読み、たゞ共感を、それだけを感じた。「悲劇の哲学」と「虚無よりの創造」は共感のみをもつて読まるべき著書だと感じた。人がこれらの書物を理解して「批判」するならば、その理解は恐らくあやしいものであらう。これはたゞ共感か黙殺のいづれかのみで対すべき著書である。

われわれが現実の暴力のもとであらゆる可能性の否定を強ひられてうごめいてゐる時、シエストフの不気味な顔が問ふのである。「すべての可能性を失つた人間にも希望は存在するか？」と。それから次ぎつぎに来る間断のない問ひの堆積！　手足をもがれ、あらゆる絶望と暗黒のなかに生きる人間が希望を持ち得るとすれば、それはどんな希望であるか、と執拗に問ひかける彼の前でわたしらが答へるのは何であらうか。

――希望はあり得る。

シエストフから受けたわれわれの衝戟は、まだ半面この絶望の強さにも拘らず、彼の問ひに響く様に答へ得る否定しても否定しきれぬわれわれの確信の強さへの驚きでもあつたであらう。仮令、現実の暴力の前に空を摑んでのけぞる亀のわれわれであり、その可能性への確信は未だ観念的なものにすぎなからうとも、この絶望の後にもまた希望があり得ること、そのためにのみ絶望を嚙みつつ進んでゐることを信じ得るのは何と言ふ強味であるか。

愴しみの段階はつきぬとわたしが敢て言ふのは、以上の様な意味からである。われわれに於ける愴しみと絶望が、積極的な意味を詩の仕事の上に持つとすれば、それはシエストフの問ひに敢然と答へ得る場合を予想しての上であると考へるのは極論であらうか。「泣き言をその根源に至るまでラヂカルにうたうこと」の前には、現実の暴力と圧力を最も多く受けた人間が予定されてゐる筈なのだ。「それを渡らねばならぬ者にとつてのみ沼は恐しかつた」（ジイド）のだ。泣き言をそうして根源まで掘り下げた所に、シエストフの問ひが待ち構へる訳なのだ。

具体的に言へば、嘗て神保光太郎は「折れた旗」、「陳述」に於いて泣き言を掘り下げた。そこに在る絶望は深く、愴しみは大きかつたが、その後《うしろ》に蠢動してゐるものはなかつた。神保の顔はそこで一先づ静止したのだ。「それからどうなる?」、わたしは身一杯の共感を此等の作品に抱きながらも思ふのであつた。

田木繁がその困難な仕事を始めたのは其後である。彼は否定面に押しつけた自分の顔を「逆手」でもつて微塵にしようとした。否定面が破れるか、インテリゲンチヤ田木繁が微塵になるか、いづれにしてもどちらかの破れ目から新しいものが誕生するであらう。

例へば、彼の詩「帯鋸」——

一分間六百廻転、水もとまらず斬つて落とす帯鋸。
それと交る直角の一点狙つて、紙一重の厚さに角材の木口を喰はせる。それからさきは端取りのお前まかせ。（中略）わたしはするする引かれて行く、角材に乗りかかつて。私の身体もお前に任せた、生かさうと殺さうと。たゞお前への信頼のためにこの回転する白い歯へ近づいて行く。（中略）戞然！　忽ちはね上る帯鋸、天井高く。返す刀で真向から斬つてかかる。鼻筋から胴腹へかけて。声もあげ得ず、私はその場へひつくりかへる。割目からサツと血しぶきを迸らせながら。

これは、「読後数日頭から去らず、いかにして彼からのがるべきかを考へつゞけた」と田木自身の言ふシエストフへの答とも見られる。田木を愴しみの詩人と言へば反対する人もあらうが、彼こそ高い意味での愴しみの詩人である。否定面に立つ人間の愴しみと絶望はこの様にきびしく、底深いのだ。わたしが愴しみはつきん、と敢て言ふのは、このきびしさと底深さの真実を疑ひ得ないからに他ならぬのだ。

（三月十四日）

可能性の解放　その他
——田木繁のことなど——

それを敵としてゞあらうと、味方としてゞあらうと、良心を自分のうちに痛々しく意識しなければならぬといふことは何にも増して不幸なことの様に思はれる。仮令、それが僕等の心の中で味方として位置を占めたとしても、僕等の前には既に全身的な生活が失はれてゐるのだ、何故なら僕等の行動のすべてが、良心のワク内で割り切れるなんてことは殆ど妄想に近いし、若し仮りに自己の全行為を良心の至上命令の中に収めきれる人が僕等の前に在つた所で、さうした人が僕等に如何程の共感を催さしめるかは大に疑問なのだ。

　実際、僕等の良心や意志だけで真向からたち割れる現実のいかに数少いものであるかを痛感させられたいま、僕と雖も良心をちやほや持ち上げることがどれ位危険なことか位は知つてゐるつもりである。さらにまた皮肉なことには僕等の良心の過重評価への警戒心が起きた時こそ、僕等の良心が心の一隅に陣取つてその「悪意ある斜視」を送つてゐる時なのだ。

　さうなのだ。いま、僕の良心は、最も良心らしくあることに依つて、僕の持つていい可能性への信念をしめ殺してゐる。

　「矛盾の投影と、可能性の解放」を行ふことに依つて自己を不安から救ひ、安定を保つといふのは、たしかジイドの制作に関しての効用の言葉だつたと記憶するのだが矛盾の投影は兎に角として、可能性の解放といふことがいまの僕には不可能に近いのだ。現実の圧力に押しつけられたインテリゲンチヤとしての良心が、嘗て僕等を「可能性」の確信とそれを実現するための実践に躊躇なく赴かせた時とは、正に反対の力となり、僕の「可能性」の解放を制するブレーキと化してゐるのである。この良心の変貌を僕等はいかに理解すべきであらうか。

　たしかに今日良心は僕等の中にある可能性の解放を圧殺する役割を果すため僕等の面前に現れて来た。皮肉な言ひ方でなしに、僕はさう考へる。インテリゲンチヤ詩人の苦悩は、正しく此所から発足してゐる様にさへ思はれる。だからして、大体に於て、この可能性に対する見解、またはこれの解放に関する方法上の相違などが、僕等の側の詩人たちの作品を外見上多彩なものにしてゐるといふのが、現在の僕等の状態ではないかと思はれるのだ。

×

「詩精神」十二月の「詩壇時評」で、遠地輝武氏が田木の所謂「逆手」に就て書いてゐる。この部分に僕は多くの共感を持つたのだが、当の田木自身はどう考へたであらうか。

周知の如く、田木は詩集「松ケ鼻渡しを渡る」を境として、彼の「可能性」に関する観点を一変した。彼の詩集当時の抱負は、「松ケ鼻渡しを渡る」を機として、同詩集に於て果し得なかつた企業内の組織人としての作品を生産するため、自分の生活を押し進めることにあつた。ところでこの決意の後に田木の変貌がはじめられたのだ。彼の変貌が事もあらうにこの決意の直後に起つたといふことが、彼にとつて幸福であつたか、不幸であつたかといつた問題はこの場合まだ取り上げるには早やすぎる。たゞここで言つて置かねばならぬのは、彼は「企業内の生産場面」へ自分の眼を向けることを止めはしなかつたが、嘗て自己犠牲の精神のもとになした所のものを自己救済の道と再認識することに依り、さらに詩集当時とは異つた可能性への見解のもとに、彼が生産現場にペンを突込んだことであらう。だからして、生産場面、田木が好んで描く機械の間髪を入れぬ操作のなかに彼が微塵になれと我身を叩きつけようともその機械の後に依然として在るのはインテリゲンチヤ田木の顔であり、機械はつひに彼の「楯」なのである、といふことも理解出来ると思はれる。「鋲焼工」其他に対する大元清二郎、「帯鋸」に対する武田亜公氏の批評がそれとして絶対的な正しさを持つてゐながらも、その殆ど全部に共感を持ち得ぬ僕の理由とする所は、田木が悲しくも「楯」とせざるを得なかつたところの機械、あるひは労働の操作を、彼自身の本体であるかの様に扱ひ、「楯」にのみ散弾を降らしてその後にある田木の姿の在り様《よう》を看過してる点なのだ。

実際、詩集を機として以後の田木に起つた変貌を観る場合、その変貌が急激であり、猪突的であるからこそ、批評家は変貌以前の田木についても少し用意周到であるべきだと思はれる。例へば、詩集に収められた九篇ほどの詩が構成する世界と、詩集後の一連の詩篇（汽槌の下で、製罐工場から、鋲焼工、など）が形づくる世界との間に容易に看取出来る彼の変貌が、前進した様に可能性への観方の変化を中心として為されておること、詳しく言ふならば、「おれも一生つめたい夢をみつゞけよう」と盟友田島善行に誓ふ彼（「風」――詩集収録）の抱いた可能性への確信への前者の世界と、今日僕等の前へ可能性（彼の気持から言ふならば一般、抽象的なそれ）の否定から出発して変貌した姿を現した後者の世界とに大別されること、さらに、一般、抽象的な可能性の絶望、或は否定は、彼をして嘗てそれ（一般、抽象的可能性）への確信と実践へ僕等を駆り立てて居たところの良心と勢ひ対立せざるを得なくするといふこと、など理解される筈である。

そこで、問題はまた「可能性」に戻つて来るのだが、田木は言ふのである。「現実の遠い将来に関する吾々の確信に今更変りがない」（文化集団十月「詩壇時評」）と。だが彼のこの言葉をそのまま現在の彼の詩にあてはめるためには、僕等はしばらく一般的マルクシズムの理論から身を沈めなければならぬ。実際、若し整然たる論理性を以て田木の最近の成果を検討するならば、彼自身も肯定して居る如く支離滅裂に相違ないのだ。前に書いた如く、田木の再出発の足場はむしろ意識的な可能性の否定にあつたのであるから、田木の詩に対する場合僕等があらかじめ設定された可能性の確信といふ立場から見る限り、言ひ様もない混乱であり、疑ふ余地のない敗北でもあるのだ。

ところで僕は思ふのだ。

可能性の意識的な否定、自らを進んで微塵にする切破つまつた、彼の謂ふところの「逆手」を通して、それにも拘らず僕等に看取出来る彼の「可能性」、言ひ換へるならば否定しようとして否定しきれず、微塵にせんとして微塵にし得ない「可能性」の強さをみることなしに田木の詩を批評することは出来ない、と。

さらに僕は、現在の様な時期にあつては如何にも確信有りげな素朴な態度よりも、田木の様な意識的な反逆の態度を通して残された可能性に反つて拠るべきものを見出すことが多いのではないかとも考へるのだ。

×

田木の自己否定について遠地氏は「時評」のなかで、「否定しようとして否定し得ぬ自己」を暴露したにすぎず、彼も僕等とともに「悲しい良心の徒」であつたことを示したといふ意味のことを書き、また、だからして田木と僕等との差は僕等が良心の台上で下向きにジャンプした所を、彼は「上向きに」跳躍したにすぎぬ、と言つて居られる。可能性に対する田木の態度を理解した上で、僕はこれらの言葉を卓見だと思つた。そして、同時に次の様なことも考へたのである。

自己否定と言ひ、自己拋棄と言ひ、具体的に言ふなら田木の場合にしろ、小熊氏の場合にしろ、このことは結果に於ては自己の確立を来して居る以外の何物でもないといふこと、さらに、いまの様な時期にあつては、自我はひたむきなそれ自身の強調よりもむしろ、自己の拋棄と否定を通して強化、確立されるといふ逆説が成立するのではないかといふこと。

一体、自己否定と言ひ、自己拋棄と言ふものの意味するのは何であらう。特に、それらの言葉が文学上に用ひられる場合すでに逆説的な意味を帯びて居ると言へないであらうか。言葉の真の意味でのそれらは、間違ひなく自殺を意味するのではないか。そして、この自殺することなく自己否定し、或は自己を拋棄するといふことのなかにこそこれらの言葉は微妙な意味を持つて来るのではないか。

自己否定はそのことからして、それ（対象）の前には自己を否定するに値する価値高い対象を予想するし、自己拋棄の場合も明らかに自己を拋棄すべき対象物を前提して居る筈である。そして、対象とは言ふ迄もなく僕等の場合プロレタリアートに他ならぬとすれば、僕等が自己否定或は拋棄を脱殻に於ける一つの手段として日程に上したのには二重の意味がある訳なのだ。それを、「日常生活の中に積極性あるモメントをつかむ」ことのみに解消して、自己否定或は拋棄は言葉の一つの強意にすぎぬ、何故なら全き自己の否定と拋棄は不可能であることが約束されて居る、といふ風に見ることに僕は真向から反対したいのだ。

「作家といふものは、論理の矛盾に、批評家の様に苦しむものでもないし、明快なテヱゼに批評家と同じ喜びを感ずるものではない。矛盾した思想を有する批評家が、心理的にどういふ姿をして居るか、どんな声を出すか、なるほどテヱゼは明快に聞へるが、どこまでがその男の本音なのか、等々が一番気になる人種なのだ。」これは小林秀雄氏の言葉であるが、たしかに作家の論理の矛盾といふことが論理性自体に依つてのみ裁断せられる時、その批評及び批評家に対する作家の態度は全くこれなのであらう。

そして、これに附け加へるならば、作家・詩人のものした理論に対する場合にも、僕等はその文章のなかに一般性或は妥当性を見出すことに努めるよりも、前記小林氏の言葉を逆に、作家が文章の中に示して居る「心理的な姿」だとか、「声の出しかた」だとか、彼がどんな現実的衝動のもとに物を言つて居るか、などを理解すべきであり、正しい批判といふものは、批判の対象とともに一たん対象自身のなかに下降することを条件として後に生れるのではないか、といふことである。とにかく、僕等の仕事を大ざつぱに単純化しようとする態度、簡単に四捨五入で片付けようとする意図を、僕は大体擯斥して行きたいと考へて居るのだ。

二月廿日

新井徹小論

最初に白状すると、僕は氏の別名でものされた詩集を読んでいない。したがつて僕の氏に対する知識ははじめから完全を欠いてゐる訳だ。小論と題する所以である。

僕の氏への関心はやはりプロレタリア詩人会当時に始まると言へよう。しかし乍ら、詩人会、或はナルプ時代の詩については既に他の人々がこれに触れてゐるし、僕自身の氏への興味も其処にはない。僕の関心はもつぱら氏が一九三四年初め、具体的に言つて「詩精神」創刊とともに同誌上で精力的に試みた、われわれの間で普通「再出発」と名づけられる困難な仕事の成果にかかつてゐる。

「アルメニヤの兄弟へ」、ナップに発表され、当時われわれを感動させた詩から、「ある部室で」（詩精神三四年四月）、「あけがた」（同誌三四年六月）、「カバン」（同誌七月）、そして氏の快作「死生のあひだ」（同誌五月）等々への変貌については、大体氏自身の言葉を承認すべきであらう。

例へば、「労働者詩人に」（同誌三四年十月）の中、

僕は「アルメニヤの兄弟へ」の乏しい体臭に顔をし
　かめた
馬車馬式の活動の中から生れたリズムよ
僕の足は地につきかねた
僕の職業は詩からとり残されてゐた
景気のよささうな仇花の数々に

今更らさびしかつた
輪は小さくとも、全生活から
　つやのある匂ひの高い花を開かせたい

ところでこの気持は、インテリゲント出身の詩人に概して共通のものではあつたが、それが彼等の詩作の実践に移された時、その方向は異つた二つの様相を帯びはじめたと僕には思はれる。

　或る型の詩人は素材を身近くの現実に探り、また他の型の詩人は自らの中に内攻しはじめたのである。前者の型の詩人の歩みは一般的に健康であつた。何故なら、彼等はただ過去に於て空隙のまま取残して来た自己の周囲を詩で充塡することを意図したのであつて、「可能性」については毫も疑ふ余地を持たぬかに僕には思はれた。これに反して、個に内攻しはじめた詩人は彼等の中に半ば観念として存在する「可能性」に疑念さへ持ちはじめ、自らにそれの実在を信じさせるためには、「可能性」自体を虐待してみなければ気の済まぬところまで追ひこまれたのである。この道をほぼ成功的に通過しつつあるのが田木繁の様に思はれる。

新井徹氏は前者の型に属する。彼がせまい身辺に素材を拾ひながら「健康」であるのはそのためである。彼が読者、特に労働者に共感され、同情される秘密の一つは、氏の詩に於ける感情の昂揚が、概して質実に順を追つて組織されるといふ技術的面とともにここにあるやうに考へられる。

　実際、「詩精神」の一年余、氏ほど「彼の職業」から、彼の「全生活」に即して誠実に詩を書いて来た詩人は稀れである。さらに、氏ほど生活に即してうたひ上げることに依つて自らを前進させた詩人もまたまれである。このことは、嘗て中野重治氏の詩について誰かゞ言つてゐた様に「彼自身をうたひ上げることに依つて、何よりも若い労働者詩人に彼等の身辺に詩が無数に横はつてゐることを教へた功績」を氏の仕事にも認めさせる。若い労働者詩人に対する啓蒙的な役割を、氏が他のものでない自身の周囲を生活に密着してうたふことによつて果してゐる。氏の詩人再出発の大きいプラスである。

　次に、新井氏が自己及びその周囲を追ひながら、自己の中に内攻せぬ、あるひは自己そのものを検討はしない健康さの原因を考へてみたい。

　一体、「可能性」といふもの、事の見通しといふものが今日の様な時期になほ揺るがぬ確信をインテリゲントに与へるとすれば、それは観念体として彼の中に存在することになりはしないかと考へてみた。今日のインテリゲントの可能性を考へるために、統一の過程に於ける区別として、それを彼の頭に根強く巣喰ふ観念体と、いま解放し得る（現実の生活の中で）ことを前提とする、言はゞ実践態としてのそれに分けて考へてみた。観念体としての「可能性」の中で占める実践態としての可能性を仮令僅かであれ廓大することは何より望ましく、またそのためにのみわれわれは仕事を進めてゐるのだが、二つの間のギヤップの大さに僕は時として呆然とする。だが、呆然として手をつかねることからは何物も生じぬ。そこでわれわれは再出発を、それぞれの社会的、肉体的の環境、条件に応じて日程にのぼしたのだが、過去一年間の新井氏の如く素材を常に自己の身辺に在る姿を衆人の前に露呈しつつ進まねばならぬ場合、観念体として在る可能性と氏自身の実践態としての可能性の開きは、他の詩人に倍して激しく解決を要求するものとして立ち現れない訳はない。「或る部屋で」とか、「死生のあひだ」の如く日常をうたつても情熱の方向、その極点がはつきりしてゐる場合、などではこれは僕の意識にのぼらぬが、例へば「カバン」の如く日常生活の低迷にペンを突き込みながら感情を正しくたしかめようとするとき、この間の気持の切迫はひとごとならず苦しく迫る。

プラスをいかに多くプラスならしめるかより
マイナスを如何に少くマイナスならしめるか
――それが目下の課題
越えようだが、越えられない
越えられないが越えずに居れぬ

（「カバン」から）

そして、氏が健康な詩境に喰ひ止めるのはこの至極明瞭な、それでゐて必しも具体的でない情熱の方向である。ここに僕は今日のインテリゲントの「健康性」の限界を計らずも見るのである。低迷から、低迷する自我の追求に入ることを氏から阻んでゐるのは、この情熱の方向、それに対するひたむきな「当為」の理性である様に思はれるのだ。

この誠実極りない詩人は自身の「健康性」なるものの限界に気づいた様に思はれる。即ち、自らの詩人としての可能性の限度をたかめるためには、新しい対象――過去一年間に求めて来た身辺の素材よりも社会的・客観的重要性ある題材を追はねばならぬといふこと。そのことに依りより高度な可能性の解放に向はねばならぬといふこと。

先に「仇花」とうたつた現実が再び遅かれ早かれ氏の前に立つ。他でもない、氏自身の可能性の解放を保証するために。嘗て「仇花」の中に体臭の乏しさを嘆いた新井氏は、今日逆にそれによつてよみがへらうと意図せられる様である。新しい、より積極性ある現実を「楯」とすることに依つて自己をかためるより他ないインテリゲントの道は、姿勢こそ異れ田木氏と一致する。「南京虫」（詩精神三五年三月）、「遊就館」（同五月）は、氏が用心深く身辺から「仇花」にのばした触手でもあるのだ。二つの詩の意図を以上に理解して後、僕はこれに共感し、このことを高く評価したい。

×

氏の詩について、若干の特徴を考へる。

遠地氏は「リアリズムの規道を驀進する」（傍点は僕）と言ふ。ここで「規道」と評したのは、新井氏の詩を見事に言ひ当ててゐると僕は思ふ。誠実といふことはこの詩人の人柄にも詩にも見られる性格であるが、この一年間リアリズムの方法にも忠実であつた氏の作品の系列の前に、僕は頭を下げる。氏の様な型の詩人は、文字通りの「漸」で歩一歩の作品を築き上げるのであらう。一定の期間を置いて振返り、人はその年輪に驚くのである。

氏の詩作品は、われわれが詩に於ける社会主義的リアリズムを問題にする場合第一に執り上げられるべき種類のものであらう。現実に対する詩人の正しい姿勢といふものが、そしてまたリアリズムの方法が、如何に堅実な歩みを以て彼を前進させるかの証左を氏は与える。

たしかに、氏はリアリズムの規道を驀進して来た。ところで、遠地氏の言ふ「規道」なる言葉が、いかにも氏のリアリズムを言ひ当ててゐると先に書いたが、僕の氏に対する不満も、氏にあつては「方法」が一つの固定化への危険を伴つた「規矩」となる傾きがありはしないかと考へるところに生じる。

例へば、氏の詩に於ける感情の飛躍について考へてみよう。僕はしばしば「描写」の手段としての氏の方法が、感情の飛躍を「理づめ」に追ひかける危険を感じる。一作一作完璧へとひた駆けるかに見える氏のリアリズムの道からともすると洩れでようとするものは情感のはばたきである。氏のリアリズムを検討する時、このことは重要な問題となるやうに思はれる。（「声調のつたえる情緒の揺れ」と歌を定義した伊藤左千夫の言葉は、同時にそれが詩の「特殊性」を言ひ表はした限り見事な言葉である。詩に於けるリアリズムの問題の困難さもここにあらう。）

　大体、氏は感情を爆発的に飛躍させるよりも、前に書いた如く感情を適確に順を追つて昂めることに秀でた詩人であると思はれる。この面では、後藤郁子氏などと正に対蹠する。「或る部屋で」「カバン」などはこの好適例であらう。こうした時、氏のリアリストとしての面目は最もよく発揮される。これに反して、「遊就館」は、意図の正しさ、描写の非凡さに拘らず、描写と感情の飛躍との間に或る隙間を感じさせる。描写の非凡さの故に、より明瞭にこの詩人の創作方法の微かな欠点を示す様に考へられる。ある人はこれを氏の用ふる詩語の固さだと言ひ、描写に於ける細叙の重量が飛躍を阻むとも言ふ。いづれもある程度の真実であらう。これを検討、追求するだけの用意がいまの僕にはない故、より深い検討を批評家諸氏に望みたいと考へる。

×

　以上で僕はこの詩人の姿勢の正しさを幾度も言つて来た。いまの僕は、何よりも一貫した姿勢を形象化の過程に「固持」する氏に感嘆する。若い自分の中にある、抑へ難いデイレツタンテイズムを持て余してゐる僕は、こうした型の詩人の前に敗北を意識するからである。

　嘗て田木氏は僕に自身の「融通の利かぬ性格」を嘆いた。所で氏の今日の詩の好さは、正に「融通の利かぬ」氏の性格から生れてゐることを知る僕は、新井氏の詩作の中に構へる姿こそ異れ田木氏と同じ「ひたむき」なものを感じて喜んでゐる。今日の様な時期に誰が捨身にならずに詩を追へるか、など抗弁してはならん。ひたむきな気持で詩作することと、出来上つた詩が「ぎりぎり」であることとは必ずしも一致などしないからである。

　僕は先日或る友から、「偏見は肉体を持つ」といふ言葉が谷川徹三氏の近著にあるときき、そのことは詩についてもある場合言へるんぢやないかと思ひながら、ふと新井氏の「偏向なき道」を頭に浮べた。嘗て氏から体臭を奪つたと自ら言はれる「仇花」を、今後いかほど氏が肉体感をもつてうたひ上げるか、と考へ僕の氏への期待と希望もまたそこにあるのを感じた。

（五月十七日）

感想

読んでゐてくれる人は知つてゐる通り、僕はここ一年間、あらゆる場所、あらゆる機会に、われわれが置かれてゐる闇の深さについて書いて来た。今考へれば、その動機は殆ど衝動と言つていい程猪突的であり、且無論理性にみちみちてゐた。或る時には、僕は意識して論理性への反逆を試みもした位である。

ここで、先づその一年間の貧しい仕事に依つて、僕自身はどうにか過去に残したままになつてゐた自己の空隙を埋めることに、成功した様に考へられるといふことを書いて置きたい。僕は一応絶望の沼を克服した様である。手前味噌をならべるならば、その喜びのために現在の僕はまるで植物みたいにはづんでゐるのである。この上は、誰でもない、まづしい小市民的悪癖にみちた僕自身から、プロレタリア文学に通ずる道を、他でもない、僕自身の肉体を以て歩めばいいといふ風に――。このことは、言ふまでもなく常識であるが、僕は一年間の意識した「逸脱」によつて、さらに一層強固にこの常識を自分のものになし得たと考てゐる。（僕が何故「意識した逸脱」といふ不穏当な言葉を用ひるかについては、いまは簡単に「インテリゲントに於ける観念と実践間のギヤツプ」とでも説明して置く。）

残つてゐるのは、内から外への努力だと僕は思ふ。ゲーテの言葉を思ひ出したが、次の言葉は彼自身がヱッケルマンに、大作を狙つてはならぬ、身辺の些事の中から美を拾ひ上げるのが詩人の能力だ、といふ風に注意してゐるのと一見矛盾する様だが、よく考へると矛盾などしてゐない正しいものであらう。

「あらゆるものが退歩し、衰へて行く時代は主観的だ。それに反してあらゆるものが進歩しつつある時代には客観的傾向がある。すべての秀れた努力は内から外の世界へとめざしてゐる。」

内攻に次ぐ内攻によつて、おのれを攻めつくした僕らに、そのことに依つて小市民としての自我の腑甲斐なさをとことんまで納得したわれわれに、残されてある道は、嘗て自己の中に空隙を残したまま危なげな足取で赴いた、（そしてそのために多くが失敗した）ところのプロレタリア的現実以外にないといふ確信――そこまでやうやく僕は辿りついたのである。

（七月一日）

覚悟のほどを歌つた詩

森山啓の「墓の上に剱は置かなくていい」〔文学案内十月号〕をよみました。僕には共感出来る作品で、その覚悟のほどをすなほに喜びました。

これを読み、何と言ふことなしに僕は田中英士の最近の詩などを考へました。「京都文学」の詩だつたと記憶するのですがその中で「嘗て抒情的だと言はれた自分の詩が、近頃理くつばつて来た。」といふ、勿論言葉はもつと詩的であつた様ですが、まあそんな意味のことが書かれてあつた。それを読みながら、さうした傾向は現在のわれわれの間に先づ一般的に認められるのぢやないかと思ひました。

僕自身、前記二氏とは少しくうたひ方は相違してゐるのでありますが、言ふところの抒情味の喪失といふ点では全く同感で、僕自身ではその理由を僕のうちに於けるパトス、若しくはパトス的なものの空廻り——つまり、あの政治的敗北以来はけ口を失つて鬱積した情熱がその後僕などを襲つた実に散文的なフンイキ〔もつと極言して、「現実」と言つてもいいでせうが〕の中で、途方にくれて空転してゐる姿だ、と解釈するのでありますが、よく考えてみると、僕らの詩が一般的に理くつつぽくなつて来たについては他にもつと大きな原因と理由がある様に思はれるのです。

これらの詩は、おのおのの詩人が今後の自分の詩作について、自らに課題と覚悟を与へてゐる姿だと考へられるのであります。かう考へて来れば、この頃しばしば僕らの眼に触れるかかる詩が一層意味深く興味あるものに思はれます。

ところで、過去に於いて僕らがかうした種類の詩を持つたと言へば、直ぐ思ひつくのは例の「赤まんまの花をうたふな」の中野重治をはじめ、森山啓、上野壮夫などがそれぞれインテリゲント出身のマルクス主義詩人としてうたひはじめた頃であります。あの時期にも、これら詩人はこれからうたひ抜かうとする彼らの詩について、抱負とか意気込みをうたひ、そのことに依つて自分に今後の課題と覚悟とを与へたのではなかつたでせうか。

こう考へると、立たされてゐる社会の情勢こそ異れ、それぞれの才能、環境及び肉体に応じて再びマルクス主義への道をきり開かうとする詩人が、今「理くつの多い」詩で自分の仕事への抱負をうたふことを先づ認めぬ訳には行きません。

そこで、以上のことを認めた上で僕の希望は、かかる種類の詩はあくまでも詩人の「調律」であつてほしいとふことであります。それ以上であつてほしくないのであります。換言するならば、「赤まんまの花をうたふな」といふ覚悟のほどが「雨の降る品川駅」とか「夜刈りの思ひ出」となつて現れて行つた様に、詩人が「覚悟のほど」をうたつた時から言葉としての覚悟は詩人から消へ、その心構へをもつて現実に斬り込むといふ風に発展することを期待するのであります。すでに覚悟のほどをあらためて自分に言ひきかせ、外部の人々に宣明する仕事をなしとげた上は、たゞもう僕の待ちのぞむのは、それらの詩人がかかる覚悟のほどを以て現実の上を「相渉る」姿であります。田木繁は小熊秀雄のいくつかの詩篇に対してそれが彼の逞しい心の表現乃至は説明におはつてゐるのではないかと疑ひ、「それが如何に逞しいものであるか吾々が充分納得した今になつては、もうこの稀にみる悪心を以て直接社会の中へ相渉つて行く個々の実践」しかないと希望したのでありますが、「そして、小熊秀雄は彼の叙事詩に於いてこの要求を立派にみたしてゐると僕は考へるのです」同じ希望を僕もまた「覚悟のほどを示した詩人」、またはこれを示しつつある詩人の次の仕事に対して抱いてゐるのであります。

「詩人うたひ、大衆行ふ。」といふ傲慢きはまる指導意識を何物にも増して憎悪する僕は、覚悟のほどをよび掛ける詩とともに、それを行ふ詩を欲するのです。

（鈴木泰治）

レーニンの愛した詩人

一、まえがき

誰にも知られてゐる通り、レーニンは文学を愛好した。その他の芸術の領野にも同様に愛着をもつて対してゐた。この辺の消息は、ドレイデンの「レーニンと芸術」に詳しい。如何に彼がクラシックを愛し且読んでゐたか、いかに彼が政治生活の繁忙のために文学芸術の世界を渉猟する余裕のないのを残念がつたか、それらが断片的ではあるが、同時代人の口によつてこの本の中で語られてゐる。

詩、なかんづくプロレタリア詩に関するレーニンの理解はしかしながら前記の書物から多くをうかがひ知ることは不可能である。デミヤン・ベードヌイに対するレーニンの評価と愛情とをわれわれが知り得るのを除けば彼の関心はより多く十九世紀の偉大な二人の詩人、プーシユキンとネクラソフに向けられてゐるからだ。彼等の詩に対してレーニンは深い共感と愛情で向つてゐた。

そして、十月前後のロシアに於いて新らしい詩は激しい混乱と昂揚を経験したのだが、この時代の詩人は前記ベードヌイのものを除いて概してレーニンと相語ることなく過ぎてしまつたかのやうに思はれる。あの時代はそれが政治と直接的な交渉を持つ場合は兎に角、彼にとつては個々の詩の新しい流派を顧みるいとまのない時期でもあつた。「新しい流派のまえで当惑」したとクルプスカヤ夫人の語る思ひ出は、当時の流派そのものに対してのイロニー(特に未来主義など)であるとともに半面の真実を含んでゐる。われわれはこの点を残念に考へない訳には行かぬ。レーニンも自らその方面では全くのディレツタントであると言ひ、それ故に充分謙譲であつた。

一九二一年二月、レーニンはウフテマス(国立高等芸術技術学院)を訪れ、フトリストたちと談話してゐるが、彼は「ニコニコ笑つて返答を避け」ながら質問に対しては質問をもつて答へた。ここで、レーニンは学生のマヤコフスキー崇拝にプーシユキンの好さを置きかへてゐるのだが、その態度は飽迄周到で強制めいた主張の影もない。「…くりかへして言ふが、その自己の美的同感及反感の中から、ウラヂミル・イリイツチはいかなる指導概念も作りあげなかつた」(ルナチヤルスキー)

この問題についての仕事を、彼は同時代の幾多の優れた芸術理論家やその後の時代の有能なプロレタリア芸術理論家に委托したと考へるとき、僕らは深く納得することが出来るのだ。さう解釈すべきでもあらう。

二、三人の詩人

「虚飾性や、気取りや、人工性を、単純の体現者であつたウラヂミル・イリイツチは我慢することが出来なかつた。彼にとつては時代の上では遠いが、しかしその世界観では近いところの、太陽のやうに歓喜的なプーシユキンがより親しかつた。これと同じ性質のために彼はわれわれのデミヤン・ベードヌイを愛したのである。」(エル・ソスノフスキー)

先づ二人、プーシユキンとデミヤン・ベードヌイ。

「…すでにネクラーソフとサルツイコフとがロシアの社会に教養ある農奴所有者・地主の油を塗られ、滑かにされた外貌の下にその野盗的な利益を見分けることを教へた。この種のタイプの偽善と冷酷とを憎悪することを教へた。」（レーニン）

もう一人、ネクラーソフ。

ロシアに於ける貴族文学の頂点はプーシユキンである。プーシユキンを境として、ロシア文学は後同じ十九世紀の六、七〇年代にその先頭部隊が農民革命運動に参加する知識階級の手に渡る。ネクラーソフはそこに見られる。八十年代の政治的圧迫に依り、当時の社会主義的インテリゲンチヤが光輝を喪つたとき、ぽつぽつ労働者の詩人が言はゞ自然発生的に現れはじめる。そして、廿世紀に入つて十年、「形式に於いては寓話詩人クルヰロフの後を追ひその大衆性はネクラーソフに通ずる」プロレタリア詩人デミヤン・ベードヌイが出た！

レーニンは、その三人の詩人を愛した。三人の何処を彼は愛したか？　時代的に相当な距離のあるプーシユキンとデミヤンは、或はデミヤンとネクラーソフの詩は、どこかに一致点があるのであらうか。

プーシユキンが、例へば「青銅の騎士」において、ネクラーソフが例へば「ロシアの婦人」において僕らに見せてくれるこれをうたはずに何の詩だ！　と言はんばかりな激しい当面する現実に対する身構へ。狂人エウゲニーが、そのまはりをひとめぐりして、「物すごいまなざし」を向けるのは、「ささやかなるもののささやかな幸福」を彼から奪ひ去つた「半世界の君主」である大帝の騎馬上の銅像であるといふこと。十二月党叛乱の直ぐ翌年、ネクラーソフは「ロシアの婦人」に着手し二篇のうちの一つの長篇詩を書き上げてそのなかで犠牲者の夫人の口を借りて間接ではあるが大ぴらに党員を謳歌したことを或はせずにゐられなかつたこと、なるほど「青銅の騎士」でのヱウゲニーはあのやうに大帝の像をにらみ据へながらも、「大帝の顔が嚇と憤怒に燃え立つて、静かにこちら向くと見えた」途端に「一目散に逃げ出した」としても、さらにまた「ロシアの婦人」に於いて、二人の夫人の十二月党への信頼がたゞ一図に彼女の夫への、妻としての個人的な愛情にのみ依つて成立つてゐることなどは、この場合さして問題にはならない。

優れた詩人である彼等は、言ふまでもなく、「他の何者であり得ても真実の意味の政治的闘士ではなかつた」

が、彼等の芸術家としての正しさを実証するのは僕の考へによれば、プーシユキンにしろネクラーソフにしろ、彼等の芸術的意慾の発動の自由を阻害するものとしての、封建君主の存在を、単に一つの観念としてつかむことなしに、おのれと向き合つたものとして具体的に把握し得たことである。彼等の政治的意慾は恐らく問題にならなかつたに違ひないが、彼等がかれら自身の自由を阻害するものとしての君主に、ある場合ペンで反逆したといふことは、それがすでに客観的に政治性を生み出してゐる訳なのだ。

かかるものとして、レーニンは彼等を愛したのであらうと思ふ。例へば、プーシユキンが政治について自ら語る時よりも、彼の詩は往々にしてより政治的積極性を持つという場合もあり得たに相違ない。

ところで、廿世紀の一〇年代にはいつて、デミヤン・ベードヌイが現れる。彼の詩がボルシエヴイキの新聞その他で火花をちらしはじめる。

彼自身に、かれの詩を語らしめよ。「始末におへぬ百姓」デミヤン・ベードヌイの理智は「先づ百姓式で、幼い頃から推察の路を徐行し慣れてゐる。――水雷艇のやうに矢のやうに水を切らず、重い砕氷船のやうに厚い氷を割つて行く」（燈台）のだ。そして、彼は「おれはミユーズの下僕でない」と、過去の詩人たちと訣別して意識の太い手綱で芸術の天来的な要素を否定しつつ、抒情詩や寓話的諷刺詩をもつてプロレタリアートの党に答へた。すでに、ここには前の時代の詩人との間に最も大きい距離がある。

もつとも、デミヤンは当時、そしてそれ以後のソヴエート詩人の間にあつても特殊な存在ではあつた。例へば、プロレトリクト及びそれが分裂した「クーズニツア」、内乱、戦時共産主義時代の文学はこのグループを除いて殆ど他に存在しないに拘らず、デミヤンはそれに属してゐなかつた。プラウダの創刊に参加し、さうした種類の出版物に詩を書き、さうしたものとして生活した。十月が来て、ブルジヨア及び地主との市民戦の時期がすぎ、ネツプの時代がやつて来た。その間、デミヤンは動揺なく書きつゞける。脱営防止の詩、弾薬を粗末にするな、収賄を防止せよ。赤軍の功績を讃えた詩など。

ベードヌイの特殊な位置については、彼の革命前後からの生活が、文学的グループの中では嘗て存在しなかつたといふ事実を考へ、そして彼の主題について理解すべきである。批判は読者のそれぞれの立場に任せる。

レーニンは、ベードヌイを愛した。プーシユキンと通じる内容ある、様式の単純さと明朗の故に、彼の労働者に与へるよき影響と、ブルジヨアに対する「革命の破城槌」としての役割の故に。そして、レーニンはベードヌイの抒情詩を一層愛した。彼の抒情詩はそれを読んでゐると、まるでイリイツチに次のやうな誓言をくり返してゐるやうであつたから。—決して、決して、権力の獲得を一つとして返しはしない。（クルプスカヤ）

三、あとがき

プーシユキン、ネクラーソフ、そしてデミヤン・ベードヌイ。三人の詩人について、レーニンの言葉の断片を考へ合はせて書いてみたが、これは未だ極めて不充分である。そこであとがきとして、レーニンが好まなかつた詩人、マヤコーフスキーについて、彼のどこをレーニンは好まなかつたかについて次に引用してこの短い文章をはらうと思ふ。何故なら読者や僕らは、レーニンのその言葉から逆に、何故彼がプーシユキンやネクラソフやデミヤン・ベードヌイを愛したかについても知り得るからである。

「この名前（マヤコーフスキー）をきくと彼はウフテマスの青年たちをば思ひ出した。—生活と歓喜に充たされてゐて、ソヴイエートの権力のために死なうと身構へており、自己を表現するために現代語で言葉を見出し得ないで、この表現をマヤコーフスキーの判りにくい詩の中に探し求めてゐる。ウフテマスの青年を思ひ出したのであつた。」

（クルプスカヤ）。—二月六日

小さい感想帳

ある日、或る時、子供が僕の部屋へやつて来て机のまはりで遊んでゐた。しばらくすると四つになるその子供はソツと僕の近くに来て、小さい泣声ではじめ、細い指突出して「痛いよう、いたいよう」と言ふのだ。見ると指先に赤インクをいつぱいつけ、も一方の手でそれを指さし、ここが痛いと言ふのである！

子供は赤インクのついた指を血まみれだと思つてゐるのだ。自分の小さい可愛い指は何ともないのに。

僕は笑ひ出してしまつた。おかしくてならなかつた。

ところで、この些事は僕の心にちよつとひつかかつた。

　傷をするから血はでる。血が流れれば痛いだらう。痛かつたら子供はなくだらう。それはそれでいいのだが、――感情や感覚にも惰性がある。そんなことをふと考へた。血が出れば痛いといふこと、血は赤い色をしてゐること――赤インクのにじむおのれの指に泣く子供のことは他人事ではない。僕は自分の詩のことを思つた。「かなしきが故に泣くにあらず、泣くが故に悲しきなり」これはゲーテの言葉だつたと思ふ。感情にも、ともすれば加速度が加はる。

　泣いたことは真実であつた。しかし、その間にもよろこびは揺れて僕の所へやつて来てゐたのだ。すでに「泣くが故に悲しく」なりかかつてゐた僕の感情はこれを黙殺したのであらう。これはわるかつた。といふよりも、すでに感情に加速度の加はつた状態のなかに溺れ込んでゐたこと自体、おのれの追求に於いて真実でもなかつたし、歪んでもゐた筈なのだ。

　詩から感覚や感情の惰性、あるひは加速度の状態を先づ警戒すること。詩人の節操といふことを、この状態のなかに誤り見ないこと。プロレタリア詩人の前にもかなしみやよろこびが常に揺れつがつてゐることを僕は信じるのだ。

　よろこびを詩にして来た詩人は悲しみをうたふのを背徳であるかのやうに考へ、悲しみをうたつて来た詩人はよろこびをうたふことを同じやうに考へるといふ状態――そんなことを思ひ何よりも僕はこれまでの自分が恥く《ママ》てならぬ。自分のうたつて来たことが実に中途半端で、何よりも不具であつたことを気づき、一つの詩から次の詩へ性惰で流れる感情から、ともすると洩れ出した真実がありはしなかつたか。

　詩にあつてのリアリズムの精神といふものは、先に書いたやうな感情や感覚の惰性を斥けることが多ければ多いほど強靱性を増すものであるといふことだけが、僕にはつきり判つて来た。

詩の定型・非定型

　北川冬彦氏の提唱する「新・定型詩」は、それについての氏らの実践的成果を予想するよりも、氏をしてあの主張をなさしめたところのもの、言葉を換へれば詩人北川冬彦を背後から衝き動かしてゐる現実的な衝動について考へる方が僕には興味深く思はれる。

「私は、過日、映画のニユースで鵜飼ひの写真を見てゐて、四行詩と十二行詩の必然を思ひつき、又別の日百合の花から三行詩六行詩を思ひついた。」

かうした氏の文章の「必然性」を検討するのは、成程批評の一つの役割には相違ないが、それはたかだか「一つの役割」にすぎないのであつて、すでに大向の批評を無視してゐるかに思はれる前記北川氏の言葉の背後には、「未だ見ぬ新・定型」への意欲が儼然と、そして切なく構へてゐるといふ事実を感じ取るのが一番重要な事柄であらう。だからして、少くとも僕にとつては、北川氏に於ける「新・定型詩」のかくあるべきあれこれのプランそのものよりも、反つて「新・定型詩」の観念の氏のうちに於ける在り様が問題になるのだ。

さて、読者よ、次のやうな比喩はどうでせう?

雨が叩き、それが凍りついた勾配で身もだえして空転する機関車。すると機関手は用意の「砂」をレールに撒くのだ。砂を嚙む車輪は摩擦を多くし、空廻りを止めて勾配を駆け上る。比喩が適切でないかも知れぬが、氏にあつての「新・定型詩」は「砂」の役割するものではなからうか。僕にはそのやうに考へられる。

「いままで人々はこの出口がどんなものか、なぞは考へもしないで、体あたりで詩を書いて来てゐる。それはそれでよろしい。出口も何も見つからない時には、体あたり以上にいい詩を生む方法はないからである。」「詩人」創刊号「詩の新定型について」の北川氏の言葉を興味ふかく読む。

北川氏のみでなく、自由詩制作におけるこの種の苦しみを、われわれは経験してゐる筈である。かすんかすんと空転ばかりつづける詩精神をもて余し、逸れ弾丸ばかりかさむこと驚ろくばかりなこの時代の詩の仕事にたたかふ人々は、一様に「出口」を求め、おのれにとつて「砂の役割するもの」を持つべく努力をしてゐる。この時代に積極的な詩活動を示してゐる大江満雄氏にしろ、田木繁氏にしろ、僕にはいち早くおのれのうちに「砂」を持ち得た詩人の様に考へられる。「機械」はそのやうなものとして僕にはうつる。彼等がそれを意識するにせよ、しないにせよ、「機械」は彼等の詩作のうちで「砂」の効用を果してゐるのである。

ところで、「新・定型」もその様な役割を北川氏のうちで持つ筈なのである。異つてゐる点は、大江氏や田木氏の場合には、「砂」は形式に在るのでなしに社会性ある、現実の存在物「機械」であつたが、北川氏の場合は「新・定型」なる一つのイデアであつたことであらう。

ところで、以上のやうに考へて、さて「新・定型詩」と所謂「自由詩型」といふ風に二つを並べてみる。

恐らく、この二つを頭から相互を異質物として対立させる位無意味なことはないだらうと思はれる。「新・定型詩」の提唱にかぎらず、すべて詩の流れのうちに生起する新らしい主張や提唱について、従来あつたものと新らしく起つたものとの区別を前面に押出すのに急なあまり異質点だけを強調して他を顧みないといふ傾向がある。ところが、重要なのは従来のものと新しく起つたものとの交流なのだ。

まして、「新・定型詩」は自由詩が今在りかつ在つた様に現実の存在を確立してゐる訳ではないのだ。この文章のはじめで、「新・定型詩」についての北川氏自身のプランとしての「四行詩」「十二行詩」、あるひは「三行詩」などに興味がなく、さうした詩を意慾する北川氏の現実的な衝動にこそ意味があると書いたのは、新らしい定型への意慾は、かくあるべき「定型」をあれこれと予定するといふせせつこましいことにはなく、もつと大きい詩の本質への反省とか、それにともなふ強い、そして茫漠としてイデアのうちにこそ現るべきものだと考へるからだ。その意味で、次に引用する丸山薫氏の言葉（「詩人」一月号座談会）は面白い。

「それで、さういふふうな気持（言葉を詩にするときに、言葉を使ふことを恐れるといふ気持、あるひは詩をつくる心持）をだんだんつきつめてくると、やつぱり最後には北川君がイデアしてゐるやうな定型といふものをイデアするやうになると思ふんです。で定型があるために内容が空疎になるとか何とか、いろ〳〵弊害は起りますけれども、われわれは非常に言葉を使ふことを恐れるために、窮極はやつぱり定型をたえずイデアしなければならない。」（傍点は僕）

右の言葉を妥当な観方だと僕は思ふ。茫漠とした意慾、そしてそれは具体性を持ち得ないが故に反つて役に立つといふ事実。若し、詩の「新・定型」に積極的な要素がふくまれるとするなら、それはあれこれの細部の設計にはなくて、全体としての「詩の本質」へのイデアとしての「定型への慾求」、その切なくはげしい観念の衝動に価値を見出さなければならない。

この意味での欲求については、自由詩の可能性を信ずる人々も無関心であつていゝ訳ではない。それ所か、かうした種類の、言はゞ詩の本質的な在りかたへの反省は、自由詩が人間と社会の錯雑きはまる交流のうちにますます不秩序で乱雑な姿をあらはしてゐる今日、常にわれわれを訪れてゐる。しかしながら、今日において「詩の本質」の在る処を、かくあるべき「定型」として、素朴・純粋・形式的な明確（らしい外装）な枠を最初に設定することの危険を考へねばならない。「定型的なるもの」への衝動に何の掛値もないが故に、そしてそれは或る意味で歴史性をもつ大きな慾望の方向でもあり得るからこそ、前記素朴・純粋・形式的な明確さをせつかちに望むことの危険も正比例して大きい訳なのだ。大きな意欲の方向を、いち早く小さな「枠」のなかに手軽におさめてしまふ、さう言つた傾向が今後北川氏の影響下にある人々の詩の仕事に現れることを僕は懸念する。僕の考へでは、「新・定型」は北川氏にあつて「小さく手軽な枠」となるのでなしに、「大きいイデア」として存在すべきである。そして、これが北川氏にとつてどの程度に楽しい詩の「出口」になるか、「効果的な砂」になり得るか、これは疑問であらう。

本誌三月号かに載つてゐる詩人論（匿名の）「北川冬彦論」のなかに、「新・定型詩」の提唱者である氏は、設計通りの定型詩なんか書かないで、むしろ氏の影響下の一部の詩人がそれを言はゞ実験的に試作するだらう、と言つた意味のことが書いてある。あれは皮肉やヤユでなくて「定型」が意慾として北川氏のうちに在り、さうしたものとして意味のあることを見抜いてゐる。「ともかく、私には気儘勝手に書かれた自由詩には、殆ど興味がない」と北川氏は言つてゐるが、その「気儘勝手に書かれた「自由詩」の片隅にも、時として漠然とした定型的なものへの意慾は燃えるのである。しかし、自由詩の可能を信ずる僕などは、「新定型とは吾々現代の詩人にとつて、無理のない立派な出口のことなのである」といふ風に考へることは出来ない。北川氏の「砂」はついにわれわれの「砂」ではない。結論はこれである。

「詩人」六冊に就て

評論への希望

「詩人」既刊六冊に載つた評論とその他作品について、感想を書いてみたい。順序も別になしに、印象に残つたものを取り上げて行く。

　最初にこの頃の詩に関する評論について感じるのは、一般的に言つてそれらの持つ説得力の弱さである。評論の一読者としての僕は、このことに先づ不満を覚へる。思ふことをばしばし言つてしまふこと、そこに言葉のアイマイさだとか、観念の譲歩だとかが見られぬこと、そこから協働への糸口をみつけ合ふこと、これらは詩人及び詩論家の純粋な性格から来るものとして僕は何より尊重するのだが、それだけでもつて涼しい顔して引揚げられると読者はやはり途方にくれると思ふ。僕は詩人の書いた詩の評論よりも、いまの所では彼等の書いた感想に心を惹かれるのが常だが、これも結局詩人の書いた評論の弱さに一半の責任があることは否定出来ないだらう。感想の場合では読者に途方にくれるのを予期して、楽しいのである。前者にくらべて自由選択の余地が多いのだ。

　ところで、選択の自由は評論の場合にあつても読者の権利として在ること勿論である。それを殊更、評論と感想の場合では異る如くに書いたのは少くとも現実的ではない。

　僕のここで強調したいのは、筆者の心構へとして評論には読者の自由選択のまえに放任することなしに、飽迄説得しつくす底の執拗性を望んで止まない事なのだ。ここから来る批評家の粘りづよい確信と傲慢だけが、読者に対する本当の意味での「謙譲」になるといふ事実！

　それから、もう一つは所謂「匿名批評」が署名つきの評論に与へた、または与へつつある作用について考へ度い。

　匿名批評が近頃の文学に与へた功罪については僕は知らぬ。ここでは功罪を考へる頁もない。

　匿名批評は「性格」を持つてゐると言はれる。一見奇異な様だが奇異に考へるのは匿名といふ言葉から来るわれわれの錯覚である。と言ふのは、僕の独断では説得の過程を抜きにして批判される対象と批判する者との異質点へ直線に進むのが匿名批評の一つの特徴であるからである。だから、ここで筆者の個人的な文学上の嗜好はしばしば匿名の擬装のもとに誇張されて表現されるだらう。

問題はそこにある！　現象的に、（何故なら、匿名批評と署名の評論といふやうに、区別することからして、本質的に考へれば凡そ無意味であるからだ。）若干の誇張をもつて表現される匿名批評の、言はゞてきぱきした断定の仕方が評論家諸氏に或種の魅力を与へるらしい。

この頃の詩の評論が、説得力を失つて来たのは、局部的には匿名批評の一種の影響と無関係ではないと僕は思ふのである。そして、匿名批評が仮令我国の文学の上に相当の功績を結果して来たとしても、この種の影響は嬉しいことではない。それが評論としての役割を充分に果たすためには、彼我に横たはる異質点の強調の前に、説得の過程がなければいけないだらう。

僕がこんなことを書くのは、最近のいくつかの同人雑誌の批評を読むと、匿名批評が署名の頁にハミ出した種類の批評を、他人の長所に没頭した方がはるかに輝き増さる性格を持つた人々が書いてゐるからである。

「細叙主義」をめぐつて

新井徹氏は本誌一月、二月に亘つて『詩に於ける象徴』を問題にした。氏の言はれる、プロレタリア詩の細叙的方法に対する救助、あるひは援用としての『象徴』的方法の提議については別に触れるとして、ここでは本誌三月号の小野十三郎氏の『細叙主義・其他』と関連させて、所謂『細叙主義』について少し考へ度い。

小野氏の短い文章は、近頃での優れたものであつた。これについては、大江満雄氏も五月号で簡単にふれたから、問題になる二、三の抜粋に止めよう。

『レアリズムに就て一つの伝説がある。それはレアリズムとは現実の客観的細叙ではないと云ふ批評家の言葉である。阿呆の一つ覚えのやうなものだ。レアリズムを単なる文学的方法としてゞはなく、何よりも先づ一の強大な意欲として把握してゐる詩人はさう云ふ風には考へない。』

『日本の現状に於けるレアリズムは、結果としての作品そのものの出来栄よりも、各詩人がどう云ふ風にして自己の感性を鍛え、古きを捨て新に就いてゐるかと云ふこの過程に最も特徴的な相貌を執つてあらはれてゐる。』

　これらの引用でわかる通り、小野氏が言ふところのリアリズムはもつぱら意欲の一貫した方向として把握されてゐる。その見地から、『リアリズム詩の通弊』であるところの細叙主義傾向も『各詩人の意欲の方向の必然性』によつて、正しい位置と評価を与へてほしいと氏は言つてゐる。異議なしである。

　ところが、新井氏は前記の評論で二、三の詩人の細叙的傾向を指摘して、象徴的手法の援用を提議してゐる。ここに『細叙主義』をめぐつてのマサツはないか。

　それは、あるにはあるが、次のやうに理解すれば問題は簡単である。小野氏が形式、あるひは技法上の顧慮からハミ出さうとする労働者農民詩人の意欲にポイントを置き、他方新井氏が彼等の形式、または手法上の完璧に重点を置いてゐるといふ傾きに於いて。だから両氏の考へのいづれが妥当だと言はれれば、二つながらその面では正しいと言ふより他はないであらう。たゞ、小野氏の文章で残念に思はれるのは、詩人の細叙主義的方法に於ての正しい姿勢の場合の妥当な価値づけに終始して、われわれ若い詩人が往々とそこに安住しようとする細叙主義の悪用に少しも触れてくれなかつたことである。

　そこで、『労働者農民諸君の作品の中に蔓つてゐる執拗な細叙主義的傾向も、それが大きな意欲と良心で貫通されたときその傾向自身が、この詩人の現実に対する直感的認識の形式となる。ここにはもはや冗漫さはない。』と言ふ氏の言葉の後に次のやうな但書を補ふことを許され度い

　――だが、詩人が内から外への努力を止めたとき、詩人が激しい意欲によつて客観的現実を自分の生活の環にたぐり寄せることを怠つたとき、その場合の細叙主義は言葉の浪費以外の何物でもないだらう。

怒つた評論

　遠地輝武氏の『リアリズムの行方』（本誌五月号）を読み、僕は同じ号の田木繁氏の『ロマンチシズムの行方』と併せて、これは『怒つた評論』だと言つた。激しい語気と直情性をもつて、遠地氏は詩に於けるリアリズムへの不信を、もつぱら『これがかつて社会主義リアリズムを説いた、私のなれの果である』と言ふ風に、自身の感慨として投げ出してゐる。田木氏の場合は、作品集『飛行機詩集』への感想で考へるとして、遠地氏の文章はいまの僕には不満であると率直に言ひ度い。あの文章

に於いての筆者の気魄と直情を疑ふ気持はないが、嘗てのリアリズムを信奉した氏が、どうしてその後、リアリズム詩への嫌悪と不信、さらにもつと強い度合での自己嫌悪を抱くやうになつたかを読者に理解させるには遠地輝武個人の『肉体の抒情』としてのあの文章では物足りぬに違いない。

あれは感想である。血の出るやうな、そして若干の憶測を許されるならば、氏はあの文章のなかで、『圧石の下から執拗にはひ出さうとする』枯れきらぬリアリストの意欲を、それが周囲の現実からいためられ、弱々しい存在であるといふ理由で、氏自身のうちで一刀両断にしてゐるのではないか。われわれの中にあるリアリストの『意欲』をでなく、氏自身の中に儼として存在するものをである。

さうでなかつたら、本誌六月号『現代の心理主義などど』の中でどうして氏が次のやうに言ひきれよう。

『―私は私らの文学（詩）が現実の暴虐に対する心理的抵抗の芸術として、今、組織を失つた時代を背景に成長すべく位置づけられてゐることを述べた筈である。』と。

たゞ、ここで僕の言ひ度いのは、『現実の暴虐』といふものは、必しも行動停止の一線を襲つてゐるのみでなく、われわれの日常些事の間に意地わるくつきまとつており、当面の仕事としてそれらに対する『心理的抵抗』をつゞけるのが、リアリストとしての僕自身設計であるといふことである。少くともその一部である。

述べた様に、遠地氏は『現代の心理主義など』に於いては、『リアリズムの行方』に於いて感情として吐露した気味のある論旨を、づつと論理の正統性に落着かせてゐる。注意さるべきであらう。

作品への希望

『根本的リズムとしての吾々の社会生活の広汎なテムポ、言葉の普通の、そして真の特質、形象の明るい表現性と内部的リズム―形象と情緒の穏かな力学性』のなかにわれわれの詩が組織されると言ふのはマツアだ。これに対して異議はない。僕がこの言葉を読んだのは数年前であるが、いまだつて勿論プロレタリア詩は『そこ』に組織さるべきだと考へることに変りはない。さしづめ、この言葉を援用するより外はない。

たゞ、僕はここで包まずに白状せねばならぬ。数年前には『吾々の社会生活』を、当時そのもとで働いてゐたプロレタリアートの生活だと理解した。マツアの言ふ『生活』はそれであつたから。――社会主義的リアリズムが問題になつた頃、僕をくるしめたのは、やはり、この『われわれ』の意味であつた。それがどのやうに僕を苦るしめたかは、僕をもふくめた一部の詩人が、『詩精神』でした仕事を見てもらへば分るとして、ここでは、僕等は再び『吾々』について考へはじめてゐることを言ひ度い。

言葉を節約するために、短くして意味の深い引用を許されたい。

「―我国の若い詩人の多数の欠点は、彼等が主観性の無価値なることを客観的に材料を見出し得ないことだ。高々彼等に相似した彼等の主観に合ふた材料を見つける。材料が彼等の主観に反する時でも、それが詩的であつたら又材料自身のために取るといふ事は考へられない」―ゲーテ（エッケルマンとの対話）

この意味をいつもこの頃考へる。自我の客観的観照でなくして、客観的な「材料」。そこへ意慾の環をひろげて行くこと。これは詩人の自我の抹殺でなくして、反対に拡充に外ならぬこと。

自我の過剰が散文で問題になつたとき、主題の客観性がその救済として強調された。詩の場合は違ふ。自我の過剰は詩文学の本質的な要素であり、過剰した自我は遠慮なく客観的な材料へハミ出して行くのだ。客観的な材料が自身で持つてゐる響きを感じ取る『音叉』を、僕等は肉体のうちに用意してゐる筈だと思ふ。だから、ゲーテの言葉は自我の拡充に対してブレーキの役割するものでなしに、詩人の自我の過剰の結果と理解していいだらう。

勿論、ゲーテが同じ本の他の場所で言つてゐる如く、身辺の些事の中から美を拾ひ上げるのも詩人の才能に違ひないが今日、ここで僕の強調したいのはむしろ前に引用した言葉である。それを繰りかへしたい。

★ゲーテは一見この引用と相反するやうな言葉をいくつも同じ本の中でエッケルマンに語つてゐるが、僕の考へでは彼の偉大さの存する所は、この言葉に於けるかぎりマサツする他の言葉になくて、引用の方にあると思つてゐる。都合のいい引用ではないのだ。

大江満雄の作品集

予定の紙数に間がないので、作品の感想は駆け足でしなければならず大半の作品を次の機会に残すことになるだらう。作品集についてはこれ迄その必要を誰しも認めながら、『詩人』の如く継続的に実行はされなかつたやうだ。これは本誌の功績であり、さらに継続されなければならぬ。

先づ、大江満雄氏の作品集（四月号）について。僕は一番この詩集を愛読した。いろんなことを考へさせられ、楽しかつた。

僕は氏の常に口にする、『科学的な方法』、『科学的表現』にはあまり、関心を持ち得ない。言葉の厳密な意味で、『科学的』方法は詩に於いて成立せぬといふ気が何処かでするのだ。きつと、言葉のきびしさが僕をこだはらすのであらう。

しかし、僕は氏の僕に論理性を認めるに躊躇はしない。僕の愛するのはこれに相違ないのだ、即ち、あの故伊藤左千夫が『悲しき玩具』を読んでの言葉である『石川君の歌を見ると航行の目的と要求とが明瞭して居つて、それに対する碇も羅針盤も確実に所有し、自分の行きたい所へ行き自分の留りたい所へ留つてゐる』といふ意味での論理性。時代をかへ、氏に現れる場合には、航行の『目的と要求』は当然プロレタリア詩人としてのそれになつてゐる訳であり、だから一層愛することの出来る作品となつてゐるのだ。

収められた十の作品のうち、冒頭の『音楽』を氏は最もすきらしいが、そして特にこの詩の表現が会心なものなのは頷けるけれど、僕は『螺旋状の争ひ』を注意した。

争ひながら
一緒に動いてゐる心理の中に
イデオロギーの段階がある
おつかさんは
あがつて行く
背負ひながらあがる
おゝ何を負つてゐるか
お前は見たか。

お母さんのイデオロギーも『古い世界からのがれたい』のだ。そして、新しい者と古い者との心理は、争ひながらも、二つながらイデオロギーの『階段』を上つて行くのだ。ここに彼の親しみ深い、おだやかな新しい時代への確信と楽天主義がある。新らしい者の『背負』つてゐる古いイデオロギーはどうするか、は自ら別問題であるのだ。これが物足りぬと言へば物足ぬが、一人の詩人にすべてを望むことからして意味ない事だと思ふ。

飛行機詩集

観念の傾斜を予定しなければ筆が動かぬ―と田木繁氏は言つたことがある。

飛行機詩集―ここで傾斜はどんな風に現れてゐるか。

彼が或る観念の表白に飛行機を撰んだことは、航空機械が最も新鋭な構造、機能を持つといふこと以外にもつと重大な意味が少くとも氏自身の意図にふくまれてゐるのだと考へられる。それは何か？　操縦者と機体の関係が最も強い意味で合体してゐることがあらう。機体の運命はそのまま操縦する者の運命であるといふ意味に於いて。だからここで機体に作用する空気の圧力は、その儘、操縦者の生命に作用する圧力と理解出来るだらう。その限り田木的手法の一歩前進である。

しかし、僕はここで自分の直感したことをそのまま投げ出し度い。―田木氏はこの『飛行機詩集』あたりで、機械の追求から漸時離れて行くのではないか。それが正しいのではないか。或る観念を具象して示すためにする、言はゞ『過程』がますます細部に及ぶハンサ性を生み出し、二行三行の結論を実証するための行数はだんだん複雑、専門的になつて行きつく所を知らぬ。これはどういふことであらうか。これはどうなるのであらうか？

（つづく）

「クリム・サムギン」について

その頃、僕は大阪で学生らしい神経質な「政治運動」らしきものをやつてゐた。「クリム・サムギン」を読んだ。何てイヤな小説だらう、作者は何故これほど意地わるく、主人公の行き戻り、且低徊しつづける動揺にみちた生活を描くのだらうとイライラし、さういふ種類の焦燥――今にして思ふ。この焦燥は他ではない、僕自身に向けられたものに相違なかつた。クリム・サムギンにではなく、僕自身に憤つてゐるのであつた！――の中に読み進んで行つたのを思ひ出す。小説の鑑賞力の鈍い僕は、生来の不勉強の勢もあるが、ゴリキイの数多い作品に関しては口出しする資格はないが、「クリム・サムギン」は不思議なほど印象に残つてゐるのは何故だらうか。思ふに、前に書いた如きいやあな心の抵抗のなかで読んだといふことが、最大の原因であらうし散文家ゴリキイは読者をしてあの様に他でもないおのれの動揺に対して憤らせたといふ意味で「目的」に達したのであらう。

「生産的」な詩人その他

一、「生産的」な詩人

前号で「詩人」六冊の感想を書いた所、或る先輩があの評論は危なかつしくて見ておれぬと言つて呉れた。元来僕といふ男は感想しか書けぬ癖に、あすこでは意識してシヤチホコ張つてゐるからでもあらうが、そしてこれは僕にとつては苦痛なことでもあるのだが、僕は僕なりに設計を持つてゐる。

余事に亘つて恐縮だが、事のついでに簡単に「設計」について説明するなら、今後の仕事で、僕は大いに「無理」をしようと決心してゐるのだ。僕如き怠惰きはまりない男は、逆に自分に向つて「無理」な仕事を設定し、設定することに依つて自らに責任を押付けなければならぬのだ。良心ともを襲つてゐる言ひ様のない沈滞を脱け出るために、僕は意識して無理な仕事を自身に強要することにきめた。

怠惰であること――これは、僕だけが打破しなければならぬ悪癖であらうか。さうではないだらう。怠惰が如何程、われわれの仕事の進捗を阻んでゐることであらう。思ひここに至つて、僕は愕然として周囲を見る。生活的な勤勉と、詩の仕事の怠慢さ――前の者が後の者を陰蔽してゐる場合の如何に多いことであらう。生活に於ける勤勉が、そのまま詩の仕事における勤勉になるといふ状態、その高く充実した状態を殆ど望み得ぬ現実は何と奇怪至極であらう。その見通しのうえに、僕をも含めたわれわれの怠惰は根を張りはじめてゐるので、もうこの疾病とも言ふべき精神の状態は、一時の生半可な刺戟などでは容易に動きはしまいと思はれる。嘗て、われわれの一部の詩人たちが絶望の深さを歌つたとき、これを弁護して僕はジイドの「ヱル・アヂ」中の言葉「要するにこれ（沼地のこと）を横切らねばならぬと信じたものにのみ、たゞ怖しいものだつたのだ。」を引用して置いたのを思ひ出すが、今日の写真は、この絶望すら最早慢性的な涸執となつてゐるのではないか。持続する絶望は、それが本来出発し、それ故に積極的な意味を持つてゐた対現実に於ける個人の生々しい姿勢であるといふよりも、火花を失つたくすんだ鋼鉄の如きものになつてしまつた。行動を予定した上での、言はゞヴイヴイツドな、弾力性ある絶望でなくして、反対にここに予定されてゐるのは、「絶望の枠」であるといふ悲劇がありはしないか。彼の額にあるのが「八方塞り」の生々しい刺青の文字でなくして、前以て用意されたところの冷たい「絶望のスクリーン」であつたとしたら、悲しいではないか。

僕は何を書くのであつたか。標題「生産的な詩人」とは、何処に存在してゐるか。

この章で、僕は小熊秀雄氏について書く心算であつた。小熊秀雄の教訓を書く筈であつた。つまり、以上述べた詩人の状態を打破するために、小熊氏から教訓を汲取るのである。氏の中には、それを為し得る要素がある！

第一に、彼は生産的な詩人である。僕は先づこのことを強調し度い。勿論、「生産的」にも意味はいくつもあると考へられる。例へば、「天才とは生産し、生産する才能」であると言ふゲーテの言葉に於いての「生産」の意味は、時代を経て生き残り、次第に膨れあがつて行くその「影響力」に重点がある筈であらうし、もつと単純な意味での「生産的」な活動も考へられる。あくなき精力を以つて、怠惰の最後の一片をも詩作生活の中に残さぬ様な彼は、その典型であるかも知れない。

とまれ、此処では「怠惰なき精神」の保持者である彼について、われわれは共に驚嘆しよう。僕など、これはもう大変なことだと思ふのである。

ところで、この「生産的」に関して、萩原朔太郎氏の言葉に触れ度い。

「詩人」一月号で、氏は次の様に書いてゐる。

「人が生産的の仕事をしないといふことでは決して必ずしも悪いことではない。もしそれが悪いといふなら、すべての芸術家の生活は皆悪いのだ。なぜなら、すべての芸術は—絵でも音楽でも、文学でも—本来皆生産的の仕事ではないからである。」（「感想二つ」—傍点は僕）

引用の言葉は、半分肯定出来ないでもないが、半分は肯定し難いと僕には思はれる。そして、肯定し難い部分こそ、最も重要な箇所なのである。

「人が生産的の仕事をしないといふことは」、決して必ずしも「悪いことではない」と僕も思ふ。したくとも出来ぬ人々もあるだらうし、為なくともいい人々もあるからである。それを悪いといふなら、成程芸術家の大部分の生活は悪いからである。だが、だからして「すべての芸術は本来皆生産的の仕事でない」といふのは、少し単純すぎ、誤謬を含んで来るだらう。ここで、氏の意味する「生産的」な仕事とは、取りも直さず、それに依つて生活の物資を得るところの直接的な「仕事」むしろ「生業《なりはい》」に近いものになる。さういふ意味で、文学が成立し難い仕事であること、少くとも詩が失格に近いことは言ふ迄もない。

　とは言へ、僕は詩も他の文学の仕事とともに「生産的」であるべきだと言ひ度い。文学、少くともプロレタリア文学は、「生産的」な文学であると強調し度い。進歩的文学は「生産的」であるべきだ、とも言ひ度い。

　それぢや、その「生産的」な文学は何処に、どんな風に存在してゐるか、と問はれるとその実、僕にははつきり指摘出来ないのである。例へば、小熊氏の仕事の中に、「生産的」な詩人の典型がすべて備はつてゐるかと尋ねられると、さうだ、と答へる元気はない。たゞ僕は彼の我武者羅で全身的な仕事のなかに、否むしろ仕事する姿自体のうちに、漠然とであるが「生産的」なものを感じるのだ。これこそが、この精神こそが、われわれの怠惰、この憎むべき精神の怠惰を打破る要素を含んでゐるやうな気がするのである。これはどこまでも僕のカンであつてこれを説明したい願ひのなかに、身悶へるばかりであるのだ。

　しかし、もう少し考へよう。自身にもはつきり説明がつかぬのに拘らず、斯程まで僕を惹きつける「生産的」な詩の仕事について。この魅力多い、力強い言葉について。

　第一に、僕は「生産的」といふ言葉を、前記萩原氏の意味されるところと対蹠の物として理解するのが便利であらう。その反対の側から考へよう。現実の僕を惹きつける「生産的」な仕事は、物質的であるよりも、不思議にも精神的なそれなのだ。「生産的」とは精神の状態、と言つてわるければ方向なのである。常に新鮮に物に共鳴し、或は反撃しようと身構へてゐる精神、おのれの生み出した作品が詩人の水尾《みを》でなくして船首の燈であるといふ確信にみちる精神の状態、詩人に依つて為される詩作実践が逆に、今日或は明日の新らしい「彼を生産する」底の気魄に満ちてゐる状態。―僕は説明するに適当な言葉を知らぬのを口惜しく思ふばかりである！

二、理想の処置について

自分を顧るとき、僕はこの半年程の間に「理想主義」的になつたのを認める。それを若干危険なことだとも考へてゐる。怠惰なる「理想」！　これ位莫迦げたものはない。しかし乍ら、少し注意して周囲を眺めると、一般的に言つてわれわれの努力は、この頃になつて「内から外へ」向ひはじめてゐるのだ。漠然とではあるが、満潮へのきざしを感じるのはわれわれ、ひとともにであらう。そして、周囲を眺め、おのれを見廻し、われとわがうちに湧き上つてゐるささやかな希望を疑つてゐるのである。それは極めて微かなものだから。長い間の「理想」への不信、あるひは自分への不信が鬱積されてゐるから。

僕自身も、ともすると意地わるい眼で自分のうちなる微かな「理想」を解釈する。例へば、僕の精神のかかる状態は肉体的な疲憊が起す反射作用としての「理想主義」にすぎぬのぢやないか、など。「血と筋肉との極度の窮乏と殆ど引き離し得ざる夫《か》の甘美性」と「精神性」と「この人を見よ」のなかでニーチエの書いた鋭い言葉なども僕の心にひつかかる。僕の「理想主義」など、これなのぢやないか。おれの最も不健康な所の炎症が、おれの中なる「理想主義」ぢやないか。そんなこと考へるとやりきれなくなるのだ。

だが、こんな感慨が一体何になるのだらう。これが「生産的」な仕事を心掛ける僕の態度であらうか。この文章を意味あらしめるために、親しい二人の先輩に触れよう。

遠地輝武氏と田木繁氏の仕事について。

氏らは反「理想主義」的だと一般に考へられ、氏ら自身も自分らの仕事は理想主義の破綻した所から出発したと述べてゐる。だが、いまの僕は、二氏の仕事の中に、はけ口を失つた理想の激しい途まどひを見る。これを尊重し度い。この途まどひ（いやな言葉だが、他に適当な形容がない）も、この時代に於ける理想主義の一つの姿なのだ。

例へば、遠地氏の「楽天家」（本誌七月号）を読む。注意して読む。これらのきびしい作品は、ニヒリズムにもデカダンスにも属さない様に僕には思はれる。これらの詩篇のうちには注意すると、「救ひ」を求める氏自身がちらちら見へるからである。それが、氏の言はれる

「顧慮なき突入」を阻んでゐるのである。

僕は次の様に考へざるを得ぬ。遠地氏は、今日の氏自身を救ふものとして、或程度まで意識して、感情や精神をニヒリスチックな、又はデカダン的な場所へ追ひつめてゐるのではないか？　極限を求める気持、そこから自己を救ひ出す気持ではないか？　氏の詩作に於ける初期がダダに属したといふ素質的なものは勿論認めるが、僕にはそんな風に思はれるのだ。プロレタリア文学者としての「意識」が、「顧慮なき突入」や一種の「不逞ぶてしさ」を持つニヒリズム、またデカダンスの方向へ氏を駆らしめ、その同じ「意識」が氏をして言葉の純粋な意味でのニヒリズムやデカダンスに突入することを拒むといふ事実を、僕は面白く考へる。

狂気になることをさへ、「意識して」求め度くなるいまの時代は何と不幸であらう。今日の理想が、僕等の全身心を衝撃するには余りに弱すぎるといふこと。スポーツですら全身心を容易に集中させるのに、今日の詩人の前にさうした対象がないとき、僕には氏の「顧慮なき突入」への憧憬も、その実践としての「楽天家」の積極性も認める。問題は、前記の如きところ、即ちあの作品中にちよくちよく頭を擡げる「希求」の心の氏に於ける処置だと思はれる。

次に、田木繁氏。

僕は本誌前月号で、氏の所謂「機械詩」に少しばかり疑義を述べて置いた。それについては、此処では触れぬ。

僕は嘗て、田木氏の仕事を「彼はおのれの可能性を虐待することに依つて、そのたしかさを調べてゐる」と書いた。それは大体間違つてゐなかつたらしい。氏の関西文学誌上での仕事はそれを示してゐる。

田木氏の、ここ一、二年の仕事を通じて一貫するものは、プロレタリアートとの協働―少くとも文学における―は、インテリゲントからする「言葉の歩み寄り」や「観念の譲歩」からは為し得ぬといふ確信であらう。彼は事毎にこれを強調し或時には誇張した表現さへしたのは、われわれの知つてゐる所だ。

―おれが組合事務所へ行つて、労働者の話題のなかへ口を入れた。彼等は、すると、一瞬間沈黙した。次に反発がこだまのやうに戻つて来た。おれはもうアカンと考へた。ところが、彼等の無言の咎めるやうな眼付の中にゐると、突然「長らく私の待ちのぞんでゐたものは、これであつたと考へた」

こんな氏を最近彼は書いてゐる。氏らしい「屈所」の多い作品だが、意地つぱりな田木氏よ！　何のために氏の俟ちのぞんだのは彼等の反発だらう？　そこから彼我の異質点のマサツから協働への糸口はほぐれるからだ。それを、氏は感じはじめたからだ。そこを突き抜けるのが、氏をプロレタリアートと結びつけると氏は確信するからだ。

氏は常に、労働者対彼（インテリゲント）の関係を、最悪の場合に置く。そこから、これまた最悪の条件の数々を積重ね「ここにさへも血路はある」ことを実証しやうとするのだ。

前記の詩の場合の「実証」の仕方は、相当苦しく読みづらい。これは僕の直感だが、氏に於ける憎くまれつ子「理想主義」はいろんな形で田木氏の仕事に雑音を入れるだらうが、この雑音のために氏は生き残るだらう。

とまれ、今日に於ける「理想」は、大体に於いて嘗てのやうな簡単、素撲なものとしてわれわれを惹きつけはしまい。理想主義的な気持を、意識して虐待してゐる人々の中に、反つて根強く頭をもたげてゐるかも知れないのだ。

僕は、しばらく自分の上向いた気持を検討してみたい。僕の中なる微な気持の昂揚が、僕の最も不健康なところ、最も抵抗の弱い所を撃つた衝撃にすぎぬかどうか。あまり素撲で漠然として、説明がつかぬ種類の「理想主義」なので、自分でも心許ない始末である。

それが、僕に「生産的」な影響を与へたならば、何よりも怠惰なる理想主義でないならばと考へる。それを試すためには「詩とは真実なるものの拡大である」とでも考へ、この微なる昂揚を「拡大」して自分にみせるのがいいだらう。

小熊氏の「しやべりまくれ」は、こうした場合、僕の中に在るものが本物かさうでないかを検出するに役立つだらう。「真実」なるものの「拡大」が、肉体及び精神の隅々にまで及ぶといふ意味で――。

（七月九日）

四、未発表原稿（「魚群」「山にある田で」を含む）篇

1、詩作品

錆びた鉄路の序

12月5日

灰色の煙が工場からでる—。
　それは再び暗い塵となつて未練気に冷い大地に迫るのだ。
暗い村………
　相接した軒と軒とに燃へる憤《ママ》いの炎の中に、
うごめく賢い人間の群を私は見る。
　彼等の頭は明敏で確実だ。
—石炭のアスから一人分の未燃焼の石炭が取れる—
　其が彼等にとつて笑ひ事でないのだ。
—十銭の金を千年銀行に入れたら—
　其も真剣に彼等の頭の産物だ。
蒸気のうめきと発動機の怒声の中にあつて、
気も狂ふばかりの空気の中で
（其は抑えられた自由と性欲のやり場を失つた憐れな人
　間の錆びた鉄柵の中で発散するものだ）
いりつける焦燥の中で……
造り出す彼等の頭を驚嘆する。

×

微笑が人間から去つて行く……
　格式と威厳が苔を生して、
それでも端然と横たはつて居る
　彼等は微笑の価値を知らない様だ。
昔に昔が乗つかかりもつれ合つて、
　馬鹿くさいと言ふ気持が、
微笑の出口を塞いで終つた。
　微笑は馬鹿臭い—
沈黙は劣敗だ—
　それでは？　と仰向けば、
力がかびを付けて乗つて居る。

×

虹が東南の空に出た時、
　村の人間は誰も其を見なかつた。
月が夢を中天に持上げた時、

広いコンクリートの屋根は淋しく押黙つて居た。
恐ろしく厚いガラスが鈍く光つて、
しみ込む夢は油にまみれた鋼鉄でつき飛ばされた。
夢が消へて、空想がほろんで……
地震が底深い闇を動かした時、
人間は初めて子供の呼声を上げた。
彼等は雨上りの庭に素足で飛出した、
そんな時に月が輝いて居るものか？
障子に指程の穴があるのを、
一時間もぐず〳〵言つてた人間は、
今泥の足でみがき込んだ廊下を歩いて居るではないか？

×

新らしいエンヂンは神の力で動き、
輸入の機械は断えず迷信を織る。
暗い部屋には易書がかけられ、
反古が所々の壁に打着けられて、
釘の錆が紙に流れて居る。
せまい道路だ。
人は眼を開いて居ながらも両手で探つて進んで居る。

×

一日の労働を終へて、
全身に熱気の廻つて居る機械に手を置て、
ゆつくり工場内を見廻し得る人間は居ないのか？
夜九時…………
広い村道に人もなく月が輝いて居るのだ。

町がある…………
其は確に動いて居る。
そして奔馬の様な軽便鉄道が、
沈みかかつた私を明るみに運んで呉れる。
会社は欠損続であらうとも、
寒さでレールが破損しやうが、
其は私には関係もない事なのだ。
デッキに立つて、
古びた村を疾風の様に過る時、
私は不思議な優越感が全身を馳せ廻るのを感じる。
珍らしくも人間が乗つて居る……
動く人間が、思ひ得る人間が……
客車がどれ程古式であらうとも、
過ぎる村がどれ程殺風景であらうとも、
生きて居る人間を見る楽しみは、

頽廃せる周囲を彩つて余りがあるのだ。
　私は楽しい……
意味もなく、理由も愉快だ。

打破る

素晴らしい図だ。
　私は如何したつて此を完成する。
私は堪らなく楽しい、……
　Iが自分の愛人の礼讃に有頂天になつて居るのが、
私は微笑する、……
　Iが愛人を無視し得ないのを、
私はよろこぶ……
　Iが純化されつつあるのを、
私は安心する……
　双方が何も知らないのを、
私はIを愛する……
　彼の明るい気持と大家らしい上品さを、
背景は暗いのだ。
　写出す写真は緑だ。
地獄の楽園—
　あゝ私はうれしいのだ。
Iよ……
小さい男よ……
　だが君はもう一人前の男だ。
恋人を持つて居るんだから、
煙草が鼻から出るのだから、
手紙を書た事もあるのだから、
二時迄何もしないで起きて居た事も、
一度や二度ぢやないのだから、
恋人と結婚した事も、
確に君の頭に浮んだ事があるのだから—

不幸は？

幸福は？
　君は其を答へ得るか？

誰の幸福論が華々しく売出されやうと、
　其は幸福を限定するのみであつて、
何時君に幸福を運んだか？
　捕へてみた所で、
此が幸福とどうして断定し否定する事が出来るのか？
　結局自ら動き、励み捕へて、
更に自らの心で其を判断するのみではないのか？
　不幸は？
私は其を虹の中に見る。

×

Ⅰよ
　君は悲しんではならない。
君は苦るしんではならない。
　歯ぎしりかんだ所で初らないではないか？
君は苦痛は試練と言つて、
淋しく笑ふかも知れない。
だが此所に出来る大きな矛順《ママ》は、
　君が解き得ないのを嘲つて居るではないか？

×

　それ程怒らなくてもいい。
一体君は誰をうらんで居るのか？
　破滅を早めた彼女の父をうらんで居るのか？
それとも君は彼女を憤りの眼でみるのか？
だが其はみな間違つて居るのを私は知つて居る。
それでは……
　「分つて居るよ。俺自身をうらめばいいのだろ」
だが不幸にして其も間違つて居るのを如何すればいいのか？

×

　私は君が言つたのを聞いた。
「一体俺のやつた事はいい事かい？」
僕は知らない。
「一体俺のやつた事は悪い事かい？」
僕は知らない。
　其時君は友情と言ふものを馬鹿らしく感じたらう。
一緒にすぐ先まで騒いで居て、
　一日いや十時間足らずの時間が、
十幾年の友情を破つたのだ。
　無論其は君が手傷を忘れた時分に、
荒つぽく其上をなぜる手の持主ではあるのだ。
　だが其が何になるのだ。

×

Iよ、
　君は確か元気だつたね。
だが其丈に私は心配だ。
　君は両極を走る人間だから、
君は自己と他人とを同じに思つて居るから、
君はあまり人に話しすぎる。
　其はいい事か悪い事か?
無論私は其を知らない。
　だが……
自分を考へたならば、
　（其を卑怯だと誰が言ふのだ）
君はも少し沈黙する筈だ。
　×
これ程早く君の恋が終らうとは思はなかつた?
　これ程簡単に、これ程はつきりと君が崩れやうとは思
はなかつた。
君は恐れて居る?
　人を恐れて居るのか?
　恋と言ふ言葉を恐れて居るのか?
　自分を恐れて居るのか?
だが馬鹿らしい事だ。
　一体何が恐ろしいのですか?
　×
だがもう仕様がない。
　君は灰色のベツドにもぐり込む事だ。
君は疲れたに相違ない。
　君はねむいだらう。
みんな忘却してねむる事だ。
　夢にでも疲労が出て、
君をなやませない様に—。

1927.12.28

放つて置け

胸に塊が出来る時、
　其が漸次大きく成長する時
そして其が近ず《ママ》いた破滅と絶望を
　荒々しく表現する時
君は如何したらいいと思ふか?
　×

放つて置くのだ。
　触つちやいけない。
自然に任せて置け、
　無口な自然は、
人間に想像の自由を与へる。

×

風が吹く―
　暗い山陰の瓦屋の幸福
　底深い大洋のセーラの不幸
そして
　それ等は各々勝手に風を考へて居るのだ。
―恵の風よ―
―悪魔の風め―
だが風は一つのものであるのだ。

（一九二七、一二、三〇）

天と地を語るもの

天と地を語る者を、
　侮辱ではならぬ。
吾々は稀に其の人に遭つて
　其の度に嘲笑を忘れない。
吾々はあまり考へすぎて居る。
　そして其は馬鹿らしい考なのだ。
太古から流れたかび臭い学問・経験・
　それが世界に造つた階級と結束・
其が一体何になるのか？
　吾々は漸時《ママ》馬鹿になつて行くのを如何すればいいか？

×

天と地を語る者を侮辱してはならぬ。
　吾々は長い間の妄想から醒めねばならぬ。
今！
　天と地は吾々の前に開かれたのだ。
天に登るのが不可能と思つた奴は誰だ。
　地に入るのを反対した奴は誰だ。
皆出て来い。
　そして見よ。
君達が幾億里の距離を夢みた天と地は、
　今互に相応して無言の唖言をかはして居るのだ。

吾々は天と地を夢とした。
　其を語る者を空想家とした。
其は何故だ？
　其を私は知つて居る。
即ち天と地が大き過ぎるからでなく、
　小さすぎるからであるのを―。
考へて見給へ
　私の脚は確実に大地を味ひ、
　私の身体は天につき立つて居るではないか？
天を語る人を侮辱してはならぬ。
　地を話す人も侮辱してはならぬ。
其は吾等であるから。
　其は一番親しいものなのだから。

（1927.12.31）

雪

雪の音を聞かうと思つた。
　音のしない筈がないと考へて―。
私は朝迄机に両ひじを突いたまま居た。
　それで音は―。
矢張り私は不思議だ。
降る雪の音のないのが奇怪だつた。
落ちるものの反響のないのが解せなかつた。
だが音を聞く事は出来なかつた。
　松の雪が落ちて音をたてたが、
竹が偶然にも身体をふるはして落したけれど、
　どうしても降る雪の音はなかつた。
私は積もつた雪を取除いた。
　かたく凍りついた土がしなびた顔を出した。
「眠れるかい？」私は問ふた。
「こうやかましくつては一ねむりも出来ませんよ」
之が大地の答だつた。

（制作月刊提出）十月十日迄

くつわ虫

褐色の男、
秋の闘士、

何故お前は秋に生れたか、
裏の水門の丈なす草に、
お前は其の烈しいしやがれ声に、
落ちる水と共に、
秋の感傷を笑つて居るでないか?

一夜私は水門に立つた。
そして、私は悲しくなつた。
くつわ虫は、
お前の声は反抗に燃へて居る。
秋の反逆児
だが、私はお前の潮に似た声に、
烈しい自嘲を認めたのだ。

私の耳には、
落ちる水に融け込む鈴虫の声が、
お前のしやがれ声に消される松虫が、
しみ込んで来るではないか、
くつわ虫よ、
お前は濁世の英雄だつた。
都会の勇士だつた。

今宵も私は水門に腰かけて、
せかくしたお前の声に、
泣いて居るんだよ。

手紙の代りに

僕でも自分の身を案じてくれる友を郷里に持つてゐる。
ある日、彼から手紙が来た。そのなかに、彼は僕の死んだ夢を二晩つゞけて見た、とあり、他でもないこの僕の死様までが書いてあつた。それは実にいきいき描かれてあつて、当の僕でさへもそれ以上に自分の死顔を想像出来ない底のものであつた。

僕が死んだ夢を見ましたか。さうですか。
僕は生きております。
しかし、遺言はないでもありません。

あの畦道のおかしな形した蜿豆のしたや、あの古ぼけた

農家の南爪《ママ》棚の下や、引臼や漬物樽や圧石や鋤や藁屑が
話し合つてゐる納屋の下や、じめじめする生活をのせて
きいきい鳴る床下や、
その地下へ埋めてください［。］

僕の身体のうちで
まだ血が石のやうに堅くならぬうちに、
赤い色がまだあるうちに、
滅想《ママ》もない、焼いてなどなりません、
僕の屍体を幾十に切りはなし
一つ一つをそれらの場所へ
埋めてください［。］

生きてゐるとき、
上から眺めよこから見たが
とうとう、
その重みの下から見られなかつた、
心残りを埋め合はしたい［。］

やつぱりこいつの眼はおれたちのものだつた！
親しい百姓や蜿豆や、
暗い納屋の引臼や藁屑を納得させたい、
彼等の眼に物見せてやりたい、
少しでもよい、
肥料代りにでもなり度い。

（四月七日）

「耕人」讃歌

私自身は農民でない、
なのにわたしは、
農村しかうたへない
悲しみは、
上から眺め横から見るが
とうとう、その
重みの下からうたへないこと。

「耕人」讃歌

私は田舎で生れたが田んぼで成長しなかつた、
わたしは田んぼのままツ子だ。
だから余計悔まれる大地への不幸だ。

われら苦行者に非ず、食べぬといふことに恥を知れ！

私は田んぼのままツ子だ、
なのにわたしは農村ばかり歌つて来た［。］

「耕人」讃歌

私は田んぼのままつ子だ
そこで遊んだことばかり。
くにを出て年を経て
胸つかれいまさららしく
うたひ出す

田んぼは冷たく押黙る
わたしは遊んだことばかり。
上から眺め、横から見るが
いまだに下から見られない、
土の重みよ、踏む足よ、
くらしにひかる鋤が生む手づからの文学を
しがないわたしに見せて呉れ。
心残りを埋めてくれ。

乏しい生活が
わるい果実を結ぶ。
苦行者の如く、おのれの
欲望を制する。
馴れることにより、苦痛を
少くしやうとする。

夜のおはり

鈴木　泰治

暗い舗道およいで戻る
洗面器に黄色い水をぎくぎく吐いた
口から回虫が出た
うねうね蠢いてゐる
何か知らん、
膜がはたはたしてゐる
　風に鳴る枯木の様に、
　吹雪に囁く堆藁のやうに、
　つぶれたわたしの中でしんしんと鳴りつゞけるもの、
血行だ、これは昂まつた血行だ
小市民の悪血が荒れてゐるのだ

回虫はゆらりゆらり揺れてゐる
くたくた洗面器に顔押しつけると、
　頭もなく、尻尾もなく
　生きるでもなく、死ぬでもなく
ああ、夜のおはり、
わたしの夜のおはりが来たやうだ。

或る朝に

鈴木　泰治

鳥一羽ゐる暁近くの田の中である。
立つたり、転んだり、ねぢつたり
凍つた無数の株跡を眺めてゐる。
遅かれ早かれ腐つて行くものの群！
堆藁の中で身体の形だけの温さを楽しみ、
身動きする度びにしやがしやが囁く藁の言葉をきいてゐる。

昨夜遅く町へ着き、
それから二里の街道にへたばつた。
田に逸れ、堆藁の中にもぐり込み、
夢一つない疲労と泥酔だ。
目覚めると風は頭上を吹き、
村は街道一里の先にある。
—おう、また戻つたぞ

つぶやきは風に消え、

〔二ページ目なし〕

—村もあれ、あの凍つた木立やがな
藁が風と一緒に鳴るのだ。
さうか、凍つたか。
ついでにおれも凍らせるつもりか。
藁を帽子なしの頭に案山子の様につけて歩き出す。
〔三文字抹消〕
いづれは土に鋤き込まれる株跡よ
春が来ても土に腐る群よ
踏みつけ、踏みつけ街道に出た。
〔二行抹消〕

〔三ページ目後半～五ページ目なし〕

〔一行抹消〕
何にも言はん、その昂揚の姿を、その鬱積の姿を、
たゞそれだけを見せてくれ、
おれの揺れを今日で打止めにするために、
百千の言葉の可能性に飽いたおれに、
たゞそれだけを黙つてみせてくれ、〔七文字抹消〕

一九三五・三・《ママ》

或る暁方

鈴木　泰治

曇つた空に月が溶けてゐる。
まんべんない明るさが硝子戸を白ませる。
ふとめざめた、
明るみは棒切れのやうに寝てゐるわたしの眼から這入
る、
頭の後ろ側がほの白い。
明けっぱなしの瞳孔で
朝方のひかりがあそんでゐる。
〔二行抹消〕
暁のひかりは勝手気ままだ、
朽木を出たり這入ったりする、
あの白蟻のやうだ。（ア《ママ》）

〔題なし〕

月のあがるまえ
わたしは河向ひの草道に腰を下してゐた
露の未だおりぬ道で
残つた大地のいきれを嗅いだ
虫の鳴き声の織りなす
夜の村のしじまのうちで
大地がしんしん鳴つてゐた
いま、
ひるの湿気が堅い地中から浸み出してゐる
または、
熱のさめる大地のささやき。
火から出した鉄がチンチン鳴るのをわたしは思つた
脳天にしみ通る、
ひくい、ものうい冷却の愚痴！
わたしの一年間も——
（冷えかかる塊が）
胸で冷却のうたを打ちならしてゐた
塊は冷える、わたしのうたも一緒に。
うつけ者のわたしよ、
これの終るところに新しい昂揚があると思つた——
大地は火を抱いてねむりにつく、あす太陽の出迎へるまで
わたしの凍る夜のボイラー
埋め火は消へかかり、ゲージはがた落ち。
明日になれば、
わたしの胴体は霜を生やすか、
知れたものぢやない。

納屋の夢

ある晩僕は夢をみた
故郷の、
納屋にぽそんと坐つてゐる石臼の下から
握り拳《こぶし》ほどのコホロギが顔を出し
〔一行抹消〕
トタン塀を爪でこする音をあげて、

くるしい、くるしいとうたふのだ
〔一行抹消〕
かほがだんだん白けてきて
誰やら知つてる顔になり
そこでハツと眼を覚した
さむい冬の暁方のこと。

目覚時計が「蛍のひかり」をうたひ出した

鈴木　泰治

目覚時計が「蛍のひかり」をうたひ出した。
さつきまで家ダニに泣き喚いた赤ん坊は寝顔。
お阿母が眼をひらき、子供の脛を蹴ると
子供は飛び起きて眼をこすつた。

薄暗いザルの上、しなびて頭《かぶり》ふる春蚕。
〔一行抹消〕
底を見せかゝる桑籠、跳ね上る桑価に
子供心にせきたてられ、かほ曇らせ
飛び越へる汚れた赤ん坊の顔、眼を閉ぢたお阿母の上。
扱ひきれぬ葉切り両手に、積み揃へた桑の葉を切りくだく。

ぎやつとちゞみ、やがてふかふか膨れる葉片が切り板から
あふれ出した。
すつと引き出すざるの上、
振りかける葉つぱ、一瞬、鳴りをひそめ〔二文字抹消〕
夢中に新しい葉のある網に駆け上る虫等。
まもなく香気にむせる彼等の静かな歯音が一枚から一枚へと驟雨のように部屋にひろがつた
飛びかへる、汚れた赤ん坊の上、お阿母の上、
ねむい、死ぬほどねむい子供の前、
煎餅蒲団が朝の茶摘みまでの休息の口をポツカリあけてゐるのだ。
畳のへり、壁紙のうしろ、割れた柱の隙間からうかゞつてゐただにら。灯の消へ、寝がへりが二、三度つゞいて寝息だけになる二階。
這ひ上る、ころがり落ちる。褐色の肢《あし》をどぢどぢ伸縮さ

せ、畳の目一つゞつ進む吸血虫。眼のない世界をまつしぐら。飢へてゐる、いそぐ、短い肢《あし》、くびれた身体、自由にならぬ。近づく煎餅蒲団からむんむんひろがる体臭、ああもう肢《あし》もなければ頭もない、貪食動物の褐色の胃袋が必死になつて転んで行くのだ。


だに。畳のへり、壁紙のうしろ、柱の隙間からうかゞつてゐる。

灯が消へる。寝がへりが二三度。寝息だけになる二階。這ひ上る、ころがり落ちる。闇。

褐色の肢、どぢどぢ伸縮させ、畳の目一つづつ進む吸血虫。

眼のない世界をまつしぐらだ。

詩よ

鈴木　泰治

こんな夜は始めてだ。
省線を棄てて舗道を叩くわたしの愴みは生酔ひの勢いではない。
今夜久し振りで詩の集りに出ての帰りであるが
詩よ、
いまわたしは身のまはりにお前の不気味な顔を予感してゐる。

来た！
お前は石畳の坂を降りるわたしの背後を卒然と襲ふ。
わたしが身構へる、構へて振向くとお前とわたしの間隔はへだたり、
お前は心弱くふなふなと笑ひかけるのだ。
娼婦の様に妥協を誘ふお前の前でわたしのきびしい身構へは他愛なく崩れ
たちまち、蛆虫となつて闇のなか身をくねらせながらお前へ向つて這ひはじめる！
お前の淫らな瞳は瞬間つららになり、蛆虫のわたしを突きまくる。
はつと気付くわたし。
また掛つたと後悔のホゾを噛むわたし。
白い妥協の腹みせて石畳を転げ落ちる。

妙な晩だ。
お前はわたしの前へ姿をもつて現れた！

迎春

詩とは生活破壊の機能であるか
ふとわが道を振返ると、
身のまはりから物が無くなり、
眼ばかり切なくひかつてゐる
二つの国に在る時差が
他愛なく一律になる世の中に
見ねばならぬ、見抜かねばならぬことごとの多さよ。
身に持つべき物を持ち、食ふべきを食ふ
詩とはそこから発足すべきものか。
たぢろがぬ自立の精神は
そこからだけ生れるのか。
僕春を迎へ思ふこと二つ。
一つ、僕苦行者にあらず、
二つ、奪はれた讃歌を取戻せ！

自叙伝二節

鈴木　泰治

詩とは血相変へて書くべく、
詩人とはとつさに血相変へる人間だとすれば
おれは失格者だ
おれは田舎育ちで
言ひ様なく喜怒に鈍重な男だ。

飢えだけが、始終
おれの鈍い表情を揺り動かすが
そこで切ない詩の一つ二つは書けようものの、
どのみちこいつは健康な状態ではない
おれはだんだん苦行者ぢみて
諦観の塊りに向ひ出す。
かうなつてはお終ひだ。

吾れ苦行者にあらず——
今日以後これを忘れるな！
詩と飢を結ぶ諦観の塊を
寝てもさめても打ちくだけ。

僕に讃歌無し

〔一行抹消〕
僕の一生の望みは、
眼眩むほどの讃歌を
撒きちらすことだ。
〔二行抹消〕
事もなげに、かるがると
肩で受止める相手に向って。
〔一行抹消〕
僕の讃歌は、
プロレタリアのうえに。
それ以外に何があらう、
そこで性格はかゞやいて強くなり、
創造はひとりでに生れ出て、
詩の道はひらける筈だつた。
〔九文字抹消〕僕が怠惰になつたのは
〔十文字抹消〕讃歌を上申書とともに
あいつらに渡したからだ。
カッコつきの「政治」のことぢやない、
文学を渡したからだ！
日毎僕を取巻く、
しみつたれた生活よ、感動よ、
人を讃美するとき一番強くなる、
僕の前には、〔十一文字抹消〕
〔六行抹消〕
僕の十字軍は、
讃歌恢復へ向けられる！

村の入口

鈴木　泰治

村の入口に砲弾が立つてゐる。

大きいのはコンクリートの台に乗り、
小さいのが鎖で手をつなぎ、
護つてゐる。
先刻から奉公袋片手にわたしは立つてゐる
子供の頃、このあたり、雑草は不逞な手を台の隙間から
　のばし、
気安く、
砲弾に身体をすりつけて遊んだ。

今日、草は綺麗にむしられ、
砲弾は銹止めの油でひかつてゐる
その装ひに、
憎つたらしく若返へる。

——戦死何某、何某。
その刻み目に油がたまり、
記念碑は先程からわたしに向つて、
瞬《まばた》いてゐる。

ああ、
草よのびろ、
遠い記憶の底にこれらをつつみ込め。
（「おかしな村」一）

樹に嵐する夜

鈴木　泰治

山が鳴る。
腐つた土ふかく打ち込まれたクビキの上に
静まり返つてゐた樹々の頭がだんだん狂ひの幅をひろげ
て
——夜になる。

生活よ。
わたしは苦行者でないうえに人一倍享楽を求めるのに
詩の機能が勝手気ままにおまえをぶち壊して行く。
身のまはりから物が無くなり、眼だけが切なくひかる。
　淋しいこと限りがない。
私は淋しいのだ、こんな莫迦げた事柄が喜怒に鈍重な田
　舎者わたしの表情を手もなく変へること。

繁忙のなかに忘却を求める気のないわたしはもう死んだ
　方はいいのだが
せめてこんな晩だけは、
思念を嵐する樹々の狂ひ立つざはめきと一緒に遊ばせて
　生きてゐることを忘れ度い。

（一九三六・十一・《ママ》）

帰郷歌

鈴木　泰治

故郷《ふるさと》よ、また揺れ戻つて来たあなたの息子です。
こんども夜で、酔つてます。
地方から騰《のぼ》る熱気があり、突然肩に灼けるあつさ、
ぎよつとして振返るとあかい月。
二里の街道。
家たちは樹々と連れ立つてわたしに向つてのつそり歩み
　寄つてくる。
生きてゐる筈のわたしより死んでる筈のこいつらの方が
不穏な構へで生きてわたしを脅かす。
坂があり、そこでもひとりのわたしが立上り、
影よ、ふたりで村へ入つて行きます。

蕩児帰省歌

鈴木　泰治

ふるさとよ、また揺れ戻つてきたあなたの息子です
今度もよるで、酔つてます
地からは騰《の》ぼる熱気があり、突然肩に灼けるあつさ、
ぎよつとして振返ると月

家々は樹々と連れ立ち、ふらりふらりと行くわたしに向
　つてトコトコ歩んでくる

生きてゐる筈のわたしより死んでゐる筈のこいつらの方
　が不穏な構へで生きてわたしを脅《おびや》かす
坂があり、そこで、もひとりのわたしが立上り
影よ、ふたりで村へ入つて行きます。

怠惰な音叉

鈴木　泰治

1

眠りに入る前、
背中の下で、
水道はささやいてゐる、
耳をすますと一つではない、
馬ケツを乗越へ、タタキを濡らし
近所界わい一つになつて
びしよ、びしよ
話し合つてゐる

2

聴いてゐる――仰向けに肢をひろげたまま。
ささやきはだんだん大きくなり、
自我は蒸気の様に身体を脱け出し
響はだんだん
大きくなつて来た、

3

音叉よ、わたし。
自己忘却の瞬間から
鳴りはじめる

4

眠りに入るまへ、
意識のよはまりを襲つては
わたしをカキ鳴らし去るもの、
ヱタイの知れぬ発光体の中に
わたしを投げ込んで去るもの

5

この眩惑は何だらう、
この響のなかで、
めざめてゐる時コトリとも音のせぬ
わたしの音叉が、
鳴りはじめるとは！

6

〔以下四行、文字の上に線が引かれて、取り消されている。〕
先刻まで、
部屋の温気をしたつて
硝子の向ふにとつついてゐたヤモリの
赤い腹も闇に落ちた。

5《ママ》

ワナは此処にあるのだ、
虚偽よ、末梢の拡大。
甲状腺異常の如くに
感情の、
末端巨大症にわたしは悩む
愚にもつかぬ、
小さい感覚どもが意地わるく
わたしの末梢にひつかかり
ぢくぢく
炎症を起して去る

6

〔以下五行、文字の上に線が引かれて、取り消されている。〕
悲しみは誤算にはないのだ、
末梢への衝撃を
全感覚で受け止めること。
不幸は
知つてゐることにあるのだ！
四六時中、
わたしの末梢にかかづらふ事々の
愚かさ、感動の小ささよ、
〔以下一行、文字の上に線が引かれて、取り消されている。〕
わたしは知りすぎてゐる。

7

知つて、
焦りはじめるのだ！
しづまり返る音叉を
無理矢理、
わたしの末梢に当てがひ、
ちつぽけな炎症を
必死！
拡大しようとする、
それが出来ればお慰みだ、
出来なければ、
疲れて野良犬の如くねむる、

8

わるい疲れだ！
わるい眠りだ、
このときに当つて
わたしの音叉が、
他愛ないものに対して
鳴りはじめるとは！
このときだけ、
わたしの音叉は怠惰でないのだ

9

めざめてゐるとき、
鳴らうともせぬ音叉が、
怠惰な、怠惰な音叉が
この瞬間にかぎり
勝手に鳴りはじめ
単純なわたしは思ふのだ
これはよい徴候だ、これはよい…

10

流れはじめる前触れだ、
元来姿勢といふやつは
流れる所に現れるものなのだ、
万事はうまく行くだらう、
怠惰の血はいま、
わたしの身体から流れ出しはじめ
明日から、
仕事は事務的に、何よりも事務的に

ゴシゴシ捗るだらう、

11

喜びよ、
輝きまはる車輪よ、
わたしの頭は発光体の内面のやうになり、
切なく、
とり止めのない、
喜びがわたしを泣かせるのだ

12

―おれの怠惰はもう終りだ、
このやうに、
リズムもつておれの頭は弾《はず》み、
すでに灯の消された、
休息の床のなかでさへ、
休まうとせぬ

13

〔五行抹消〕
わたしの一年間も―

（冷えかかる魂が）
胸で冷却のうたを打ちならしてゐた

魂は冷える、わたしのうたも一緒に。
うつけ者のわたしよ、
これの終るところに新しい昂揚があると思つた―
大地は火を抱いてねむりにつく、あす太陽の出迎へるまで
わたし凍る夜のボイラー
埋め火は消へかかり、ゲージはがた落ち。
明日になれば
わたしの胴体は霜を生やすか、
知れたものぢやない。

〔題なし〕

僕ばかりぢやない、君もだ
君ばかりぢやない、
家々はみんな開けっ放しで

隣りのラヂオはつつぬけにがなり
〔以下、なし〕

〔題なし〕

夜になつて涼しい晩だ
トウモロコシ畑を抜けて河に出た月
橋を渡つて河向ひの草道を歩く黒い草、
おれは白い道に腰をおろす
露の未だおりぬ道で残つた大地のいきれを嗅いだ
虫々の鳴き声の織りなす夜の村のしじまの中で
大地がしんしん鳴つてゐる、
いま、
昼の温気が堅い地中から浸み出してゐる
または、
熱のさめる大地の囁き
火から出した鉄がチンチン鳴るのをおれは思ひ出した
脳天にしみ通る、
ひくい、ものうい冷却の愚痴
おれの一年間も
〔以下、なし〕

魚群

鈴木　泰治

大謀網に気付いたのは夜になつてからである。それまでひろびろと張られた網の目に戯れついたり、絲にかかつて揺れる藻をつついたりした彼等であつたが、そいつが陸へ陸へ狭ばめられ、手繰《たぐ》られてゐるのを知つた時、みなは一瞬ハツと蒼ざめ、つぎに日頃の群游の習性を蹴飛ばしてしまつた。

海と獲物を区切つた網のなか、のがれ出ようとする魚たちの、おのれこそ逃げ終はせんと喰はす必死の体当りも無駄であつた。

飛走するひき。無数の流星が蒼闇の海に火花をちらし、網に当つて砕けた。ここで再び蒼白の尾を引いて疾走し直す奴もゐた。鰓深く絲を喰ひ込ませて血みどろにあがきくねるのもゐた。ぶつかり合つた魚と魚は燐光のなかで歯を剝いた。

動くともなく動く網綱。せばまるともなくせばまる境界。魚たちはぎらぎら飛びはねたが、
やがて浜辺のかゞりが見え、砂をこする網底の音が陸の喚声と混ぢつて聞へる頃、捨身の激突に口吻《くち》は赤黝くはれ上り、眼玉に血がにじみ、脱け落ちた鱗は微に燃へてひらひら海底へ沈んで行くのである。

（一九三四・七・《ママ》）

＊ひき——夜、魚の泳ぐ時、〔以下三文字取り消し〕水とのマサツで夜光虫がひかるのを言ふ。

山にある田で

鈴木　泰治

一日、二日、三日、
あらあらしく掘りかへされ、みづみづしい黒さの土の上、
ひと田づゝ下へ下へおくられてゆく水。
上の田から落ちる水が、半ば水の漬いた田の片隅で濁つた小さい渦をまき、
草の葉をくるくるまはしながら、
一日中踊つてゐる。

—もつと澄ませられぬものか。

眼の下の泥水を見てゐるとじりじり《ぢりぢり》して来るわたし。
飛んで行き、怒鳴りつけて澄ませたいわたし。

さて、一段づゝのぼるわたしの前、
低い田ではもやもや濁つた水が、ここではもう清澄への意志を見せて、
高みの田はこんなにさやさや《サヤサヤ》してゐるのだ。
これが水元なのか、山際の泉。
芹が美しく生え揃ひ、目高浮《うか》べ……。
—待つか。下まで澄み透るまで。

（一九三四・七）

2、小説作品

蛙

　二日程前の午後、あまり天気がいいので、淀川堤まで歩いてみた。線路沿ひに河べりまで出、右に折れて豊里公園とかいふ新ら《ママ》しい公園の方へ歩いた。

　水際から堤防までの草つ原に、曜日であるのに、おびたゞしい人々だ。明るすぎる真昼間、青すぎる草に身体を打ちつけて徹酔をさましてゐるのは快いにちがひないと真実羨しいと思ひながら、ポケットの白銅を数へて歩いて行く。気がつくと、雲雀の声も落ちて来るのである。あつら《ママ》へ向きに出来てゐるなと思つて、騒ぎ廻る人々の顔を見ると、格別雲雀を賞玩してゐさうな顔もない、黙つて堤の傾斜に背を押しつけて眼を細めてゐる男だつて、路傍のカフヱからもれる音楽を小耳にする程の気持で聴き流してゐるのだらう。こんな場合、雲雀の声に驚く、しやにむにあたりの騒音からその澄んだ声を撰り分けやうとする――すると、私たちの瞳は生理的に夢みる様になるのだらうが、こいつは感傷とは違ふ。など思ひをめぐらしながらずん／＼歩いて行く。公園は堤防から街へ下りた所にある。新聞の紹介で見ると、鈴懸の並木があるといふので、注意したがそれらしい樹はまだ芽を吹いてゐないのだ。公園へ下りるのは面倒だし、それよりも草つ原の向ふに流れる水の誘惑が素晴しいのだ。公園を見下したまま行く。

　渡船場のあたりで、疲れてしまつた。草つ原へ走り下りる。思ひきり草の上に倒れかゝる。

　眼をつむつてしばらく、私は不思議な音を聴いた。まさか、と思ひ直して耳を傾ける。たしかだ。たしかに蛙群の鳴き声なのだ。

　真昼間。この喧騒。その向ふの河つぺりで蛙どもが一斉に歓声をあげてゐるのだ。これはたしかに、先刻の雲雀以上の傑作にちがひない。雲雀よりも、真昼間の蛙の鳴き声は愉快である。一匹や二匹でない、恐らくは幾千匹に近い蛙群が、腑抜けみたいに鳴き競ってゐるのだ。こんな風景は、田舎でもザラにあるもんぢやない。冬眠から覚めた喜びに、文字通り夜も昼もなく有頂天になつてゐる蛙たちを、考へてみるだけでも痛快なのだ。こいつらは、この春かへつた奴等ではない。声が整ひすぎてゐる所から見れば、昨年の今頃もこのあたりで騒ぎまはつた奴等に違ひあるまい、など想像してゐると更に愉快になつて来た。

一体に、夜鳴くものときまつた蛙でもない。パンフエロフの例の「ブルスキー」と、真昼間の鳴きしきるこほろぎに、向つ腹をたてて煮え湯をぶっかぶせる所があるが、そして、そんな莫迦げた、こほろぎが昼間鳴くことがあり得ないと批評した奴があるさうだが、蛙だつて同じである。静かであれば昼間でも鳴くだらうし、反対に疲れたなら真夏の真夜中だつて、ひつそりして終はぬものでもない。田舎で夜遊びの経験のある人は、よく判つてゐると思ふが、前の二時三時頃になると、流石に鳴きしきつた蛙も、眠つてしまふのだ。そして、奥歯に物のはさまつた様な静寂がくるものだ。

さびばかりが蛙の声でもあるまい。古い池や、小暗い沼に風情を添へるばかりが蛙の役目でもあるまい。それの値うちはそれとして、決していやしめる必要はないだらうが、凡そ日本的趣味から離れてゐる幅員二〇〇間に近い淀川の水ぎわ――この箱庭的趣味とは縁のない広さのなかにも、蛙の合唱はたしかに奇妙な面白さを保つてゐるのではないか。

なるほど、これも面白い。と私は思つた。日本的趣味としての蛙の声とは全く別に、真昼間の傍若無人の合唱は新しい面白さを持つてゐる。古いわれわれの頭のなかで固定化されかゝつてゐる蛙の声が、ここで立派に新しいものとして甦みがへつて来た。

そんなこと考へてゐると、自然に故郷の草つ原や水の色が浮んで来た。これは仕様がない。

田ぢや、春や菜種がまだ残つてゐて、水を張ることは出来ない筈だが、蛙どもは一体何処で毎日鳴きつゞけてゐるだらうかと思つたり、かと思ふと、蛙相手に幼い時代にやつた悪戯など頭に浮んで来た。

蛙は蛇と共に、田舎の子供の遊び相手である。四六時ちゆう《ママ》、いためつけられてゐる農夫の子供は、此奴らを見つけると物凄いサデイズムを発揮するのだ。今にして思へば、あれは間違ひもなく、持つて行きどころのない鬱憤――それは祖先から受ついだであらう重荷だ《ママ》―を、無意識にこれら動物に向つて発散したのであつて、これは小さい反逆の現れであつたのだ。気の弱かつた私が、オドオドみてゐる前で、彼等は実に奔放に、思ふ存分此等の動物を虐待したのだ。

例へば、半殺しにした蛙の口にローソク花火（線香花火に類するもの）の口火をつけたのを差し込む。硝煙に点火するまでの静かな瞬間を、蛙はへとへとになつて身動きもせぬ。やがて、じじじっと火花が散り出すと、死者狂ひで飛び狂ふ蛙。爆発―口は無残にひき裂かれ、血塗れの死体が砂に埋もれてしまうのだ。子供らは、学者の様に厳粛な顔で死体を点検し、次の犠牲を探しはぢめるのである。

こんなこともやる。蛙を捕へて、麦稈を肛門に挿入し、ぢりぢり蛙の体中に空気を送り込むのだ。横っ腹が膨れあがり、四肢をハリツケを受けた様に思ひきりのばし、やがて口から臓腑を吐き出して、ケイレンと共に死んでしまふのだ。見てゐて、思はず眼まで掩ふことが幾度か知れぬ。

他にあそびのない田舎の子供たちは、室に執拗な自然のなかに彼等の遊び相手を探し求める。草の葉、木の実、昆虫など―恐るべき触覚であさりつくすのである。バルザックの短編（柘榴屋敷だと思ふが）に、田舎では子供たちは玩具の必要を感じない、すべてが彼等のあそびのよすがである、といふ言葉があるが、それはバルザックの眼に入る当時の貴族社会に於ては、子供たちの遊びの対象になる其等の生物らは、言はゞあらかじめその広い荘園に用意されてゐる様なものであり、庶民の子供たちの場合にあつては、自ら自然のなかに対象を探して行かねばならぬ差異はあらうけれど、たしかに田舎の子供たちは「自然の玩具」を持つてゐるのである。だから自然に対する触角の点から言へば、都会の子供程鈍感なものはないのだ。都会に生れ、育ち、現に生活の車を押し進めてゐる人達の不幸をふと考へた。私自身の強みといふ様なことを思つたりした。そして、ねむつて行つた。

淀川堤防を歩いて帰つた夜、初めて赤川四丁目の私の下宿のまはりでも蛙が盛に鳴き出してゐるのを聞いた。今夜も鳴きしきつてゐるのだ。

―1934・4―

童話あさの街道

鈴木　泰治

さむくなつて来ました。もう間もなく雪がふりはじめるでせう。道はもうこほりついてゐます。今朝のつめたさはまたべつです。

村の街道《かいどう》を大きい車や小さい車がからからくるまを鳴らしていく台も行きました。どの車も早咲《はやざき》のすいせんが目もさめるやうに積まれてゐます。さざん花やさかきもまじつてゐました。

午前四時です。村ではまだみながねむつてゐました。水車屋だけがコットン、コットン小川と一緒にしやべつてゐるばかりでした。

みなさん！　これは何の車でせう？　ふゆの朝の四時といへばまだまつくらで、みなさんはぬくいふとんにくるまつて夢をみてゐるときです。

「僕知つてる！」、そりやえらい。「はな売り車だらう。」ええ、その通り、これは花うり車です。まいにち、花を一杯くるまにつんで二里もはなれた町へ売りに行くのでした。

尋常五年生の啓介の車もそのなかにゐました。ふだんはお母さんが行くのですが、けふは日曜なのでお母さんのかはりにやつて来たのです。

啓助はさつきから、車にしばりつけたこほりの中でむづかる妹のよつちやんにこまつてゐました。

「な、よし子。かへりにアメ買ふたる。泣くな、泣くなよ。」

車をひきながら、ふりかへつては言ひきかせましたが、きげんの悪いよつちやんはこほりのなかでしやちこばつてすいせんの花かみちぎりながら泣いてゐます。

町へつくのがおくれるとそれだけうり上げがへるので、しまひに啓助は腹立ててかけ足でくるまひつぱりながら「もう知らん。もう知らん。勝手に泣け！」とどなりました。よつちやんはおどろいてちよつと目をぱちくりして泣きやみましたが、こんどはまえよりもひどく泣き出しました。

啓助はさむいのに、あまりこまつて汗をかきました。どうしてい丶のかわかりませんでした。ぐづぐづしてゐるうちに、一町足《た》らずあとにつづく車が追ひついて来るやうなきがしてあせりました。

そのとき、うしろで自転車にブレーキかけるおとがして、啓助がふりむくとさむさでまつ赤なかほした見しらぬ姉さんが「ヨチ、ヨチ」とよつちやんに言ひながら自転車からおりました。

「どうしたの？」

「こいつ泣くんやもの。」啓助はうらめしさうによつちやんを見て言ひました。

「まあ、こいつだなんて。」

姉さんは啓助をやさしくにらみつけました。

ふところから小さい赤い財布だしてなかをのぞいてから、「ちよつと待つてて」と言つて自転車にのりました。半町ほどまえの駄菓《だか》

〔以下、なし〕

雲の下

海の上に一つ、山の上に一つ—二つの入道雲がにらみ合つてゐました。

夏の夜でした。空はもう暗くなつてゐて、地上の人々は床几に腰掛けたり、川端に出たりして涼んでゐました。

夏らしくないひんやりした風が吹いて来るので、人々は話し合ひました。

「どこかで一雨降つてるな。」それでも、人々はにらみ合つてゐる入道雲には気がつかないのでした。闇の夜で、そんな空が暗いものですから…。

誰れも知らぬひろい大空では、二つの入道雲が息をつめて向ひ合つてゐます。相手をおどかさうと、少しづつ背のびをしました。城を堅くするために、せつせと土台になつてゐる雲の塊を積み重ね押しひろげてゐました。大空の自分の領分を広くするために、雲の峰から崩れおちた派遣隊は城のまはりに珊瑚礁の様にまるい、ながい塹壕をつくりました。

真暗い空を雲の斥候たちが飛びました。敵味方の斥候がぶつつ《ママ》かると、ぱつと花弁の様に散り、やがて強い雲が敵を押しつつんで流れて行きました。

「こりや、ほんとに一雨来さうだね。」

「涼しくて、よくねれるだらう。」

地上では、人々が話し合ひました。

「これは雷《かみなり》さんだよ。」

汚い街の片隅では、粗末な長屋のお婆さんが、まだ雨も来ぬのに金タラヒや洗濯桶の中に藁や手拭を入れて、雨漏りの用意をはじめました。

けれど、まだ、まだ入道雲は無口のままで戦ひの準備でした。城のてつぺんに据えた探照燈のまはりでは、雲

の兵隊がいまかいまかとスイッチに手を置いてゐました。その間にも、雲の峰はずんずん背のびをつづけます。

突然、ピカリと探照燈が夜の空に流れるのを合図に、どどん、どどんと戦ひの火蓋がきられました。空ははげしく揺りうごかされ、地上では家々の戸や硝子がピリピリ鳴りはじめました。

「ええおしめりだア。これでウンカもづつと少なうなるだア。」村では、キセル咥えたお百姓が、稲妻がひかるたびに青海原の様にひろがつて見える田をみて言ひました。

「ウンカはええけど、二番肥《にばんごえ》どこで仕入れるつもり?」おカミさんは暗い顔して天を仰ぎました。言ひおはらんうちに、逸れ弾丸が耳の裂ける様な音と一緒に、近くの田に火柱を立てましたので、百性《ママ》たちは畳に伏さつてしまひました。

雲の戦ひはいまが真最中でした。もう二つの峰は、おたがひに崩れかかつて、巻きついて空一面になつての一騎打でした。

〔題なし〕

〔冒頭の部分なし〕

行こ。」

啓助はまだ残り惜し気に横堀り井戸を振返つてゐる健一を、ひつぱる様につれ戻しながら、頼むやうに囁きました。

「な、健ちやん。抜けアナつて嘘や。あんなこと学校で言ふたらあかんぞ。」

夕方、お母さんは空つぽの籠下げて帰つて来ました。約束のクレヨン買つてもらつて夢中になつてゐたので、啓助は蚊帳の中にお母さん、よつちやんと三人並んで仰向けになるまで、天井の小さい万力のことも、横堀り井戸のことも忘れてゐました。

「ひどい蜘蛛の巣」お母さんは、青い蚊帳を通して真上にある電燈の蓋《かさ》を見ながら言はれました。「一度家中掃除せにやならん。年一度の大掃除では、とてももたん。」お母さんはひとりでつぶやいてゐられます。

「あの、お母さん」

啓吉はふと口を閉ぢました。万力のこと言はうと思つて、はつとしたのです。こんなこと話して、夢にあの紐がのびて、啓助のくびに巻きついたらどうしませう。夢の中では走ることも出来ないし、声もつぶれて出ません。蝉をくるくる何百回も巻きつける蜘蛛のやうに、手も足も胴も顔も、あの紐は啓助をぐるぐる巻きにしてしまふかも知れません。

「なんやな、啓坊?」お母さんは、多分眼をつむつたままなのでせう、静かな声で啓助に言はれました。言はうか、言ふまいか、と啓助はためらひました。言つてしまへ、言つてしまへ、と誰かが啓助をつつきます。話したら夢にみるぞ、夢に出てやるぞ、とこれは万力の言葉でした。しばらく考へてゐて、啓助は言ひました。

「あれっ、何やつたか忘れてしまふた。」

「まあ、この子は何を言ふ…」お母さんはおかしさうに言ひました。

啓助は明日になつて万力と横堀り井戸をお母さんに訊ねることを忘れてはいかんと思ひ、身体をまげて、すやすや眠りかけたらしいお母さんの、骨ばつた肩を見ながら、小さい声で「万力、まんりき、横堀り、よこぼり、」と繰かへしてゐましたが、古い家の中に、起きてゐるのは自分ひとりと感じると、何と言ふことなく身体中がぞんとし、大急ぎで布団の中にもぐつてしまひました。

〔題なし〕

〔冒頭の部分なし〕

待つのでした。

「来た！」

一匹、ひらひらと真つ暗い穴から飛び出すと、みなは一せいに竹箒をふりまはします。

かうもりはそのあひだをふはりふはりとくゞり抜けて、まるで魔物みたいに星のうつすらひかりはじめた空へ消へて行くのでした。

かうもりはなかなかすばしつこくつて、こん晩も啓助たちの捕りよになるのは一匹もありません。逃がしたかうもりをくやしさうに見てゐると、不意に足もとから別のやつが飛び出して、啓助たちの耳とすれすれに飛びながらチツ、チーツと鳴いたりしました。

だんだん暗くなりました。ひとりひとりお家へ戻つてしまひ、のこつたのは啓助と謙次のふたりきりになりました。

するど、ふり上げる手がつかれて、竹箒を地べたに置いて次から次へと出てくるかうもりをぼんやり見てゐた謙次が言ひました。

「ねえ、啓ちやん。こいつら、ふくめんの武士だネ。」

さう言へば、後から後から飛出してくらい空に消へて行くかうもりは、くろ装束の山賊が岩屋から繰り出してくるやうです。どこからどこまで真つ黒の装束で、からだのわりに大きな翼をひらいて出て来るのを見てゐると、啓助たちは、何だかおつかなくなつてくるのでした。

「このあな、ひよつとすると昔の抜け穴から知れん。」

啓助が言ひました。

「この奥に、山賊をつたのかも知れんぞ、啓ちやん。」

謙次も啓助もそれつきり黙つてしばらくゐました。

と、丁度飛び出したかうもりが、チーツと大きく鳴きなした。啓助たちの頬つぺたにさはるほどの近くで。

「わあつ！」

ふたりは竹箒で何もほつたらかして、

〔以下、なし〕

3、評論・随想作品

田螺の唄

これは僕の故郷だけのものなのか、各地方にあるひは同じの、または似通つた詞《ことば》のうたがあるのか知らないが、次の様なのを子供の頃うたつた。

田つぼどん、田つぼどん
ひんがん（彼岸のこと）詣りしやらんか
（しませんかの意）
わしもちよつこり詣り度いが
烏といふくろ鳥が
つつき、つつき、つついて
雨さへ降ればその傷が

ざあく、ざあくとやめまする。

最後の一行が繰返しになる、子供のお手取り歌である。

輪になつた子供たちは、皆が両手を握りこぶしにして前に突き出し、一人が上記のうたを歌ひながら、人指ゆびと親指で出来た穴へ出鱈目なテムポで指を突き込んでまはる。うたひ終つたときに指を突き込まれた者が、今度は輪の中に入つて同じことを繰返すのだ。

遊びに行く先を決めたり、物の分配を決めたり、さういつた場合にも僕等は始終このうたをうたつたものだ。

このうたを思ひかへして、ギクリとしたのは数年前だ。あの草深い筈のわが故郷にこんな唄があるとするとおれは田舎を見直さねばならぬと切実に感じた憶えがある。

頑是ない子供たちが、畦道などで大声張りあげてこれを唄ふのを考へると、おかしな気持になる。僕自身が嘗てはその輪のなかで、土から生れたと考へるより外ない恐しい「寓意」の唄をうたつたのだ。小学校に上つて、「ポッポッポ…」や「はすの花がひらいた」などの唱歌を教へられる幾年か前にこんな唄を大喜びでうたつてゐるといふのは考へ様に依つては皮肉でなくもない。事実、僕など子供の頃の唄と言へば「田つぼどん」が口にのぼるのだ。

面白い唄であつた。勿論、柔かい当時の僕らの頭に「寓意」などあり得る訳はないが、一番面白く、愉快な唄であつた。第一にこの唄は寓意を問題にしなくとも、最も現実的だつたのだ。見慣れた風景であり、だから言葉だけとしても無理なく理解出来、それだけの「現実」がいきいきと僕等を撃つたのだ。

例へば、この唄のなかで寓意として最も鋭いと僕の考へるところの、

雨さへ降ればその傷が
ざあくざあくとやめまする

にしても田螺の言葉として少しの不自然さもない。そして、同時に寓意の底には、雨が降つて田仕事を休んでゐる人を断え間なく責めさいなむ「鳥」の惨忍さや執拗さがじめじめと語られる。受難者の告白だ。雨が降れば古傷もうづくといふ一般の知識は、田螺自身の告白として子供心にもちつとも不自然でなく、寓意としては心をも重くさせる程押しつけられた、陰惨な意味があるではないか。

「田螺の唄」の外に、も一つ僕は覚えてゐる。この唄は、死んだ祖母に依れば曾祖母のことをうたつたとかで、僕など物心ついてからは聞くのを嫌やがつた。

　寺のおとみさんの
　髪の結ひやうみやれ
　てんとてぐりわの槽《おけ》の輪の如し（「てんとてぐりわ
　［」といふ詞の意味僕には不明である。）
　犬のくゞればいたちもくゞる
　村の若い衆もみなくゞる。

「おとみさん」はつまり僕の曾祖母の名前ださうだ。このお手取り唄も僕らの幼少の時よくうたはれた。これをうたつたのは主に女の子供たちだが、意味は勿論わかりもしなかつたのだ。

　この唄に利いてゐる諷刺も面白いと思はれる。

　本山対末寺の機構、関係が今日の如く複雑化せず、また、門徒衆の意識が「宗教」「寺院」について今日の如くササクレ立たぬ当時の、ぬくぬく溜め込んだ村の寺院の若い嫁だとか娘だとかの村人の眼にうつる壮大な美しさや、限りのない淫奔さなどが、痛快に諷刺されてゐるのだ。

　僕の故郷での、幼年時代の唄のなかで記憶に残つてゐるのはこの二つだけしかないのはどうしたことであらう。得手勝手な引用ではないのだ。「寓意」や「諷刺」を見るのは今日の僕であり、そして面白いと考へる反面、さうした事柄（「寓意」「諷刺」）に関心を持ち得やうもない幼年期の僕がこれらを半ば習慣的ではあれ喜んでうたつたといふ事実はどう解釈したらいいのであらう。

　都会製の、言はゞ天降り式に与へられる童謡と、最近百田宗治氏あたりがあちこちで紹
〔以下、なし〕

〔題なし〕

〔一行抹消〕
〔一文字抹消〕あること）はこの後もさうであらうし、さうでなければならない。
　たゞ、生活第一主義はわれわれの信条であることに変

りはないが、これを何か固定したものに考へるのはいけない事である、と言ふより間違つてゐる。

固定した「生活的」の解釈は、何よりも詩人に頑なに「生活を」うたへと要求したがる。おまへの生活に相応した感動をみつけろ、と言ひたがる。僕の一番いやな言葉だ。この言葉は、与へられた作品を分析した「答」として、多くの場合正しい。と同時に、そんな忠告を与へるといふことは、絶対に誤つてゐる。

「生活的」といふ言葉を、僕は好きなのだが、それが大きい、たかい意味での「生活的」であることを止めて、しみつたれた、四六時中地を這つた僕等の個々の生活に執着しすぎ、例へば箸の上げおろしに迄、「あいつの箸の持ちかたは普段のあいつの流儀と違ふ」と言ふ風になると恐しい。その恐しさは、つひには、さういふ指摘を懸念するわれわれのうちで成熟して、生活から何とかしてハミ出して成長し、また飛翔しようとする或るものをまつたく閉塞してしまふ。ああ、しみつたれた生活の枠。

そんな「生活」の枠の設定に僕は反対である。

僕は詩に於いて重要なのは、生活をうたふことではないと思つてゐる。「生活的」な詩の在るところは、生活のあれこれの瑣末性のうちを「モチにくつついたやうに」（田木繁は労働者詩人と日常生活との関係をさう表現した）感動を漂つて廻るところにはない。反対、じつは、生活を超克しようとするところに在るのだ。例へば、小熊秀雄はあのやうに生産的な方法をもつて彼を制約する社会的・肉体的諸条件のもとでの実生活よりも「生活的」な世界をつくらうとしており、田木繁は自らの生活にいち早く見切りをつけ、あのやうな自虐的な方法をもつて自らの「生活」再構成のモメントを発見しようとしてゐるし、遠地輝武また同様にである。これらの人々に、もつとナイーヴにお前自身の生活をうたへとか、そのなかに自分相応の感動がある筈だ、そこから積極的なモメントをつかんで詩作しろと言つた所で、彼等はせせら笑ふに違ひない。自分の、しみつたれた、或はやくざな生活よりも、もつとたくましく「生活的」に文学しようと意図する彼等に、さういふ忠告は何の役にも立たぬのである。

ところで、読者よ、気づかれたであらう。

僕は詩に於ける「生活的」といふ言葉を、すでに個々の、あれやこれやの、具体的な彼等の「生活」から抽象してしまつてゐるのである。ここで文学は主体である。文学の性格として、「生活的」なる言葉を理解してほしいのだ。或る人々が、生活を、生活を、とりきみ立つてゐる間に、生活のうちに在り、生活に愛想をつかした詩人のいくたりかは、彼等の文学に於いて、もつと「生活的」であらうとしており、生活的でありもするのである。彼等は形の上では、自分らの生活を直接の対象としてうたひはしないが、彼等の設計のなかには、しみつたれた自分の生活よりも、はるかに力強い、「生活的なもの」を自分の文学のうちで形成しようといふ野望があるに相違ないのだ。詩的感動は、彼等の場合、多くは、彼等の日常生活そのものから起つて来はしない。さう考へて差支へないのである。

一体、われわれの間には、日常生活を無意味に偏重する習慣がありはしないか。政治的敗北以来、特にわれわれの詩は日常生活的な所に感動をみつけるやうになつてゐはしないか。それを犯して自由に振舞ふことを、何か知らタブー視する傾向がありはしないか。そして不幸なことには、散文的で、しみつたれたわれわれの生活のみを対象とする感動なんてものは、実際、底が知れてゐると言ふのは乱暴な言葉であらうか。われわれは嘗てあの様な感動を日毎に持つてゐたし、いま身辺にあるのは、このやうな日常である。こんな抽象的な表現を、読者よ、許され度い。こんな表現するよりほかに、いまの僕は能がないのだ。事態があまり厳粛すぎ、僕の思索は干上つた感動の世界の貧しさのなかで、ママ途惑ひするのである。

この乱れた文章で、僕は何を述べる心算でりきんでゐるのか。

「生活的」な詩の意味を、考へ直し度いのだ。生活を追ふ詩から、生活をつくるべき詩に、僕等の考へ方を進めたいのだ。詩・及び詩人の現世的な強みといふことも、このことの理解を通してのみわれわれのものになるやうな気がするのだ。

僕は考へる、詩とは実生活破壊の機能を持つものだ。程度の差こそあれ、さういふ星の

〔以下、なし〕

古い家

鈴木　泰治

くにから手紙が来た、風もない小春日の午後、土蔵の一つが突然崩れてそのままえんこしてしまつた、とある。二つある土蔵、二つながら中味は古びた道具のかけらばかり、叩きつぶして野菜や草花でも植へてしまへとは若い息子たちの意見だつたがおふくろは反対だつた。手を掛けてこぼつには人が要る、それよりもうす鼠がかつた壁は大きなヒヾだらけ、棟と柱との食ひ合せもアングリ口を開けて雨はぐぢぐぢ木を腐らせてゐるから寿命も永くあるまい、放つて置けばそのまま何時かは崩れるだらう、差し当つて場所がいる訳でもない、と言つてゐたのだ。

　子供たちは砂利の庭であそび、おふくろはぼんやり小春日に坐つてゐる午後の崩れる土蔵の烈しい物音が私にはきこへる、きこへる。

　土けむりが止み、散乱した古い木つぱの上にのつそりと乗りかかつてゐる屋根は重つたくそのままだ。子供たちはおつかなさもある喜びで屋根をわたり歩いてゐる。―おふくろの顔が見える。不意の驚きが止み、もう現れてゐるのは待つてゐたことが遂に来たといふホッとした安堵なのだ。庭に出やうともしないで、縁側から身をおよづかせて眺めてゐる。

　土に坐つた屋根の向ふに笹藪のひろさ、青さ。

　「こんなとこにこんな広い場所、あつたんやな」

　不意にひらけた新しい視野を不思議さうに眺めてゐる。

所謂「楯」について

鈴木　泰治

田木繁の詩が労働者の精神を以てうたはれてゐないといふことを、労働者詩人諸君から聞いて僕は「安心」した。僕は「汽槌の下で」にはじまる彼の一年間の仕事を、誰よりもインテリゲントの限界を烈しく自覚した彼の限界内での捨身の努力と理解してゐるのであるからだ。そして、誤解を避けるために結論を先に言ふなら、彼は他のどの詩人よりも劣らぬ強さで、限界性の打破を念じてゐるのである。たゞ彼は自らの中にある限界性のしぶとさを、嘗て尖鋭なプロレタリア詩人であつたといふことのために出し渋ることなく作品に露呈したのだ。僕はここに田木の実験を感じる。その勇気にうたれる。或る意味ではプロレタリアートのシムボルでもあり得る機械・その操作の前に自己のしぶとい限界性を暴露するほど勇気の必要なことがあらうか。機械につつかかつて行つた彼は、そのことに依つて機械の前に（プロレタリアートの前にと読んでもいい）自己のインテリゲントとしての「限界性」を語つてゐるのだ。これが「ゴー・ストップ」までの田木繁である。

僕は彼の詩にあつては、機械は所詮彼の「楯」であると書き、彼が間髪を容れぬ労働の操作をうたはうとも、後にあるのはインテリゲント田木の顔にすぎぬとも書いた。いまでもそれで大体間違ひはないと考へてゐるが、少し補足すると、機械の後はまぎれもない田木自身だが、その顔は自ら設定した限界性の観念そのものにつかみ掛らんばかりである。

そして、次ぎ次ぎに彼は機械・その操作を追ひはじめる。機械に対する時程その情熱が彼の限界性を忘れさせる時はなかつたし、その結果出来た作品ほど彼に限界性のしぶとさを今更ら感じさせるものもなかつた。

「傾斜を予定してなければペンが少しも動かぬ」と言ふ田木は、自己を切破つまつた所に置かねば、言ひ換へるなら頭を打たなくては詩の書けぬ男なのだ。善く言へば「身から制作を削り落す」型、皮肉に書けば融通の利かぬ詩人である。このことは、つまりインテリゲントの限界性を見事に露呈しつつ進んでゐる現在の田木が、その限界性に頭を突き当てて身動きならぬ所に来てゐるといふことなのである。僕らがその前で、先づ一番自身にとつて脆さうな抵抗線を突破しようとしたり、手もなく傍道に逸れたがつたりする所で、彼れ田木は仕事をはじめる！　烈しい傾斜である。

「ひとが何か仕事をしてゐる間、其処に何等か未来がある間」とシェストフはチェーホフ論で言つてゐる、「彼はその人間に対して全く無関心である。かうした人間を描写する場合、彼はいつも嘲笑的な皮肉な調子でさつさと描いてしまふ。併し、一旦縺れにひつかかつた場合、如何に蜿いても解きほぐしやうのない縺れに引つかかつた場合、チェーホフははじめて眼を覚ますのである。生彩、精力、創造力などがここに至つて初めて現れるのだ。」

僕はここを読みながら、田木を思ひ浮べた。今日の田木の異常性はこんなところにも在るのではないか。（無論われわれは仕事をしてゐるし、それ故に未来はあるのだが、こんなことはここには関係ないだらう。）最近一年間の田木の作品に現れたこの種の異常性について、それの原因を「壁」に対する姿勢に求めなければならぬのは論を俟たぬとして、その他彼のこの異常性を持ち来たしてゐる性格的、或は生理的な要因を彼の場合指摘するのが非常に重大であらう。いまはこれに触れる余裕がないし、別の文章で扱つた方が面白いと考へ、「楯」に移らう。

はつきり言へば、僕は田木の詩から得た教訓で自身で今日にも実践したいと考へるのは一つだけである。僕は人間的にも、性格的にも異るこの先輩―大元清二郎に言はすれば、その故にこそ僕が彼の詩に関心と愛着を持つのださうだし、事実さうなのだが―の詩が僕の方向だとは夢にも考へぬ。たゞ一つ、田木の繰かへし書き、精力的に詩作の中で実践もした彼の確信―インテリゲントが自己の観念を置きかへる（言ふまでもなくプロレタリアートのそれに）ことは、インテリゲントとしての自己の周囲を追ふことに依つては為しとげられず、その限界性をたかめ、その可能性をより多く解放するためには、他ではないプロレタリアートの「現実」にぶつかるより道がないといふ常識である。

念の為めに言つて置くが、僕はここで性格の発展といふことについて、あまり多くを夢想もしなければ期待もしない。夢想もなく、期待も持ち得ぬ僕は、手をつかねて労働者的な現実を傍観しながら、インテリゲントの現実を追ふことに終始すべきであらうか。例へば大雨後の河べりで小草が戦く様に。性格の発展を俟つて僕等の芸術（詩）が実質的に進展するといふ原則を、かくまで機械的且盲目に守るべきか。この場合、労働者的現実を自己救済のために「楯」とすることに依つておのれの限界性自体をたかめて行くことは、卑怯な手段であり、プロレタリアートへの冒瀆であるか。田木へ集中される労働者諸君の攻撃の殆どがかうした田木の姿勢と態度に関し、その労働者的でない心情にかかつてゐるとき、同じ苦しみを嚙みつつ前進してゐる筈のインテリゲント詩人の多くは暗黙のうちに彼に背を向けてゐるのである。

過去一年間、田木にあつて機械は自己批判の指尺であつた。精密な機械、間髪を容れぬその操作―それにつつかかつて行つた彼の幾つかの作品はプロレタリアートを前にしての彼の肉体で為す自己批判であつた。このことを知つた時、僕は田木自身の過程を承認した。この時以来、田木を飽迄激励しようと決心した。僕に欠けてゐる気魄を彼の中から発掘するためでもある。各詩人の一つ一つの作品の上を、鳴きながら相渉つて行く鳥の如きが批評家のすべての態度でもあるまい。僕は当分田木繁の詩についてばかり物を言つて行くつもりだ。

　最後に、僕は多くの人たちが「限界性」の設定を嘲笑するのを聞く。その度に、僕は「プロレタリアートと他の階級との間は万里の長城で隔てられてゐるものでない。」といふ有名な言葉を思ひ浮べる。原則的な意味で、インテリゲントの「限界性」などがどうして存在しよう。そんなことは解りきつてゐるのだ。にも拘らず、僕等が個々としての限界性のしぶとさを骨に徹するまで感じるのは、今日の時代にあつて、われわれ自身がかかる原則からいかに歪んで生きてゐるか、といふ事実の検討に他ならず、そのための自己批判に他ならぬのだ。彼等の原則の名、究極の名に於いて抹殺した所――まさにそこから今日の僕の問題は派生するのだ。

　プロレタリア詩のわるい意味での素朴性についてブルジョア詩人は指摘する。だが、僕はさうは思はぬ。われわれの詩の方向が、人間情熱の量も真〔一文字空白〕な方向であるからには、それが多種多様の生活の土壌に育つものであるからには、プロレタリア詩ほど百花〔二文字空白〕たるものはなく、その反面〔二文字空白〕の多いものもない筈なのだ。好きこのんで〔二文字空白〕を歌ふのではない。われわれ自身、〔二文字空白〕の中に置かれてゐる場合はどうなるか。今日の様な時期にこそ、制作及び批評の徹底的な具体性を僕は要求したいとつねに考へるのだ。

（六月二九日）

性格への懐疑について

○今日の現実では、性格は人間の行為を規定する原因ではなく、行為が規定する結果ではないかとさへ思はせられる。○性格規定といふものには今日、さうした歪曲の手掛りとなるやうな非現実性乃至は虚構的便宜性が慥にあり、又通俗小説のなかに持ち込まれ得る通俗性が慥にあるから、現実性偽装の手段に使はる可く持ち込まれたものではないかとも言へるのである。

キヤムプ地。
街道筋。
ボロのキヤムプ。
労働者。
子供。

「性格」の不安に縋る高見

小説制作に於ける性格規定といふものが今日の現実にあつては、反つて現実歪曲の手掛りとなるやうな「非現実性乃至は虚構的便宜性」が慥にあり、又「通俗小説のなかに持ち込まれ得る通俗性が慥にある」からして、自分は小説実践に於いて人間の性格に縋ることに安堵は出来ぬと高見順は「長篇小説」（六月）で又繰返してゐる。

性格が先か行為が先き《ママ》かといふこと—つまり高見に言はせれば、「性格が行為を規定」するか、「行為が性格を規定」するかといふ問題はそれとしてはしかしすでに自明であつて今更ら彼が懐疑を覚へる迄もない。「太初に行ひありき！」であるのだ。だが、小説の実際問題としては、さうした論理的に素朴な問題ですらなかなか文学的に把握、解決出来ず簡単に「性格」の観念に縋る結果とてつもない虚構をつくり上げることになるのを懸念する高見の気持は納得出来るものの、彼自身の創作実践はもうそんな大人気ない懐疑を提出する地点から幾歩も進んでゐることを彼は自ら認める必要がある。

〔一行抹消〕

一時代前の文学者は作品のなかで性格破産者の存在を示せば事足りたが、今日の文学者の困難は彼らを「描き分け」ねばならぬ点にあることは小林秀雄がすでに言つてゐる。高見はこれを多少ともなし得た稀な作家の一人であると僕は思つてゐる。小林と高見の言葉では小林が一段優つてゐることは間違ひないし、それを知らぬ高見でもあるまい。小林の信念は現在の小説界にあつて「懐疑」の域に在るかも知れんが、高見の言つてることは彼のやつて来た仕事の後づけとしても色彩のない凡々たるすでに解決済みの事実である。いまの彼にとつて重要かつ当面の仕事は「性格以外」に彼が存在すると信ずるぬき差しならぬ小説の要素の片鱗を示すことである筈なのに、彼はこれをちつともやつてはおらん。

詩人といふ種類の人間

　詩壇時評をとのことだが、僕にとつてはいま個々の作品に触れるよりも、むしろ「詩人といふ種類の人間」に就いて、もう一度考へ直してみたい思ひで一杯である。

　このことを考へるたびに、僕は嘗てマルクスが当時アメリカに在つて新雑誌発刊に奔走

〔二ページ目なし〕

はせるためには讃《ほ》めなければならぬ。これは詩人といふ種類の人間の性格に在ることなので、だからフライリヒラートとの文通に於いて、君（ワイデマイヤー）は批評家と詩人との区別を忘れてはならぬ。

　大体上記のやうなものだが、この手紙で面白いのは、マルクスが詩人といふ種類の人間と自分との間にすでに或る画然たる区別を設けて物を言つてゐること、もう一つはここで「批評家」と「詩人」といふものが性格的に異つたものとして考へられてゐることであらう。

　勿論、この手紙はワイデマイヤー宛の私信であつて、ここで触れられてゐる詩人といふ種類の人間も、若干の誇張とおどけがあつてそのままマルクスの詩人に対する理解と考へる必要もない訳だが、それを考へに入れていろいろ憶測するとなかなか面白いのだ。

　つまり、マルクスのワイデマイヤーへの忠言に依ると、批評家は詩人に対してはさうした彼（詩人）の持つ性格上の欠陥（？）を呑み込んだうへ、或る種の手心を以て臨まなければならぬ、といふことになる。これはマルクスにとつては至極真面目な、同時僕らにとつては苦笑を催さしめる種類の皮肉を含んだ言葉である。

　この「手心」を意識するほど、詩人にとつて不愉快なことはない。さらに、この種の手心が、詩人の持つ才能、それの表れとしての作品に及ぶといふことよりも、むしろ彼の生活的な能力への侮蔑やら憐憫やらに原因してゐることを気づくのは多くの場合に容易であるし、詩人たるもの向つ腹を立てざるを得ぬだらう。

　怒りが静まつて考へ込む。すると、所謂「文壇」と

「詩壇」との交渉の奇怪極る味気なさは、実は現在のわが国にあつて、「文学」といふものに代表されてゐるかに見へる「小説」と、その垣の外におつぽり出されてゐるかに思はれる「詩」との、言はゞ文学としての本質上

〔以下、なし〕

古い滑車

　わたしは故郷にかへると直ぐ仰向けに寝ころがつて天井を眺める。気味わるい程たかい天井は昼もうすぐらい。それでもぢつと眼をこらすと、四つの隅に、仄白いくもの巣が見え出すのをきつかけに、わたしの視線はこいつを捕へる。――ああ、またくつついてゐやがる。

　すすけた天井に小さい二つの木の滑車が蛾のやうにくつついてゐる。ランプ吊りの名残りだ。天井よりも白い所をみると、滑車は家よりは新しいのだ。そして滑車の下にはコードが垂れ、白い電燈の蓋《かさ》がパッと浮いてゐる。その下には――このわたしだ。ねつころがつた自分の上にだけでもつみ重ねられてゐる時代の破片がある。この前帰つたときには、天井にいまは無用な滑車がしつこくくつついてゐるのが口惜しく、いまいましかつた。そのくせ、いまこいつを眼で捕へることが出来なかつたら、わたしは物足りないに相違ない。得手勝手な私よ、わたしの頭の案外な真ん中に、すすけた蛾みたいにこびりついて残つてゐる用の無いランプ吊りの滑車を、古い天井に教へてもらいたがつてゐる。かなしい哉。

Ⅱ　作品解題

一　本文中の誤字・脱字・衍字の箇所はこれを改めた。場合により（ママ）と傍記した。
一　振り仮名は底本を尊重し、難読文字については適宜新たに付した。
一　旧漢字は原則として新字体に改めた。略字・俗字・異体字についても同様にした。
一　送り仮名については出来る限り統一した。
一　促音・拗音は底本に従い、本文と同じ大きさにした。
一　伏字が施されていた部分は字数通り復元を試みた。ただし推定するのが困難なために復元できなかった箇所には＊を付している。
一　底本はすべて初出に拠った。使用した文献は左記の通りである。
・「交（校）友会雑誌」一九〇一年一一月〜。発行所が三重郡富田町大字東富田の三重県立富田中学校校友会、編輯兼発行者が歴代の富田中学校長。第一三号から「会誌」に改称される。本文は四日市高等学校同窓会事務局に所蔵されているものに拠った。
・「プロレタリア詩」一九三一年一月（第一巻第一号）〜三二年二月（第二巻第二号）、全一二号。菊版。発行編輯兼印刷人が橋本正一、郡山博、大江満雄、発行所がプロレタリア詩社、プロレタリア詩人会。本文は日本近代文学館に所蔵されている原本および復刻版（日本社会主義文化運動資料・四、プロレタリア詩雑誌集成・上、一九七八年六月、戦旗復刻版刊行会）に拠った。
・「大阪ノ旗」一九三二年八月（第一巻第一号）〜三三年九月（第二巻第五号）、全八号。創刊号のみ菊版、次号から変型A四判（タテ三一、五×ヨコ二三センチ）。作家同盟大阪支部の機関誌。謄写版刷のちに活版刷、途中、印刷費不足のため謄写版刷に戻された号もある。編輯発行兼印刷人が阿部真二、発行所が日本プロレタリア作家同盟大阪支部出版部。
「大阪支部における異常な立遅れであつた創作活動の不振」を克服するために、創作理論にもとづいた作品を掲載する文芸雑誌として創刊された。大衆啓蒙誌に編集方針が変更された三三年九月号をもって終刊。本文は中村泰氏が個人所蔵されているもの、および大阪府立中之島図書館に所蔵されているものに拠った。
・『防衛』詩パンフレット第二輯（ロシア革命一五周

年紀念）、国際革命作家同盟日本支部日本プロレタリア作家同盟編、一九三二年一一月二〇日印刷、一一月二五日発行、発行兼印刷人が東京市淀橋区上落合一ノ四六〇の猪野省三、印刷所および出版所が右記住所の日本プロレタリア作家同盟印刷部・出版部、四六判謄写版刷。本文は復刻版（日本社会主義文化運動資料・二三、社会派アンソロジー集成・下、一九八四年五月、戦旗復刻版刊行会）に拠った。

・『戦列』詩パンフレット第三輯（3Lデーのために）、国際革命作家同盟日本支部日本プロレタリア作家同盟編、一九三三年二月一五日印刷、二月二〇日発行、発行兼印刷者が猪野省三、発行所が東京市杉並区高円寺五ノ九五六の日本プロレタリア作家同盟出版部。菊半截判。本文は復刻版（日本社会主義文化運動資料・二三、社会派アンソロジー集成・下、一九八四年五月、戦旗復刻版刊行会）に拠った。

・「文化集団」一九三三年五月（第一巻第一号）〜三五年二月（第三巻第二号）、全二一号。編輯発行兼印刷人が長谷川武夫、発行所が東京市淀橋区柏木二ノ五二三の文化集団社。菊版。本文は日本近代文学館所蔵されているものに拠った。

・「新精神」一九三三年八月（第一巻第一号）〜終刊号不明。但し一九三四年八月（第二巻第八号）までの一二冊は確認することができた。編輯人が大阪市外布施町高井田一五一七の山岸又一、発行人が大阪市旭区放出町一六二の階本樹、発行所が大阪市外布施高井田一五一五の文学書院。菊版。本文は編者所蔵のものに拠った。

・「啄木研究」一九三四年一月（第一巻第一号）〜終刊号不明。但し一九三八年一月（第五巻第一号）までの三三冊は確認することができた。編輯兼発行者が大阪市住吉区中野町七の大蔵宏之、発行所が右記住所の大阪短歌評論社啄木研究会。第一巻第五号（一九三四年八月）には雑誌編集同人として鈴木泰治の名前が記されている。変型菊版謄写版刷（タテ一八×ヨコ一五センチ）、次号から菊版、第二巻第一号（一九三六年一月）から活版刷された。本文は関西大学附属図書館、日本近代文学館に所蔵されているものに拠った。

・「詩精神」一九三四年二月（第一巻第一号）〜三五年一二月（第二巻第一〇号）、全二一号。菊版。編輯発行兼印刷人が東京市杉並区阿佐谷一丁目六八七の

内野郁子、発行所が右記住所の前奏社。菊版。本文は日本近代文学館に所蔵されているものに拠った。

・「日本詩壇」一九三三年一二月（第一巻第一号）～四四年四月（第一二巻第四号）。創刊時は編集人が大阪市外小阪局区内高井田新喜多一〇―一五の吉川則比古、発行人が東京豊島長崎仲町二丁目三六七五の井上好澄、発行所が井上と同じ住所地の日本書房。第二巻第八号からは編集兼発行人が大阪市外小阪局区内新喜多一八の吉川則比古、発行所は吉川と同じ住所の日本詩壇発行所となる。菊版。本文は日本大学総合学術情報センターに所蔵されているものに拠った。

・「関西文学」一九三四年五月（第一巻第一号）～終刊号不明。但し一九三四年七月号（第一巻第三号）までの三冊は確認することができた。編輯兼発行人印刷人が大阪市港区八幡屋元町一丁目二七九の前田房次（大月桓志）。発行所が右記住所の関西文学社。菊版。本文は大阪府立中之島図書館に所蔵されているものに拠った。

・「文学評論」一九三四年三月（第一巻第一号）～三六年八月（第三巻第八号）、全三一号。菊版。編輯人が渡辺順三、発行兼印刷人が大竹博吉、発行所が東京市神田区神保町二ノ一三文学評論発行所のナウカ社。本文は日本近代文学館に所蔵されているものに拠った。

・「評論」一九三四年六月（通巻第一号）～三五年八月（通巻第一三号）、全一三号。編集兼発行人が東京市神田区神保町二ノ一〇山海堂内の明治文学会、代表者が塩田良平、発行所が山海堂出版部。菊版。本文は東京大学人文社会系研究科・文学部図書室に所蔵されているものに拠った。

・「三重文芸協会会報」一九三四年八月（第一号）～三五年二月（第六号）、全六冊。編輯兼発行人が北村千秋、発行所が津市京口町一〇の三重文芸協会。第一、二号はB５判の新聞形式、第三号以降は同判の雑誌形式になった。本文は松阪市立図書館に所蔵されているものに拠った。

・「文学案内」一九三五年七月（第一巻一号）～三七年四月（第三巻第四号）、全二二冊。編輯発行人が丸山義二、編輯責任者が貴司山治と丸山義二。発行所が東京市京橋区銀座西一ノ一金剛閣ビルの文学案内社。菊版。本文は同志社大学附属図書館、日本近代文学館に所蔵されている原本に拠った。

・「三重文学」一九三五年一一月（第一巻第一号）～終刊号不明。但し一九三六年四月（第二巻第三号）までの途中三冊分は確認することができた。編輯兼発行人が奥原奎之輔、発行所が津市京口町一〇の三重文芸協会。菊版。本文は松阪市立図書館に所蔵されているものに拠った。

・「詩人」（「詩精神」改題）一九三六年一月（第三巻第一号）～一〇月（第三巻第一〇号）。全一〇号。編輯責任者が貴司山治と遠地輝武、発行・印刷編輯人が丸山義二、発行所が東京市京橋区銀座西一ノ一金剛閣ビルの文学案内社。菊版。本文は日本近代文学館に所蔵されているものに拠った。

・「煙」一九六五年六月（第一号）～一九八九年一二月（第五三号）、全五三号。菊版。編輯者が京都府乙訓郡長岡町下馬場二の西本健太郎、発行者が辻村茂治、発行所が京都市下京区寺町通四条下ル（労働会館）旧友クラブ内の「煙」社。戦前、京阪地域で無産主義運動に携わっていたメンバーが自分たちの運動史を総括して記録に残そうと執筆編輯したものである。

第二八号（一九七六年五月）には「特集・鈴木泰治（澄丸）」が編まれている。「詩精神」「詩人」「文学案内」「啄木研究」「大阪ノ旗」「関西文学」に発表された泰治の三三篇の詩および一篇の詩論を収録。特集に合わせて宮本正男が「鈴木泰治について」という回想録を執筆している。日本プロレタリア作家同盟大阪支部の頃を知る貴重な手がかりである。さらに特集の「補遺」として第二九号（七六年一二月）に三篇の詩（「働らく子はにくむ」「あいつが立ち上つて来たのは」「河端三章」）が追加収録されている。

また第二六号（一九七五年八月）に緒方唯史「鈴木澄丸のプロフィル」が掲載されている。なお本文は京都府立総合資料館に所蔵されているものに拠った。

【註】

泰治が執筆した雑誌の内、左記のものは未見である。

・「教材王国」一九二八年四月創刊、発行所が東京市牛込区原町一丁目十番地の中文館書店。生家には編集部からの謝礼の手紙が遺っており、三七年一月号に執筆したことが分かる。

・「詩導標」一九三五年一〇月創刊、発行所が東京市滝野川区上中里三七五の城北文学社。「詩精神」（第二巻第九号）に掲載された同誌創刊号の広告には、評論欄の執筆者に泰治が含まれていることが分かる。

また「文学案内」や「人民文庫」などの雑誌編集を手伝っていたようであるが、その具体的な内容については、まだ確認できていない。

一、詩作品篇

1、「プロレタリア詩」「大阪ノ旗」時代

「赤い火柱《ひばしら》——農民からの詩——」

作品発表当時、プロレタリア詩人会では創作の方法として主題の積極性が重視されており、政治的スローガンを前面に掲げた詩を作る傾向が機関誌「プロレタリア詩」に見られる。鈴木澄丸の詩もまた権力との闘争を呼びかける過激な言葉で彩られている。「渡政」は二八年九月、台湾基隆《キールン》で官憲に追われて自殺した日本共産党中央委員長渡辺政之輔のこと。

次号の「プロレタリア詩」一一月号（第一巻第九号）掲載の村田達夫「月評その他」には「赤い火柱——農民からの詩——」が取り上げられている。

（初出）「プロレタリア詩」一〇月号（第一巻第八号）掲載。一九〜二〇頁。一九三一年一〇月四日印刷、一〇月九日発行。発行編集兼印刷人が郡山博、発行所が東京市外下落合五五八のプロレタリア詩人会。菊版。作者名は目次・本文ともに鈴木澄丸。

初出では三カ所（四文字）に伏字が施されている。前号および次号が発行禁止処分になっていることを考えれば、厳しい検閲が行われていたことが分かる。収録に当たって伏字を復元したのはつぎの部分である。四行目「×い火柱」→「赤い火柱」、一七行目「×旗だ」→「赤旗だ」。なお八行目「山××を吹き」は伏字を復元できなかった。

「働らく子はにくむ」

桑の葉を摘んだ籠を背負い、遊ぶ暇もなく終日労働に従事する貧農の子ども。ひとり疲れて帰る姿とは対照的

に、小学校の教室では裕福な家庭の子ども達が愉快に遊ぶ。当時の社会が抱えていた矛盾が家庭環境の差となって現れ、純真な子どもの日々の生活に暗い影を落としている。子ども達に愛情の眼差しを注ぎ続けた泰治らしい詩である。四郷村では養蚕が盛んであったことから、泰治が通い、また生家にほど近い場所にあった四郷尋常小学校の山側には桑畑が広がっていた。

「プロレタリア詩」一月号（第二巻第一号）掲載の遠地輝武「プロレタリア詩人会発展の概観——機関誌発刊の一周年目に——」には「働らく子はにくむ」が取り上げられている。

（初出）「プロレタリア詩」一一月号（第一巻第九号）掲載。一八〜一九頁。一九三一年一一月一日印刷、一一月五日発行。発行編集兼印刷人が郡山博、発行所が東京市外下落合五五八のプロレタリア詩人会。菊版。作者名は目次・本文ともに鈴木澄丸。

本号掲載の「三百円基金カンパ応募第二回報告」のページには「大阪　鈴木澄丸」が一円寄付していることが記されている。なお本号は発行禁止処分を受けた。

（初収）年刊『日本プロレタリア詩集』一九三二年版（日本プロレタリア作家同盟編、一九三二年七月二五日印刷、八月一日発行、発行兼印刷人が東京市外上落合四六〇の上野壮夫、発行所が右記住所の日本プロレタリア作家同盟出版部。菊半截判）収録。一九一〜一九三頁。作者名は目次・本文ともに鈴木澄丸。本書は発行禁止処分を受けた。

初出からの異同はつぎの通り。二行目「平ぺつたく」→「平べつたく」、三行目「のぞひて」→「のぞいて」、七行目「あをあを」→「あを〱」、一一行目「下りて」→「下り」、二二行目「「バカヤロ！」」→「『バカヤロ！』」。

（再収）『プロレタリア詩集』（プロレタリア詩人会編、一九三二年八月三日印刷、八月八日発行、編輯兼著作者が遠地輝武、発行所が中外書房、菊半截判）収録。一五二〜一五三頁。作者名は目次・本文ともに鈴木澄丸。

初出からの異同はつぎの通り。二行目「平ぺつたく」→「平つべたく」、二四行目「おゝ貧農の子どもよ、しつかりしろ」→「おゝ××の子どもよ、××××××」。

本書巻末に「プロレタリア詩人会発展の概観」が記されている。その「重要日誌」によれば、一九三一年一二月中旬に日本プロレタリア作家同盟に泰治が加入していることが分かる。「平沢（貞二郎＝括弧内は編者註）、遠地（輝武）、登口（義人）、多木（要作）、田中（英士）、白（鐵）、来海（政敏）、細井（敬）、鈴木（澄丸）、松浦（茂作）、島（幹吉）、長沢（佑）、千田（岩四郎）作家同盟へ加盟」。なお本書は発行禁止処分を受けた。

（再掲）「煙」第二九号（一九七六年一二月）掲載。一頁。初出からの異同はつぎの通り。七行目「あをあをした」→「青あおした」、一六行目「子どもはのび上る」→「子どもはのび上る、」、二二行目「「バカヤロ！」」→「『バカヤロ！』」。

「春に与へる詩――映画「春」のノートから――」

「春」（Becha）という映画はソビエトのヴフク社から発売された無声映画。ジガ・ヴェルトフの率いるキノ・グラース（映画眼）同人ミハエル・カウラマンが監督をつとめ、自然界から人間世界へ、また人間世界から階級闘争の世界へと「唯物的な思想に向かって」カメラを向ける。一九三一年三月五日、浅草松竹座にて公開された（『世界映画名作全史』）。

（初出）「プロレタリア詩」一月号（第二巻第一号）掲載。三五〜三六頁。一九三一年一二月二八日印刷納本、一九三二年一月一日発行。発行編集兼印刷人が大江満雄、発行所が東京市外下落合五五八のプロレタリア詩人会。菊版。作者名は目次・本文ともに鈴木澄丸。

訂正をしたのは一カ所、第二連の二行目「トラリター」→「トラクター」。

「凱旋」

日本プロレタリア作家同盟大阪支部の機関誌「大阪ノ旗」創刊号に発表された詩。当時、泰治は大阪外国語学校三年次の学生であった。凱旋列車に乗った帰還兵たちは喝采を受けて故郷の人々に迎えられる。だが彼らは戦場で、戦闘を忌避した日本兵が友軍に射殺される光景を目撃したり、中国人労働者が撒いた反戦ビラを読むという経験をしていたために、祝福を受け入れる気分にはなれない。それよりも農村や工場に戻る彼らには、速やかに反戦闘争を展開するという新しい「仕事」が待っているのであった。「戦争から内乱へ」というテーマが鮮やかに表現された作品。

（初出）「大阪ノ旗」創刊号掲載。一九三二年八月二四日印刷納本、二五日発行。編輯兼印刷発行人が阿部真二、発行所が大阪市北区沢上江《かすがえ》町五丁目三九の日本プロ

レタリア作家同盟大阪支部出版部。菊判謄写版刷（表紙のみ二色刷）。二三〜二六頁。作者名は目次・本文ともに鈴木澄丸。なお促音便の表記は「っ」「つ」の二つが混用されている。

（再掲）「煙」第二八号掲載。三三〜三五頁。一九七六年五月一日発行、編輯者印刷兼発行者が西本健太郎・児玉誠、発行所が京都市中京区西ノ京南円町七一児玉方の煙同人社。初出からの異同は末尾から三行目「明後日《あさって》」→「明後日」。

「十月のために」

「大阪ノ旗」一〇月号の巻頭言として発表された詩。無署名ではあるが内容・表現から見て泰治の作品と考えられる。「煙」も泰治が作者であると判断して収録している。タイトルからも分かるように、この詩はソビエト一〇月革命記念日へのオマージュである。陸軍特別大演習を統監する天皇を迎えるための準備に忙しい大阪の町がソビエト同盟につらなるポーランドに重ね合わせられている。作品のモチーフは「帝国主義戦争反対」と「ソヴエート同盟擁護」。内容・表現ともに「舗装工事から」「あいつが立上つて来たのは」につながる。

（初出）「大阪ノ旗」一〇月号（第一巻第三号）掲載。一頁。一九三二年一〇月二五日印刷納本、一〇月二五日発行、編輯発行兼印刷人が阿部真二、発行所が大阪市北区沢上江町五ノ三九の日本プロレタリア作家同盟大阪支部出版部。変型A四判（タテ三一、五×ヨコ二三センチ）。無署名の詩であった。

訂正をしたのは一カ所、第五連の三行目「国家総動員演習」→「国家総動員演習」。

本号には鈴木澄丸の名前で「伸び上がる手」という小説が掲載されている。演習中の兵士が夜ひそかに兵舎で反戦ビラを撒こうとする話。

（再掲）「煙」第二八号掲載。三五〜三七頁。「煙」編輯部はひらがな・カタカナを問わず促音をすべて小文字で表記する方針を採っている。以下、「煙」との校異を示す場合、この点に関して注記することは省略する。また初出からの異同は右に訂正した第五連の三行目の部分が同様に訂正されていることである。

「舗装工事から」

陸軍特別大演習を統監する天皇を迎える準備に忙しい大阪の町で、幹線道路の舗装工事に従事する労働者。

「出版物」を読むことによって「不可侵の権力」「税のいらぬ日本一の大資本家地主」への「憤怒」が胸にやきつけられる。天皇制をはっきりと批判している点で前作「十月のために」よりも遥かに急進的な内容を持っている。三二年テーゼにおける天皇制批判に重なるといえよう。

このとき昭和天皇は一一月一〇日来阪、一八日帰京するスケジュールで大阪を訪れており、一一日から三日間にわたって大規模な陸軍特別演習が天皇統監の下で行われた。

〔初出〕『防衛』詩パンフレット第二輯「ロシア革命一五周年紀念」(国際革命作家同盟日本支部日本プロレタリア作家同盟編、一九三二年一一月二〇日印刷、一一月二五日発行、発行兼印刷人が東京市淀橋区上落合一ノ四六〇の猪野省三、印刷所および出版所が右記住所の日本プロレタリア作家同盟印刷部・出版部、四六判謄写版刷)掲載。九～一二頁。作者名は目次・本文ともに鈴木澄丸。本書は発行禁止処分を受けた。

初出では四カ所(八文字)に伏字が施されている。収録に当たって伏字を復元したのはつぎの部分である。序一行目「×××監」→「天皇統監」、三五行目「××旗」→「天皇旗」、三八行目「××旗」→「天皇旗」、四二行目「×が」→「奴が」。

訂正をしたのは二カ所、一六行目「アスファルト」→「アスファルト」、二〇行目「セメ粉」→「セメン粉」、三六行目「ゆす上げられ」→「ゆすり上げられ」。

〔初収〕『日本解放詩集』(壺井繁治・遠地輝武共編、一九五〇年三月一日印刷、三月一〇日発行、飯塚書店)収録。一三八～一三九頁。作者名は目次・本文ともに鈴木泰治、但し本文には発表名・鈴木澄丸の註記がある。

初出からの異同はつぎの通り。序一行目「×××監」→「大阪軍監」、二〇行目「セメ粉」→「セメン粉」、三五行目「××旗」→「天皇旗」、三六行目「ゆす上げられ」→「ゆすり上げられ」、三八行目「××旗」→「天皇旗」、四二行目「×が」→「奴が」、四三行目「堵列」→「皆列」。

また本書巻末「執筆者録」には泰治の紹介がある。

鈴木泰治　一九一二年三重県に生る。大阪外語独語部卒。在学中プロレタリア詩人会に参加。ナップ大阪支部に属した。昭和九年上京。ナップ解散後の「詩精神」に加わり「詩人」に多くの詩と評論を発表したが、日華事変の勃発とともに応召、大陸に転戦中、一九四〇《ママ》年黄河に近い北支戦線で戦死した。二十九《ママ》歳。

（再収）『日本現代詩大系』第八巻（昭和期一）（中野重治編、一九五二年七月一五日発行、河出書房）収録。二八二～二八四頁。作者名は目次・本文ともに鈴木泰治、但し本文には発表名・鈴木澄丸の註記がある。

初出からの異同はつぎの通り。序一行目「×××監」→「天皇統監」、三行目「アスファアルト」→「アスファルト」（以下、すべて変更）、一三行目「先細《さきぼそ》」→「先細」、一五行目「あはてッ面」→「あわてッ面」、二〇行目「セメ粉」→「セメン粉」、三五行目「××旗」→「天皇旗」、三六行目「ゆす上げられ」→「ゆすり上げられ」、三八行目「××旗」→「天皇旗」、四二行目「×が」→「奴が」。

（再掲）「煙」第二八号掲載。二～三頁。初出からの異同はつぎの通り。序一行目「×××監」→「天皇統監」、一三行目「先細《さきぼそ》」→「先細」、二〇行目「セメ粉」→「セメン粉」、三五行目「××旗」→「天皇旗」、三八行目「××旗」→「天皇旗」、四二行目「×が」→「奴が」。

「あいつが立上つて来たのは」

御用組合に対抗するために「分会準備会」を画策する大阪砲兵工廠の仕上工員。大阪城内天守閣の東南に位置する大阪砲兵工廠は、東京の施設と並んで近代日本の官営軍需工業の中核を担った。

大砲砲弾の製造を主事業とする工廠では、戦争が起こると労働者の雇用が一気に拡大するが、それが終わると一転して馘首が始められる。日露戦争後の一九〇六年、人員整理と賃金カット、それに加えて組合幹部の腐敗が発覚したことなどが原因となって大規模なストライキが計画された。それ以後、「工廠の職工は労働運動のリーダー的存在」と見なされるようになった（『大阪社会労働運動史』『大阪砲兵工廠の研究』）。

作品の末尾には「三二・一二・二六」とある。ちょうどその頃、泰治は重大な危機に直面していた。一一月二八日検挙、一二月二四日大阪外国語学校退学――どのような心境でこの詩を書き上げたのだろうか。

（初出）『戦列』詩パンフレット第三輯「3Lデーのために」（国際革命作家同盟日本支部日本プロレタリア作

家同盟編、一九三三年二月一五日印刷、二月二〇日発行、発行兼印刷者が猪野省三、発行所が東京市杉並区高円寺五ノ九五六の日本プロレタリア作家同盟出版部、菊半截判）掲載。三九〜四一頁。作者名は目次・本文ともに鈴木澄丸。なお本書は発行禁止処分を受けた。

「3Lデーのために」の「3L」とは、レーニン（Nikolay Lenin）、ローザ・ルクセンブルク（Rosa Luxemburg）、カール・リープクネヒト（Karl Liebknecht）を指す。なお一九一九年一月一五日、社会民主党出身の司令長官ノスケの配下によってローザとカールは暗殺された。

初出では一カ所（二文字）に伏字が施されている。収録に当たって伏字を復元したのは六行目「××砲兵工廠」→「大阪砲兵工廠」。

訂正をしたのは二カ所、五行目「数いた道」→「敷いた道」、二九行目「あれ」→「おれ」。

（再掲）「煙」第二九号掲載。二〜三頁。初出からの異同は三一行目「わく〳〵」→「わくわく」。

「純粋なる逆卍《ハーゲンクロイツ》の旗」

この詩が書かれた頃のドイツは、ナチスが政権を奪取した時期である。その過程を簡潔に記すと三二年七月国政選挙でナチスが最多議席、三三年一月ヒトラー首相就任、二月国会議事堂放火事件、三月ヒトラーの全権委任法可決、といった一連の事件が挙げられる。ナチスは共産主義勢力の脅威を国民に向かって喧伝し、大衆煽動の手法によって政権を奪うことに成功する。一旦政権の座に就くや、抵抗するものに対して容赦なく暴力的制裁を加え、ナチス独裁への道を突き進んだのであった。

泰治の詩は、大衆煽動の手法によってファシズム政党が政権を樹立したドイツ社会の現実をとらえ、権力によって「民意」が恣意的に形成されることの危険を告発している。「民意」とは一体何か、現代の大衆政治においても尚更憂慮すべき問題であるといえよう。

ところで、この詩は「鈴木泰治」のペンネームで発表された最初の詩作品である。三二年一一月二八日、特高警察に検挙された泰治は不起訴処分となり釈放されるものの、事態を憂慮した大学当局によって、大阪外国語学校を中途退学させられる。一連の事件以後も、プロレタリア文学に対する志を曲げず創作を続けるために、ペンネームを改めて再スタートを図ったのだと考えられる。

（初出）「大阪ノ旗」一九三三年八月号、反戦特集号

（第二巻第四号）掲載。一四～一六頁。一九三三年八月三日印刷発行、八月五日納本。印刷および発行所が大阪市北区中野町三ノ九戦旗座内の日本プロレタリア作家同盟大阪支部出版部。変型A四判（タテ三一、五×ヨコ二三センチ）。作者名は本文で鈴木泰治（本号には目次なし）。

訂正をしたのは二カ所、三四行目「殺倒」→「殺到」、四五行目「プロレタアート」→「プロレタリアート」。

（再掲）「煙」第二八号掲載。二～三頁。初出からの異同は六〇行目「うはづ、た」→「うはづった」。

2、「啄木研究」「詩精神」時代

「大阪ビルで」

大阪外国語学校を中途退学させられた泰治は一旦故郷の四日市市室山に帰る。しかしプロレタリア文学への志を捨てきれず、翌年再び大阪へ出る。雑誌「煙」同人の宮本正男が当時の鈴木の様子を回想して、「文房具のセールスマンをやったりしながら、作家同盟大阪支部の中心的働き手のひとりとして活動した」と書いている（「煙」第二八号、四二頁）。セールスマンをして糊口を凌ぎながら左翼文芸活動に携わっていた頃の経験が「大阪ビルで」に投影されていると考えられる。

発表誌「啄木研究」は大阪の大蔵宏之を中心とした啄木研究会の機関誌であった。泰治は研究会発足時の同人として名を連ねていた。

（初出）詩歌雑誌「啄木研究」創刊号（第一巻第一号）掲載。一五～一六頁。一九三三年一二月二五日印刷納本、三四年一月一日発行。編輯兼発行者が大阪市住吉区中野町七の大蔵宏之、発行所が右記住所の大阪短歌評論社啄木研究会。変型菊版（タテ一八×ヨコ一五センチ）謄写版刷。作者名は目次・本文ともに鈴木泰治。

（再掲）「煙」第二八号掲載。三〇～三一頁。初出からの異同は二三・二四行目「考へるな、阿呆になれ」→「考へるな　阿呆になれ」。

「飼葉」

泰治珠玉の作品。朝霧の漂う早朝、桑畑で働く子ども達の姿が描かれている。一見、牧歌的に見える世界にも「貧農のせがれども」の自由を奪う厳しい労働がある。

彼らに向かって「その労苦の道で／金輪際離さぬおれたちの腕をにぎれ」と詩の最後で訴えかける。桑の葉を摘む子ども達のしぐさや表情が細かなところまで観察されており、幼なき者に愛情の眼差しを注ぎ続けた泰治らしい詩である。

　次号の「詩精神」（第一巻第二号）には、創刊号の評を記した窪川鶴次郎の「手紙」が掲載されている。窪川によれば、創刊号のなかで最も優れた詩作品は松田解子「労働者」、後藤郁子「流行性感冒」、小熊秀雄「馬上の詩」等の佳品ではなく、泰治の「飼葉」であるという。「『飼葉』（鈴木泰雄《ママ》）私の読んだ限りでは、一番感心しました。どんな人だらうと思ひました」。

　また次々号の「詩精神」（第一巻第三号）には、通信欄「日だまり」で佐野嶽夫が感想を寄せている。「詩作品では後藤・小熊・郡山・新井・大江（俊）君等を面白く読みました。その他鈴木君の稍々甘つたるい舌ざはりには微笑しました」。

（初出）「詩精神」創刊号（第一巻第一号）掲載。四六～四八頁。一九三四年一月二八日印刷、二月一日発行、編輯発行兼印刷人が東京市杉並区阿佐谷一丁目六八七の内野郁子、発行所が右記住所の前奏社。菊版（タテ二二センチ×ヨコ一五センチ）。作者名が目次では鈴木泰悟、本文では鈴木泰治になっている。

（再掲）「煙」第二八号掲載。三～四頁。初出からの異同はつぎの通り。二行目「定期自動車《ていき》」→「定期自動車」、一一行目「身体一杯に朝日を受け」→消去、一三行目「す丶き」→「すすき」、一七行目「草を踏めつけて」→「草を踏みつけて」、三九行目「残り少い」→「残り少ない」。

「大阪ビルで」

　前々作と同じ題名の作品。文房具のセールスをしていた自らの体験を踏まえて書かれている。初出誌の所在が不明であったため、本文の収録は初出にもとづくことができなかった。そのため再掲された「煙」第二八号に拠ることにした。

（初出）詩歌雑誌「啄木研究」二月号（第一巻第二号）掲載。一九三四年二月一日発行。

（再掲）「煙」第二八号掲載。三〇～三二頁。

「夜盲症――手紙に代へて――」

（初出）「啄木研究」四月号・啄木忌紀念号（第一巻第

三号）掲載。一一〜一二頁。一九三四年三月二五日印刷、四月一日発行、編輯発行人が大阪市住吉区中野町七の佐藤宏之、発行所が右記住所の大阪短歌評論社啄木研究会。作者名は目次・本文ともに鈴木泰治。

（再掲）「煙」第二八号掲載。三一頁。初出からの異同は六行目「ながゝつた冬」→「ながかった冬」。

「工場葬」

メリヤス工場の寄宿舎で死んだオミヨ。三年間勤めた彼女の工場葬が、母親の出席の下で行われようとしている。オミヨは胸の病で死んだのだが、未曾有の事故であったと会社は説明した。参集した工員たちが目を見張るような「豪壮な工場葬」。儀式張れば張るほど、彼女の死は「犠牲《いけにえ》」にしか思われないのである。

「文学評論」（第一巻第三号、一九三四年五月）には、窪川鶴次郎の「詩壇時評——今日の動向——」が掲載されている。泰治の作品はつぎのように論じられている。

　鈴木泰治氏は「飼葉」（詩精神二月号）において、農村の子ども達の労働を、かなりの階級的イデオロギーとすぐれた芸術性との一致を具体的に示した。最近感心した作品の一つである。描写の中に、綿密さについての無選択性があつて、それが「工場葬」（詩精神四月号）のやうな、諷刺的要素の多い作品を失敗さしてゐるのではなからうか。作者の才能とその積極性が期待される。

窪川によれば、「飼葉」においては成功を収めているものの、泰治の描写は綿密さに欠ける部分があるために「工場葬」のような諷刺的要素の多い作品は失敗に陥っているという。

（初出）「詩精神」四月号（第一巻第三号）掲載。一八〜一九頁。一九三四年三月二五日印刷、四月一日発行、編輯発行兼印刷人が東京市杉並区馬橋二丁目一三四の内野郁子、発行所が右記住所の前奏社。作者名は目次・本文ともに鈴木泰治。

初出では一カ所（一文字）に伏字が施されている。収録に当たって伏字を復元したのは二八行目「×人者」→「殺人者」。

訂正をしたのは二八行目「未曾」→「未曾有」。

（再掲）「煙」第二八号掲載。五頁。初出からの異同はつぎの通り。二八行目、「未曾」→「未曾有」、「×人者」→「殺人者」。

「無題」

「満腹」していることを見せつけるが如き「げつぷ」をする紳士と、「空つぽの胃袋」を抱えている「わたし」。O駅待合室で汽車を待つ二人が対比的に、ややユーモラスに描かれている。

次号の「詩精神」(第一巻第五号)には、八幡黎二の「詩精神五月号の詩について」が掲載されている。そのなかにはつぎのような表現がある。

鈴木泰治の「無題」は切実だ。のびのびとしてゐる。詩には必ず題をつけなくてはならぬと云ふことはまちがつてゐる。多くの場合、題は抽斗の取手である。取手の必要のないものに取手は必要でない。よく、題だけが必要なものであつたり、題を解釈したものが、その詩の本文であつたりする。要するに清澄への意志があれば、『題』についてもつと論ぜられてくるであらう。

また「詩精神」(第一巻第七号)には、大江鐵磨の「「最近」のプロ詩についての感想」が掲載されている。「「アナキ的な」ロマンチック的な叫び」で歌われた作品として、泰治「無題」や森谷茂「一つのすきま」、小熊秀雄「瑞々しい眼をもつて」、遠地輝武「悪しき母」、小熊秀雄「太陽へ」、松田解子「曳かれゆく人へ」、小田英「風車の詩」が挙げられている。

(初出)「詩精神」五月号(第一巻第四号)掲載。一五〜一六頁。一九三四年四月二五日印刷、五月一日発行。作者名は目次・本文ともに鈴木泰治。

本号の「編輯後記」には、雑誌を継続して刊行するための「基金応募者」として鈴木泰治の名前が挙げられている。

また本号巻末には「同人準同人、社友制併用」の告示があり、雑誌の運営が同人制に切りかえられたことが発表されている。

(再掲)「煙」第二八号掲載。六頁。

「田螺——故郷で——」

田園の沼地に潜む田螺の視点から詩が語られている。「今日も一日自らいのちの扉を閉めつゞけねばならん」

田螺の境涯。自分の殻を試してみるには「暗い翳の蹂躙に委ねる」しかない。行動を起こすことができない田螺の嘆きは、故郷で閉塞する泰治の心境と重なり合うものである。

次号の「関西文学」七月号（第一巻第三号）には「田螺」への感想が二カ所掲載されている。まず「関西文学戦線」のなかで匿名のM生がつぎのように記している。

> 鈴木泰治君の詩「田螺」に就ての感想を集めてみると
>
> A・まんぜんと、良いものですと云ふ人々。
>
> B・これは鈴木の本道だと云ふ人。
>
> C・鈴木君の作品には初めて接したのですが、氏のガッチリしたレアリズムには感心いたしました、と云ふ人。
>
> D・この詩はどうかと思ひますね「詩精神」へ出してゐる詩と全く関係のないものを感じます、と云ふ人。さて、ところで、鈴木君が、これらの人達に何と答へるか？　それがきゝたいのだが……如何です

つぎに「ポスト」欄には久滋徹三が「鈴木君の作品に初めて接したのですが、氏のガッチリしたレアリズムには感心いたしました」と述べている。

さらに「関西文学」七月号には竹山正雄の「大阪詩壇の現状」が掲載されている。田木繁や鈴木泰治の名前を挙げて、「氏らの今後の活躍こそ。大阪詩壇をリードして行くものぢやないだらうか」と評価する。

（初出）「関西文学」六月号（第一巻第七号）掲載。四四～四五頁。一九三四年五月二八日印刷納本、六月一日発行。編輯兼発行人が大阪市港区八幡屋元町二七九の前田房次、発行所が右記住所の関西文学社。田木繁や大月桓志（前田房次）が中心となって創刊されたのが「関西文学」で、「大阪ノ旗」の実質的な後継誌になった。作者名は目次・本文とも鈴木泰治。作品名は目次が「田螺」、本文で「田螺――故郷で――」。

本号には泰治の「禁酒弁」というコラムが掲載されている。「僕が「啄木研究」に「夜盲症《とりめ》」といふ小さい詩を書いたら、友人の一人が言ふには、「飯を節約して酒飲んだからぢやないか」僕の酒好きも、ここまでの憶測を受けて流石にたぢたぢした」という表現ではじまる文章である。末尾に一九三四年四月一一日の日付が記され

ている。

また本号の「関西文学戦線」という時評欄には泰治への言及がある。著者は匿名のS、K生。

この外に最近めき〳〵売出しの鈴木泰治がある。諷刺詩に散文詩に行くとして可ならざる才筆はどうだ！　これも全国的に見てユニークなものであらう。

その外に純労働者の詩人城三樹大元清二郎を加へると、関西における詩人の陣容はまことに牢固たるものがある。文化運動三年間の実践も無駄でなかつたと言ひ得るであらう。作家の連中よ、負けずにやつてくれ！

さらに巻末の「編輯後記」には、つぎのような言葉がある。「創作蘭《ママ》同様、今月から「詩歌」にも一層力を入れることにしました。最近「詩精神」「啄木研究」「新精神」などに活躍してゐる鈴木泰治君をはじめ竹山正雄君、労働者詩人大元、赤石君などの作品で詩蘭《ママ》をかざりました」。いずれも泰治の評価が高まっていることを示す資料である。

（初収）年刊『一九三四年詩集』（編纂委員・新井徹、上野壮夫、小熊秀雄、大江満雄、遠地輝武、北川冬彦、郡山弘史、後藤郁子、千家元麿、田木繁、森山啓、一九三四年一〇月一五日印刷、一〇月二〇日発行、前奏社、四六判）収録。一三九～一四〇頁。

初出からの異同はつぎの通り。サブタイトル「故郷で」→省略、四行目「翳《かげ》」→「翳」、六行目「羽ばたきをし」→「羽ばたきし」、八行目「吊歌」→「弔歌」、一三行目「方法は」→「方法は、」、一七行目「田螺らの上―」→「田螺らの上、」

本号巻末「執筆者録」には鈴木泰治の紹介がある。

鈴木泰治　明治四十五年三重県で生れた。中学を経て、大阪外語独語部に学んだ。在学中、プロレタリア詩人会に加盟、次いで作家同盟大阪支部に属した。「新精神」「啄木研究」同人、昭和九年「詩精神」同人となる。（大阪市住吉区中野町七大蔵気付）

最後に記された住所を見れば、当時、啄木研究会の同人・大蔵宏之宅に連絡先を指定していたことが分かる。

ところで「詩精神」新年号（第二巻第一号、一九三四年一二月二二日印刷、三五年一月一日発行）には「一九三四年詩集出版記念会」の模様が報告されている。一一月一三日、東京新宿白十字に三六名が集まった。遠地輝武の司会、江口渙にはじまり小熊秀雄、窪川鶴次郎、中野重治、中原中也等がスピーチをした。そのなかで「以前の年刊日本プロレタリア詩集から見れば低調である」（中野）という厳しい意見が出された。記念写真には最後列中央に泰治が写っている。

「帰郷」

この詩が掲載された「啄木研究」（第一巻第四号）巻末に「編集同人住所録」がある。足立公平、柄巻みどりを、大蔵宏之、田中珍平、竹山正雄と共に泰治の名前が挙げられ、泰治の住所が「大阪住吉中野七　大蔵方気付」とある。また同人の消息を伝える「候鳥欄」に「▽鈴木泰治氏—永らく帰郷中のところ、近日中来阪の由」とあり、この頃四日市市室山に帰郷していたことが分かる。

詩のなかに「山ぎわへ駆ける軌道自動車」という表現がある。泰治のいた室山を経由して四日市から八王子までの間を往復する三重鉄道株式会社に、ガソリンで走る定員二八名の軌道自動車が登場したのは一九二八年であった。八王子丘陵と南部丘陵の谷間に沿って線路が敷かれ通勤通学の足として利用されていた。

（初出）「啄木研究」六月号（第一巻第四号）掲載。一〇頁。菊版謄写版刷。一九三四年六月一日印刷納本、六月一〇日発行。編輯兼発行者が大阪市住吉区中野町七の大蔵宏之、発行所が右記住所の大阪短歌評論社啄木研究会。本号には鈴木泰治の「感想」も掲載されている。作者名は目次・本文ともに鈴木泰治。

（再掲）「煙」第二八号掲載。三二頁。

「夜の街道で」

（初出）「詩精神」七月号（第一巻第六号）掲載。四二～四三頁。一九三四年六月二〇日印刷、七月一日発行。作者名が目次では鈴木奉治、本文では鈴木泰治。

本号には大蔵宏之の「短詩型寸評」がある。雑誌「啄木研究」が紹介され、鈴木泰治らの作品が「読ませる」ものであると高く評価されている。

（再掲）「煙」第二八号掲載。六～七頁。

「ポンプ」

作品の末尾には「一九三四・六・三〇　於故郷」とある。

（初出）「啄木研究」八月号（第一巻第五号）掲載。八頁。一九三四年七月一五日印刷納本、八月一日発行。編輯兼発行者が大阪市住吉区中野町七の大蔵宏之、発行所が右記住所の大阪短歌評論社啄木研究会。作者名は目次・本文ともに鈴木泰治。

（再掲）「煙」第二八号掲載。三三頁。

「暁闇」

帰郷している間に目撃した農家の窮乏が描かれている。厳しい労働を終えて、ようやく眠りにつく家族。桑の葉片を囓る蚕の歯音が「遠い驟雨」のように響く。夜が明ければ子どもには桑の葉を摘む仕事が待っているのであった。

次号の「詩精神」（第一巻第八号）には青井要「我儘な読後感――「詩精神」八月號より」が掲載されている。『暁闇』（鈴木泰治）は繭安にはふれてゐない。進歩的な条桑育でも尚生産費を割る繭価であるのに、古風な飼育法をとりながら「跳ね上る桑価に顔曇らせ」る姿がよく分かる。暁闇に桑をかき集める僕の少年時代の想ひ出が浮かんでくるが、作者の傍観的態度に飽き足りないものを感じる」という。

（初出）「詩精神」八月号（第一巻第七号）掲載。一九～二〇頁。一九三四年七月二〇日印刷、八月一日発行。作者名は目次・本文とも鈴木泰治。

本号には泰治の「詩誌七月号散見――詩二百篇の失望など――」という評論が掲載されている。自由詩の新しい可能性を求めて二〇〇余篇の詩を読んだが「僕の失望は深まるばかり」であったと結論する。最後には「七月七日於三重」と記されている。作者名は目次・本文ともに鈴木泰治。

（再掲）「煙」第二八号掲載。七～八頁。初出からの異同は五行目「頭《かぶり》ふる春蠶」→「頭ふる春蠶」。

「魚群」

次号の「詩精神」（第一巻第九号）の通信欄「ポスト」には一條徹が感想を寄せている。冒頭に「九月号の鈴木泰治の「魚群」は傑作だ」とある。詩の表現技法から見れば本作品は、それまでの詩の常識であった「行分け」を拒み、歴史社会認識にもとづきながら詩的映像を再構成しようとする新散文詩運動から強い影響を受けて創作された作品である。

（初出）「詩精神」九月号（第一巻第八号）掲載。一六～一七頁。一九三四年八月二〇日印刷、九月一日発行。作者名は目次・本文とも鈴木泰治。「ひき」に関する註は原文のもの。

訂正をしたのは一四行目「剝いだ」→「剝いだ。」

（再掲）「煙」第二八号掲載。八頁。初出からの異同はつぎの通り。四行目「手繰《たぐ》られて」→「手繰られて」、一〇行目「ひき」→「ひき」。

「盆踊り――越後から来た女工のうたへる」

「工場葬」に続く、紡績工場の女工を主人公にした作品。

（初出）「文化集団」一〇月号（第二巻第一〇号）掲載。一〇五～一〇六頁。一九三四年九二十九日印刷、一〇月一日発行。発行所は東京市淀橋区柏木二ノ五二三の文化集団社。菊版。作者名は目次・本文とも鈴木泰治。

初出では一カ所（一文字）に伏字が施されている。収録に当たって伏字を復元したのは五九行目「ワシらの親兄弟を×××にする」→「ワシらの親兄弟を皆殺しにする」。

「或る日に」

折角帰郷したものの、非合法活動に携わって検挙されたという前歴のために村中至る所で疎外感を味わう。故郷を棄てて見知らぬ都会へ出るしか生きる道はないという追い詰められた心境が表現されている。

（初出）「詩精神」一一月号（第一巻第一〇号）掲載。三五～三六頁。一九三四年一〇月二〇日印刷、一一月一日発行。作者名は目次・本文とも鈴木泰治。なお本号は発禁処分を受けた。

初出では一カ所（一文字）に伏字が施されている。収録に当たって伏字を復元したのは一七行目「×意」→「敵意」。

訂正をしたのは三三行目「庭か」→「庭が」。

（初収）『一九三五年詩集』（編纂委員・新井徹、小熊秀雄、大江満雄、遠地輝武、北川冬彦、窪川鶴次郎、後藤郁子、田木繁、中野重治、森山啓、一九三五年一二月二五日印刷、三六年一月五日発行、前奏社、四六判）収録。一六一～一六四頁。

初出からの異同は二六行目「全島」→「村中」。

（再掲）「煙」第二八号掲載。九～一〇頁。

「山に在る田で」

上の田から下の田まで水が送られる。早く水が澄まないものかと焦れる「わたし」。「飛んで行き怒鳴りつけて澄ませたいわたし／底の底までさらけ出し、それから頭を立て直したいわたし」。一段一段、山にある田を登って行くと、低い所では濁っていた水が高い所では澄んでいる。「清澄への意志」を信じて「あせるまい」と思うのであった。

（初出）「詩精神」一二月号（第一巻第一一号）掲載。二〇頁。一九三四年一一月二七日印刷、一二月一日発行。作者名は目次・本文とも鈴木泰治。

（再掲）「煙」第二八号掲載。一〇～一一頁。

「地鎮祭」

「日本詩壇」の特集「新興詩人集」のなかで、新井徹の推薦によって掲載された詩。合計九四名の詩人が紹介されている。泰治の仲間では、大江満雄の推薦によって大元清二郎が「朝鮮人の子」を発表している。

詩に添えられた新井の推薦文はつぎのようなものであった。

鈴木泰治―明治四十五年三重県で生れた。中学を経て大阪外語独語科に学んだ。在学中プロレタリア詩人会に加盟、次いで作家同盟大阪支部に属した。「詩精神」同人。現在、東京市瀧野川区田端八八鈴木定津方）

「推薦の言葉」―手堅いリアリズムの詩人だ。幾多の傑れた農民詩を書いてゐる。インテリに拘はらず正直な芸術家の眼を持つてゐるからだ。然しインテリとしての苦悩に恬然たり得るタイプではない。そこに複雑な詩境が展開し始めてゐる。プロ詩人としての地歩は既に確かだ。

（初出）「日本詩壇」（第三巻第一号）掲載。八五頁。一九三四年一二月二五日印刷、三五年一月一日発行。編輯兼発行人が大阪市外小阪局区内新喜多一八の吉川則比古、発行所が右記住所の日本詩壇発行所。作者名は目次・本文とも鈴木泰治。

なお同誌（第二巻第五号）では、小野十三郎が「詩壇時評」のなかで「鈴木泰治の『工場葬』になると更に言葉の一つ一つの弾力性を欠いて平面的な叙述に堕して迫力がうすい」と批判している。

「曇天」

「曇天」の朝、「トランク一つ」提げて東京に出る。自分のような「受身《パーシウ》な男」が再び起ち上がるためには、一歩たりとも逃げ道のない状態にまで追い詰められることが必要であった。退路の断たれた状態に置かれて、ようやく絶望することの意味を納得し始めている。

（初出）「詩精神」三月号（第二巻第三号）掲載。五二～五三頁。一九三五年二月四日印刷、三月一日発行。作者名は目次・本文とも鈴木泰治。

（再掲）「煙」第二八号掲載。一一～一二頁。

「河端三章」

（初出）「文学評論」（第二巻第六号）掲載。一〇四～一〇五頁。一九三五年四月二八日印刷納本、五月一日発行。編輯人が渡辺順三、発行兼印刷人が大竹博吉、発行所が東京市神田区神保町二ノ一三文学評論発行所のナウカ社。菊版。作者名は目次・本文とも鈴木泰治。

（再掲）「煙」第二九号掲載。三～四頁。初出からの異同は「その二」一一行目「手繰《たぐ》れば」→「手繰れば」。

「分裂の歌――藻について――」

身体が引き裂かれんばかりに「内攻」する苦しみ。敵と共に味方も生まれるのだから分裂することを恐れずに成長を続けよう、と「わたし」は決意する。「藻」すなわち「わたし」が分裂生長する姿を象徴的に表現している。

（初出）「詩精神」五月号（第二巻第五号）掲載。四四～四五頁。一九三五年四月二五日印刷、五月一日発行。なお本号は発禁処分を受けた。作者名は目次・本文とも鈴木泰治。

訂正をしたのは二の三六行目「味方を生れるのだ」→「味方も生まれるのだ」。

本号には「沙漠の歌」刊行記念会の報告記事がある。四月七日夜、新宿白十字にて雷石楡の詩集「沙漠の歌」の刊行記念会の様子を榎南謙一が記したものである。他の「詩精神」同人たちに交じって泰治も出席していたことが分かる。

（再掲）「煙」第二八号掲載。一二～一五頁。初出からの異同は二の三六行目「味方を生れるのだ」→「味方も生まれるのだ」。

「自然の玩具について」

（初出）「詩精神」一一・一二月合併号（第二巻第一〇号）掲載。六九～七〇頁。一九三五年一一月四日印刷、一二月一日発行。作者名は目次・本文とも鈴木泰治。

（再掲）「煙」第二八号掲載。一五～一七頁。初出からの異同はつぎの通り。一四行目「街《まち》」→「街」、三〇行目「八重葎《やえむぐら》」→「八重葎」。

　本号には新井徹の「詩作家六十四人論」が掲載されている。「詩精神」誌上に三回以上作品を発表している六四人の詩人を、インテリ詩人、勤労詩人、労働詩人、農民詩人の四つのカテゴリーに分類して論じている。そのなかでインテリ詩人として泰治が取り挙げられている。

　鈴木泰治はプロ詩人会の鈴木澄丸時代から、多くの農民詩を書いてきてゐる。『詩精神』創刊號に於ても『飼葉』といふ傑れた農民詩を見せた。又その後彼は或は『工場葬』をうたひ、金鎖をかけたブルジョアをうたつた。が『魚群』をうたひかけたころから、漸く彼は自らの心境を象徴的にうたふやうに傾いていつた。『分裂の歌』はその高頂に達した作品である。そこにはインテリの思索的な深さと共に、スローモーションの中にも抑へがたい翹望をうたつてゐる彼はインテリの思索性と農民の鈍重さとを兼ね備へてゐるそして彼のレアリズムの手法の健《ママ》実さ――。『或る日に』等はそのことを如実に示してゐる。さればこそ彼はあらゆるものをこなしてゆくのだ。

　また「一九三五年詩集」（前奏社）の出版を予告する記事が掲載されている。すでに投稿者が一四〇名を越えていること、採用作品を審査した後に一一月二〇日までに発行する予定であること等が報じられる。投稿者のなかには泰治も含まれている。

　「詩精神」終刊号となった本号巻末には船方一の「『詩精神』最終の日に」という詩が掲げられている。船方は「無名の詩人を拾ひあげ育てあげ詩の戦線へ送りとゞけたお前「詩精神」よ」と謳い、小熊秀雄や鈴木泰治、大元清二郎等の名前を挙げて「詩精神」が果たした功績を称えている。そして船方の詩はつぎのように結ばれる。

倒れた詩人の手には杖を握らせ
渇《かは》いた詩人のペンにはインクをそゝぎ
乱れた詩《うた》の戦線に高々と旗ひるがへしたお前「詩精
　神」よ
お前の輝かしい血汐と息吹きは
私たち勤労者の生活の中で
いつまでもいつまでも　にえ立ちかへることだら
　う、そして
この島国の詩《うた》の歴史をいつかは真紅《まつか》に染めることだ
　らう

右の言葉によって詩が結ばれた後、雑誌創刊に関わった新井徹・後藤郁子・遠地輝武への献辞が添えられている。「詩精神」同人三四名が列挙された名簿には泰治の名前も含まれており、最後まで雑誌同人として活動していたことが分かる。

3、「詩人」時代

「異つた二つの夜に」「怠惰は結果に現れる」

「プロレタリアの気魄」が戻ってくる心境を、潮が満ちてくる様子に象徴させて描いたのが「異つた二つの夜に」。他方、田木繁の作品に見られるような、機械と格闘する生産現場を描き出そうと試みたのが「怠惰は結果に現れる」である。

（初出）「詩人」二月号（第三巻第二号）掲載。一一二～一一三頁。一九三六年一月一八日印刷納本、二月一日発行。

雷石楡「バルビユスよ静かに寝なさい」や船方一「別れの歌」と共に「新鋭詩集」として泰治の作品二篇が収められている。

（再掲）「煙」第二八号掲載。一七～一九頁。「怠惰は結果に現れる」の初出からの異同は一八行目の次の空白行→なし、三四行目「なに尤《もつとも》らしい顔」→「なに尤らしい顔」。

同人社友制をとっていた「詩精神」が経営上の行き詰まりから、貴司山治の文学案内社に発行を委ね、誌名を改題して継続刊行されたのが「詩人」である。

「河童の思ひ出を」

各地の工場を転々としながら長い間、紡績工場に勤めてきたおたけ婆。「飼ひ殺しの女中の地位と三円也の給金」だけが彼女の人生の労苦に対する報いであった。「工場葬」「盆踊り——越後から来た女工のうたへる」に続く紡績工場の女工を主人公にした作品。幼い頃から身近に見た女工の姿を泰治は描き続けている。

（初出）「文学案内」（第二巻第四号）掲載。一二三頁。一九三六年三月一一日印刷納本、四月一日発行。発行印刷編輯人が丸山義二、発行所が東京市京橋区銀座西一ノ一金剛閣ビルの文学案内社。菊版。作者名は目次・本文とも鈴木泰治。

（再掲）「煙」第二八号掲載。二六〜二七頁。

「桜——大阪の仲間に」「松」「寝てゐたこの樹が」「意地わるい自然」「童話うたひ（花売車）」「紅葉する林とわたし断層」「雑草の標本から」「川崎扇町にて」

本号には個人作品集として金龍済「獄中詩集」、後藤郁子「郁子集」、泰治「泰治集」が編まれている。右の八篇の詩は「泰治詩集」に収められる形で発表されたものである。それらの作品に見られる特徴は自らの〈生〉を象徴させる形で樹木や草の生態を描いていることであろう。その根底にあるものは、退路を断たれた自分の存在を見つめ、自分を圧迫するものを内側から押し返し続けることによってしか新たな生活は拓けないという決意である。

（初出）「詩人」六月号（第三巻第六号）掲載、一九三六年五月二五日印刷納本、六月一日発行。四二〜四七頁。作者名は目次・本文ともに鈴木泰治。

訂正をしたのは「松」の八行目「づみづみしい」→「みづみづしい」、「雑草の標本から」の二一行目「コンソリ」→「コツソリ」。

本号には詩人クラブ創立の記事が掲載されている。四月二五日、新宿京王電車階上京王パラダイスで第一回総会が開催、高橋新吉、小熊秀雄、壺井繁治、中原中也等、二一名の出席者があった。会員は六五名、そのなかには泰治も含まれている。

（再掲）「煙」第二八号掲載。一九頁上段より二三頁下段までの差し替え分として「詩人」原本のコピーが巻末に挟み込まれている。

「樹々、二章」

「末梢」「夏の疎林で」の二章からなる詩篇。自然の樹木を象徴的な手法で捉え、「僕」が攻め立てられて

「奇怪な冷汗」を流すという心象風景が描かれている。

（初出）「詩人」一〇月号（第三巻第一〇号）掲載。三六～三七頁。一九三六年九月二二日印刷納本、一〇月一日発行。作者名は目次・本文ともに鈴木泰治。

　訂正をしたのはタイトル「未梢」→「末梢」、「夏の疎林で」一行目「炎天の下」→「炎天の下」。

（再掲）「煙」第二八号掲載。二五～二六頁。また初出からの異同は右に訂正した二箇所が同様に直されていることである。

二、小説作品篇

「砂浜」


　泰治が一三歳のときに発表した小品。当時、三重県立富田中学校の二年生であった。四日市富田の浜で暗い海を眺める兄弟。お互いに交わす言葉も少なく淋しい思いを断ち切れないでいる。短編ながらセンチメンタルな情感を伝えようとする作者の想いがよく伝わる習作である。

（初出）「会誌」第三三号掲載。四三～四四頁。一九二五年一二月二〇日印刷、二五日発行。編輯兼発行者が三重県立富田中学校内の山脇万吉、発行所が三重県三重郡富田町大字東富田の三重県立富田中学校校友会。作者名は目次・本文とも鈴木泰悟。


「伸び上る手」


　陸軍の演習場に設けられた廠舎で、帝国主義がもたらす戦争に反対するビラを暗闇にまぎれて配布する。「凱旋」（「大阪ノ旗」創刊号）にもみられるように、当時、泰治は頻繁に反戦闘争を創作モチーフとして選んでいた。

（初出）「大阪ノ旗」一〇月号（第一巻第三号）掲載。六～七頁。一九三二年一〇月二五日印刷納本、一〇月二五日発行、編輯発行兼印刷人が阿部真二、発行所が大阪市北区沢上江町五ノ三九の日本プロレタリア作家同盟大阪支部出版部。作者名は目次・本文とも鈴木澄丸。

　訂正をしたのは二カ所、四行目「統身」→「銃身」、二四行目「頭のしんで」→「頭のしんで」。初出では二カ所（三文字）に伏字が施されていた。収録に当たって伏字を復元したのは小説末尾の「××地方委員会」→「大阪地方委員会」。なお五三行目の「×池」、は伏字を復元できなかった。

「蒲団と賽銭箱」

詩や評論の作品が多い泰治とって小説は珍しい。主人公の啓吉が自宅で検挙される。村に近いY市や県庁所在地のT市の警察署で取調べを受け監獄に投じられる。残された家族は村の人々から蔑視されるようになる。

心理的にも経済的にも追い込まれた父の啓蔵は、ある時賽銭箱の金を盗もうとして西行寺にしのび込む。そこへ住職と本山の役僧が入ってくる。間一髪、見つけられることはなかったものの、役僧は賽銭箱の中身をすべて持ち帰る。末寺の自由にならない、本山の権威の強さを目撃するのであった。寺の子どもとして生まれた泰治ならではといえる作品である。

（初出）「新精神」秋季特輯号（第一巻第三号）掲載。一八～二三頁。一九三三年一〇月二〇日印刷納本、二五日発行。編輯人が大阪市外布施町高井田一五一七の山岸又一、発行人が大阪市旭区放出町一六二の階本樹、発行所が大阪市外布施高井田一五一五の文学書院。作者名は目次・本文ともに鈴木泰治。なお本号は発禁処分を受けた。

初出では一一カ所（二六文字）に伏字が施されていた。収録に当たって伏字を復元したのは第一章の一八行目「二人は××をはめられて」→「二人は手錠をはめられて」、二〇行目「村の××が」→「村の警官が」、第二章の五行目「××が」→「検挙が」、六行目「××べが」→「取調べが」、七行目「Yの××」→「Yの監獄」、三三行目「×××、×××」→「共産党、共産党」、四一行目「Tの××へ」→「Tの監獄へ」、六六行目「Tの××へ」→「Tの監獄へ」、七〇行目「××で肩身せまうて」→「監獄で肩身せまうて」、第三章の三行目「何しろ×まねばならぬ」→「何しろ盗まねばならぬ」、二二行目「本堂へ×××込む」→「本堂へしのび込む」である。

訂正をしたのは、第四章の二一行目「吹きつけるのであった」→「吹きつけるのであつた。」である。

本号巻頭にある「『新精神』同人住所録」には、泰治の住所が「山岸又一気附（大阪市外布施町高井田一五一七）」になっている。

三、評論・随想作品篇

「「同伴者」の感想——同時に「自己批判」——」

（初収）「新精神」秋季特輯号（第一巻第三号）掲載。七～九頁。一九三三年一〇月二〇日印刷納本、二五日発行。編輯人が大阪市外布施町高井田一五一七の山岸又一、発行人が大阪市旭区放出町一六二の階本樹、発行所が大阪市外布施高井田一五一五の文学書院。作者名は目次・本文ともに鈴木泰治。なお本号は発禁処分を受けた。

訂正をしたのは二八行目「ペンな投げよう」→「ペンを投げよう」である。初出では二カ所（四文字）に伏字が施されていた。収録に当たって伏字を復元したのは六五行目「××的プロレタリアート」→「革命的プロレタリアート」、九六行目「××的プロレタリアート」→「革命的プロレタリアート」である。

「松ケ鼻渡しを渡る」——田木繁の詩集——

「松ケ鼻渡しを渡る」は一九三四年二月に作家同盟関西地方委員会より刊行されるが、即日発行禁止処分を受ける。しかし、それまでの経験を生かし、納本日と発行日の間隙を狙って五〇〇部の大半の配布を済ませたというエピソードがある。田木繁は一九〇七年一一月一三日に和歌山県海草郡日方町（海南市日方）に生まれる。京都帝国大学文学部独文科卒業。在学中、「拷問に耐へる歌」を「戦旗」（一九二九年四月）に発表し一躍脚光を浴びる。作家同盟中央委員にも選出されプロレタリア文学運動の指導的立場にあった。泰治とは大阪で共に活動した同志。

本号には「松ケ鼻渡しを渡る」の広告が掲載されている。「大阪の労働者街と、そこに脈打つ力強い闘争がうたはれてゐる。こゝにこそ大阪の大阪たるものが示され、新時代の心臓が鼓動してゐる。（十五銭、大阪市此花区春日出町一五ノ二四谷口方、日本プロ作家同盟関西地方委員会）」。

（初出）「詩精神」三月号（第一巻第二号）掲載。七一～七二頁。一九三四年二月二五日印刷納本、三月一日発行。編輯発行兼印刷人が東京市杉並区阿佐谷一丁目六八七の内野郁子、発行所が右記住所の前奏社。菊版。作者名は目次・本文とも鈴木泰治。

初出では九カ所（九文字）の伏字が施されていた。

「×問に耐へる歌」→「拷問に耐へる歌」の表現全てである。

「感想」

（初出）「啄木研究」六月号（第一巻第四号）掲載。一頁。菊版謄写版刷。一九三四年六月一日印刷納本、六月一〇日発行。編輯兼発行者が大阪市住吉区中野町七の大蔵宏之、発行所が右記住所の大阪短歌評論社啄木研究会。作者名は目次・本文とも鈴木泰治。

訂正したのは二五行目「言葉なくとも」→「言葉がなくとも」、三一行目「不愛想」→「無愛想」。

「感想二つ」

「矛盾からの出発について」「詩精神と散文精神」の二篇からなる評論。帰郷していた間に「三重文芸協会」に入り、寄稿したのであろう。「構ふことなく散文精神に激突し、格闘し、詩精神の赤い一線を鮮かに散文の土壌に植えつければいゝのだ」と、詩人を奮い立たせている。

（初出）「三重文芸協会　会報」第三号掲載。一〇～一四頁。一九三四年九月一五日印刷納本、二三日発行。編輯兼発行人が北村千秋、発行所が津市京口町一〇の三重文芸協会。

本号巻末には「庶務からの通知」として「鈴木泰治　四日市々外室山二七」が三重文芸協会に入会したことが報じられている。

「所謂「愴しみの段階」について」

巻末の編輯後記を見ると、「遠地氏は今月は各誌に大活躍で出来たらといふことでしたが、その代り鈴木氏に依嘱の労を取られました」とある。「詩精神」同人の遠地輝武に依頼されて、彼の代わりに執筆したことが分かる。

（初出）「評論」四月号（通巻第一二号）掲載。二三～二六頁。一九三五年三月二九日印刷納本、四月一日発行。編集兼発行人が東京市神田区神保町二ノ一〇山海堂内の明治文学会、代表者が塩田良平、発行所が山海堂出版部。菊版。作者名は目次・本文とも鈴木泰治。

「可能性の解放　その他――田木繁のことなど――」

詩集『松ケ鼻渡しを渡る』以後、田木は企業の生産場面」、とくに「機械の間髪を入れぬ操作」を好んで描きはじめる。だが機械の即物的な描写は、それまで田木が創作のモチーフにしていた「マルクシズムの理論」から後退した「自己否定」の産物でしかない、との批判が集中した。それに対して泰治は「現在の様な時期にあつては如何にも確信有りげな素朴な態度よりも、田木の様な意識的な反逆の態度を通して残された可能性に反つて拠るべきものを見出すことが多いのではないか」という見方を示す。作家に重くのしかかる現実に立ち向かうには、もはや「インテリゲンチヤとしての良心」では力不足である。田木の「意識的な反逆の態度」にこそ自分たちに「残された可能性」を見出すことができるのだという。

（初出）「詩精神」四月号（第二巻第四号）掲載。二八～三二頁。一九三五年三月二七日印刷、四月一日発行。作者名は目次・本文とも鈴木泰治。

訂正をしたのは二カ所、三一行目「たしかに」→一字分下げ、四二行目「どう考へたであらうか」→「どう考へたであらうか。」である。

次号の「詩精神」（第二巻第六号）には榎南謙一「時代の疾患について」が掲載されている。榎南は「遠地輝武や田木繁、鈴木泰治の最近の仕事」に「転形期の特色的なもの」を見出す。彼らの作品のなかには「極めて現実的な精彩」に充ちた部分と「血の気の失せた」部分とが入り混じっている。だがそれを「プロレタリアートの運動全般の一時的敗退のなかで、自己の小市民的無力さを知つた私たち作家の内攻的な反省のあらはれ」と理解すれば、決して悲観的にならなくともよいという。さらに続けて榎南は、泰治の評論が「誰よりも深刻かつ具体的に」田木を論じているとする。

> 鈴木泰治の「可能性の解放その他」はなかなか興味ふかいものであつた。最も問題にせねばならんところを問題にして、誰よりも深刻かつ具体的に田木を論じてゐる。僕等の仕事を大ざつぱに単純化しようとする態度、簡単に四捨五入で片付けようとする意図を擯斥して行きたいとも言つてゐるが、鈴木のそうした希望は血の気の失せた茫漠としたものを意味してゐるのではあるまい。なほ「評論」四月号に発表された感想のなかでは、シエストフの暗さのなかへ一応身を沈めることによつて、シエストフの暗さを立派に否定し得てゐる。「この池を草つ原ほどみどりにする日も、それを通してわたしの前に来るに

違ひないのだ。」（傍点—榎南）は彼の近作のなかの一節であるが、この「それを通して」といふ態度は、終始鈴木を一貫してゐて、なによりもイージイでないのがいい。

「イージイでない」ところが鈴木の持ち味であると評価している。さらに鈴木の表現を引きながら、榎南は以下のような自説を開陳する。

鈴木泰治の言ふところの「良心の変貌」—かつて私たちを躊躇なく戦ひへ赴かせた良心がいまは反対にブレーキとならうとしてゐることは実におそろしい。「内攻」といふ楯のかげに安易なあぐらを組んでは困るのだ。「地の利」を得たことに安心してゐるとき、自我はばらばらと収拾がつかなくなつてしまひはせぬか。さうだ、行動のないところに自我はない。

泰治が指摘した「良心の変貌」という言葉を捉えて、榎南はそれが作家の行動のブレーキになってはならないとし「行動のないところに自我はない」と警告する。そして「衝動的にしか物の言へぬほどの疲れ、イロニーばかりを持ち出して率直な大衆を眩暈させるような不健康」が作家の内部に巣食っていてはならない、と結論するのである。そのような榎南の所説には、保田與重郎や亀井勝一郎、神保光太郎、郡山弘史等の日本浪曼派に対する厳しい批判が含まれているといえよう。

「時代の疾患について」には「附記」がある。そのなかで榎南は泰治に薦められて本稿を発表したと述べている。榎南と泰治とは互いに刺激し合いながら思考を深めていたことが分かる。

また次々号の「詩精神」（第二巻第七号）には新井徹「詩人・作家・批評家」が掲載されている。雑誌「意欲」六月号の文芸時評欄で田中英士は「詩精神」の詩人達に苦言を呈した。「詩人の低級無能」を指摘し、田木の詩や詩論を評価した泰治の仕事を「馬鹿げきつたこと」と切り捨てた。田中の辛辣な批判に対して新井はつぎのように反論する。

また田中英士は鈴木泰治の「可能性の解放その他」を批評して、先づ田木繁の詩や詩論を面白くないといひ、これを批評した鈴木の仕事を馬鹿げきつたことだと云つてゐる併しこれはあまりに人間の苦悩をふみにじつた云ひ方である。敢へてこゝに人間のといふ。

田中によれば、日々の労働に追われる労働者は、インテリ詩人とは異なり自己否定や自己抛棄をする暇などないという。それに対して新井は、苦悩を感じるのは同じ人間として当たり前のことである、労働者を「積極明朗」な性格とばかり決めてかかるのは偏見である、と反論した。

さらに「詩精神」（第二巻第九号）には大元清二郎の「田木繁論」が掲載されている。泰治の「可能性の解放その他」を取り上げて、「彼を（編者註＝田木）、可成、全面的に見、その見方に歴史性を与へてゐる点で問題の仕方に進捗があつた」と高い評価を与えた。

「新井徹小論」

ナルプ解散後、「詩精神」の創刊は詩人たちの間で「再出発」と呼ばれた。その創刊に関わった新井徹をテーマにした評論。泰治によれば新井ほど自分の職業、さらには自己の「全生活」に即して「誠実に」詩を書いてきた詩人は稀である。身辺の素材を取り上げることで、作品がインテリにありがちな観念の産物になってしまうことを避け、労働者詩人に対する啓蒙的な役割を果たしてきた。しかし今後は「より高度な可能性の解放」を実現するために、身辺の素材に止まらず社会的に重要な題材を選ぶ必要があると説く。

なお新井の「カバン」は「詩精神」七月号（第一巻第六号）ではなく八月号（第一巻第七号）に発表された作品である。

（初出）「詩精神」七月号（第二巻第七号）掲載。一四〜一八頁。一九三五年六月二九日印刷、七月一日発行。作者名は目次・本文とも鈴木泰治。

訂正をしたのは二カ所、九一行目「日下の課題」→「目下の課題」、一三一行目「執り上げらる」→「執り上げられる」。

「感想」

「三重文学」は泰治の郷里で発行された雑誌である。「三重文芸協会会報」を改題して引き継いだ雑誌で、内容面においても大きな変化が見られる。それまでは総合文芸誌の色彩が強かった誌面が、県内の左翼系文学者が主に寄稿する思想色の濃いものに変わり、創刊号の表紙には「読め！　進歩的文芸誌」と大書されている。「内攻に次ぐ内攻」を重ねていた当時の泰治の心境がよく表現された作品である。

（初出）「三重文学」創刊号掲載。二頁。一九三五年一一月一日印刷、一一月五日発行。非売品。編輯兼発行人が奥原奎之輔、発行所が津市京口町一〇の三重文芸協会。菊版。作者名は目次・本文とも鈴木泰治。

訂正をしたのは一五行目「いふ風に―」↓「いふ風に――」。

「覚悟のほどを歌つた詩」

ナルプが解散した後、革命と抵抗とを民衆に呼びかける情熱的なモチーフが影をひそめ、はけ口を失った詩人のパトスが空転して理屈っぽくなったと批判する声を聞く。しかし泰治によれば、それらの詩の多くは「再びマルクス主義への道をきり開かうとする詩人」が自分の才能や環境、肉体に応じた「課題と覚悟」を持とうとして創作されたのだという。

そして「課題と覚悟」を持つことを表明した以上、詩人は「かかる覚悟のほどを以て現実の上を「相渉る」姿」を表現する必要があると主張するのである。

「詩人うたひ、大衆行ふ。」といふ傲慢きはまる指導意識を何物にも増して憎悪する僕は、覚悟のほどをよび掛ける詩とともに、それを行ふ詩を欲するのです。

泰治が求めるのは「覚悟のほど」を呼びかける詩と共に詩人自らが「行ふ詩」である。「途方にくれて空転してゐる」パトスを再び創作のための動力源に変えるには、詩人自らが現実社会に相渉るしかない。日を追って表現の自由が制限されて行くなか、「インテリゲント出身のマルクス主義詩人」の立場から、泰治が創作方法を問い詰めた評論である。

（初出）「詩人」創刊号（第三巻第一号）掲載。一〇五～一〇六頁。一九三五年一二月一二日印刷納本、三六年一月一日発行。編輯責任者が貴司山治と遠地輝武、発行・印刷編輯人が丸山義二、発行所が東京市京橋区銀座西一ノ一金剛閣ビルの文学案内社。菊版。作者名は目次・本文ともに鈴木泰治。

訂正をしたのは二カ所、後ろから六行目「覚慥のほどを」→「覚悟のほどを」、後ろから二行目「増悪」→「憎悪」。

　本号には「一九三六年詩論」という座談会の特集記事がある。出席者は小熊秀雄、中野重治、丸山薫、後藤郁子、新井徹、北川冬彦、森山啓、百田宗治、貴司山治、遠地輝武。座談会のなかで遠地が泰治の説を引用し、初期のプロレタリア詩の代表作である中野の「夜刈の思ひ出」について「これは鈴木泰治君の言葉なんだけどね、詩で作者が決意を物語つてゐるんだね、そしてそういふ意味で美しい形として出来上つてゐたんだ」と発言している。

　本号巻末には「全国詩人住所録」が掲載されている。そのなかに「鈴木泰治　瀧野川区田端八十八」とある。次兄定津の住所地であり現在の東京都北区田端に当たる。

「レーニンの愛した詩人」

　ウラヂミル・イリイツチことレーニンが愛したという三人の詩人、プーシユキン、ネクラーソフ、デミヤン・ベードヌイを取り挙げ、実際の政治家ではなかったものの彼らの詩が政治的積極性を持ち得たことを論じている。

（初出）「詩人」三月号（第三巻第三号）掲載。五九〜六二頁。一九三六年二月一八日印刷納本、三月一日発行。作者名は目次・本文ともに鈴木泰治。

　初出では八カ所（一七文字）に伏字が施されている。収録に当たって伏字を復元したのは第二章「三人の詩人」一七行目「農民××運動」→「農民革命運動」、同三五行目「××の騎馬上」→「大帝の騎馬上」、同四一行目「××の像」→「大帝の像」、同四二行目「××の顔」→「大帝の顔」、同五三行目「××××の存在」→「封建君主の存在」、同五六行目「阻害するものとしての××」→「阻害するものとしての君主」、同七四行目「プロレタリアートの×」→「プロレタリアートの党」、同後ろから二行目「××の獲得」→「権力の獲得」。

　訂正をしたのは同四二行目「大帝の顔が」→「「大帝の顔が」。

「小さい感想帳」

　ハガキまたは四〇〇字詰め原稿用紙二枚程度で読者の自由な感想を求めた「詩人評論」欄に掲載された。泰治は、感覚や感情の惰性を斥けることが多いほど強靱なリアリズムが詩に与えられるということに気付いた今、これまで書いてきた自分の作品が中途半端なものに感じると述べている。

（初出）「詩人」四月号（第三巻第四号）掲載。一一四頁。一九三六年三月二六日印刷納本、四月一日発行。作者名は目次・本文ともに鈴木泰治。

訂正をしたのは二行目「しらばく」→「しばらく」、八行目「可愛いい」→「可愛い」、一六行目「―赤インク」→「――赤インク」。

本号には「詩人は何を釣り、何を釣らうとしてゐるか？」（小熊秀雄案、小野沢亘絵）という諷刺画が掲載されている。画の手前側で独座して顔が見えず、「まあ、ゆっくりと落ち着いて釣るさ。そのうち何か喰い《ママ》つくだらう」と話しているのが泰治である。

「詩の定型・非定型」

「詩は復興してゐるか」という特集に寄せた評論。他に遠地輝武の「リアリズムの行方」、田木繁の「ロマンチズムの行方」が並んで掲載されている。泰治によれば、勝手気ままに書かれたように見える自由詩のなかにも定型への意欲が潜んでいる。そのことに正しい評価を与えない北川冬彦の「新・定型」論には共感できないという。

次々号の「詩人」七月号（第三巻第七号）には田木繁の「小熊秀雄への公開状」が掲載されている。饒舌に詩を書くことのできた小熊に比べて、小熊以外の詩人にはそれが困難であった状態を「鈴木泰治君は『詩的精神の空廻り』と云ふ甚だ巧《ママ》みな言葉で表現した」と評価する。

（初出）「詩人」五月号（第三巻第五号）掲載。二一～二三頁。一九三六年四月二五日印刷納本、五月一日発行。作者名は目次・本文ともに鈴木泰治。

訂正をしたのは七三行目「最後にほ」→「最後には」、八一行目「反つに役に立つ」→「反つて役に立つ」。

（再掲）「煙」第二八号掲載。二八～三〇頁。初出からの異同はつぎの通り。七三行目「最後にほ」→「最後には」、七六行目「いろ〱」→「いろいろ」、八一行目「反つに役に立つ」→「反つて役に立つ」

「「詩人」六冊に就て」

（初出）「詩人」七月号（第三巻第七号）掲載。六〜一一頁。一九三六年六月二一日印刷納本、七月一日発行。作者名は目次・本文ともに鈴木泰治。「ゲーテ」に関する註は原文のもの。

　訂正をしたのは「評論への希望」の三一行目「僕は知らぬ」→「僕は知らぬ。」、三四行目「われわれ錯覚」→「われわれの錯覚」、三九行目「犠装のもとに」→「擬装のもとに」、「細叙主義」をめぐつて」の二九行目「『細叙主義』をめぐつてのマツ」→「『細叙主義』をめぐつてのマサツ」、三六行目「正しい言ふより」→「正しいと言ふより」、「作品への希望」の三行目「情緒の隠かな」→「情緒の穏かな」、二八行目「ひろげて行くこと」→「ひろげて行くこと。」、三三行目「自我遠は慮なく」→「自我は遠慮なく」、「大江満雄の作品集」の一七行目「悲つき玩具」→「悲しき玩具」、四二行目「古いイデオヨギー」→「古いイデオロギー」、「飛行機詩集」の九行目「運命であるといふ味」→「運命であるといふ意味」。

「「クリム・サムギン」について」

　「ゴリキイの死に対して文学を愛する日本の労働者の哀悼の言葉」という特集が「文学評論」誌上で編まれた際に発表された評論作品。冒頭に「大阪で学生らしい神経質な「政治運動」らしきものをやつてゐた」頃に、ゴーリキーの「クリム・サムギン」を読んだとある。

　ゴーリキーの「クリム・サムギンの生涯」（Жизнь Клима Самгина, 1927-36）は、一九一七年の一〇月革命に先立つ嵐のような四〇年間、弁護士のインテリ青年が周囲の人間を裏切って転落して行く様子を描いた未完の大作。

（初出）「文学評論」八月号（第三巻第八号）掲載。一〇六頁。一九三六年七月一九日印刷納本、八月一日発行。編集人が渡辺順三、発行兼印刷人が大竹博吉、発行所が東京市神田区神保町二ノ一三文学評論発行所のナウカ社。作者名は目次・本文とも鈴木泰治。

「「生産的」な詩人その他」

（初出）「詩人」八月号（第三巻第八号）掲載。九六〜一〇〇頁。一九三六年七月二五日印刷納本、八月一日発行。作者名は目次・本文とも鈴木泰治。

　訂正をしたのは「二、理想の処置について」の一六行目「夫《か》の甘美性」→「夫《か》の甘美性」

【註】

　未見ながら鈴木泰治の作品と考えられるものがある。

詩「あいつとおれ」
（初出）「新精神」（創刊号）一九三三年八月号掲載。

小説「病気」
（初出）「新精神」（第一巻第二号）一九三三年九月号掲載。

随想「秋のファンタジー」
（初出）「新精神」（第一巻第四号）一九三三年一一月号掲載。

詩「ある珈琲店で」、評論「風路について」
（初出）「新精神」（第二巻第二号）一九三四年二月号掲載。

詩「埋立地」、評論「詩におけるレアリズム」
（初出）「新精神」（第二巻第六号）一九三四年六月号掲載。

詩「木曾川」
（初出）「新精神」（第二巻第八号）一九三四年八月号掲載。

四、未発表原稿（「魚群」「山にある田で」を含む）篇

　本項で取り上げた鈴木泰治の草稿三三篇は、泰治の生家・法蔵寺住職の鈴木晃氏に閲覧・掲載の許可をいただいたものである。すでに書簡や遺品などの紹介を「鈴木泰治作品集成（二）」（「三重大学日本語学文学」第一三号、二〇〇二年六月）で行っているので、合わせてご覧いただきたい。

　本文校訂の方法について、作品解題の最初に示したものに左記の項目を追加する。

一　原稿が散逸している部分や文字が抹消されている箇所がある場合、編者による註記を〔　〕で示した。

一　本文中、誤字・脱字と考えられる箇所は（ママ）と傍記した。句点や括弧の脱落していることが明らかな場合、［　］で補った。

一　署名のある場合はそのまま残した。

1、詩作品

錆びた鉄路の序、打破る、不幸は？、放つて置け、天と地を語るもの、雪、くつわ虫　タテ一七×ヨコ一〇、五センチの黒色表紙付き、罫線入りの日記帳。縦に黒色ペン書き。二七ページにわたって詩が書かれている。一九二七年一二月五日から三一日までの日付があることから、泰治が富田中学三年生の頃に創作した作品と推定される。

手紙の代りに　タテ二〇×ヨコ四〇センチの輸入上質紙一枚。中央で縦に二つ折。縦に黒色ペン書き。「耕人」讃歌は、中央左下の部分に小さく書き込まれている。まだ試作の段階である。

「耕人」讃歌　「手紙の代りに」の用紙裏に書かれている。黒色ペン書き、但し「われら苦行者に非ず、食べぬといふことに恥を知れ！」と、「乏しい生活が～少くしやうとする。」は鉛筆書き。本作品がどの雑誌に発表されたか、現在のところ不明である。

夜のおはり　タテ二四×ヨコ三〇センチ、タテ一〇文字×ヨコ二〇行の阿佐ヶ谷柏屋特製の原稿用紙二枚。縦に黒色ペン書き。本作品がどの雑誌に発表されたか、現在のところ不明である。

或る朝に　タテ二二、五×ヨコ三〇センチ、タテ二〇文字×ヨコ二〇行のコクヨ一六五の原稿用紙一枚。縦に黒色ペン書き。中央で縦に破れて半分になったもの三枚。

一枚目にページ番号1が付けられ、タイトルから「堆藁の中で身体の形だけの温さを楽しみ」までが記されている。二枚目にはページ番号がなく、「身動きする度びにしやがしやが囁く藁の言葉」から「つぶやきは風に消え」まで、三枚目にはページ番号3が付けられ、「――村もあれ、あの凍つた木立やがな」から「踏みつけ、踏みつけ街道に出た」までが記されている。三枚目の裏にページ番号6が付けられ、〔一行抹消〕部分から最後の「一九三五・三」の部分までが記されている。本作品がどの雑誌に発表されたか、現在のところ不明である。

或る暁方　タテ二二、五センチ×ヨコ三二センチ、タテ二〇文字×ヨコ二〇行の大東京文具チエーン特製の原稿用紙一枚。縦に黒色ペン書き。本作品がどの雑誌に発表されたか、現在のところ不明である。

題なし　タテ二三センチ×ヨコ三二センチ、タテ二〇文字×ヨコ二〇行の原稿用紙（製造元不明）二枚。縦に黒色ペン書き。本作品がどの雑誌に発表されたか、現在のところ不明である。

納屋の夢　タテ二二、五センチ×三二センチの上質紙一枚。「田螺の唄」の一枚目の用紙裏に書かれている。縦に黒色ペン書き。内容から見ると「手紙の代りに」「「耕人」讃歌」と関わるものであることが分かる。

目覚時計が「蛍のひかり」をうたひ出した　タテ一七センチ×ヨコ二二センチ、罫線が縦に入った上質紙一枚、裏表に書かれている。縦に黒色ペン書き。本作品は「暁闇」（「詩精神」第一巻第七号、一九三四年八月）の下書き原稿と考えられる。

詩よ　タテ二二、五×ヨコ三〇センチ、タテ二〇文字×ヨコ二〇行のコクヨ一六五の原稿用紙一枚。縦に黒色ペン書き。本作品がどの雑誌に発表されたか、現在のところ不明である。

迎春　タテ二二、五センチ×ヨコ三二センチ、タテ二〇文字×ヨコ二〇行の大東京文具チエーン特製の原稿用紙一枚。縦に黒色ペン書き。本作品がどの雑誌に発表されたか、現在のところ不明である。

自叙伝二節　タテ二二、五センチ×ヨコ三二センチ、タテ二〇文字×ヨコ二〇行の大東京文具チエーン特製の原稿用紙一枚。縦に黒色ペン書き。本作品がどの雑誌に発表されたか、現在のところ不明である。

僕に讃歌無し　タテ二二センチ×ヨコ一五センチ、タテ二〇文字×ヨコ一〇文字のKS特製の原稿用紙四枚。縦

どの雑誌に発表されたか、現在のところ不明である。

村の入口　タテ二二センチ×ヨコ一五センチ、タテ二〇文字×ヨコ一〇文字のKS特製の原稿用紙三枚。縦に黒色ペン書き。クリップで留められている。二枚目からページ番号2が付けられている。最後に「おかしな村」一とあるので連作であった可能性がある。本作品がどの雑誌に発表されたか、現在のところ不明である。

樹に嵐する夜　タテ二二、五センチ×ヨコ三二センチ、タテ二〇文字×ヨコ二〇行の大東京文具チエーン特製の原稿用紙二枚。縦に黒色太ペン書き。クリップで留められている。最後に「一九三六・十一」とあるので、この詩が創作された時期が推定できる。前月の一〇月号で「詩人」が廃刊されたばかりであった。本作品がどの雑誌に発表されたか、現在のところ不明である。

帰郷歌　タテ二五センチ×ヨコ三五センチ、タテ二〇文字×ヨコ二〇行の盛文堂製の原稿用紙二枚。縦に黒色ペン書き。クリップで留められている。本作品がどの雑誌に発表されたか、現在のところ不明である。

蕩児帰省歌　タテ二五センチ×ヨコ三五センチ、タテ二〇文字×ヨコ二〇行の盛文堂製の原稿用紙二枚。縦に黒色太ペン書き。本作品はタイトルが違うものの、「帰郷歌」と同じ内容である。

怠惰な音叉　タテ二二、五センチ×ヨコ三〇センチ、タテ二〇文字×ヨコ二〇行の文芸一号の原稿用紙六枚および同じサイズの原稿用紙一枚（製造元不明）。縦に鉛筆書き。一枚目から六枚目まで右肩にページ番号1から6が付けられている。七枚目には、なし。途中取り消しが三箇所、抹消が一箇所ある。本作品がどの雑誌に発表されたか、現在のところ不明である。

題なし　タテ二六センチ×ヨコ三八センチ、タテ二〇文字×ヨコ一〇行の原稿用紙二枚。縦に黒色ペン書き。三枚目以降は散逸してしまっている。まだ作品としての形を整えておらず、創作メモ程度の内容。

題なし　タテ二五センチ×ヨコ一九センチのロール紙一

枚。縦に黒色ペン書き。二枚目以降は散逸してしまっている。まだ作品としての形を整えておらず、創作メモ程度の内容。

魚群　タテ二一センチ×ヨコ三二センチ、タテ二〇文字×ヨコ二〇行の岩田金港堂製の原稿用紙二枚。縦に黒色ペン書き。クリップで留められている。原稿用紙一枚目の右欄外に「詩精神九月号」と鉛筆で記されている。

本作品の初出は「詩精神」第一巻第八号（一九三四年九月）。「ひき」に関する註は原文のもの。原稿と初出の異同は以下の通り。第二連の六行目「鰓深く」→「鰓深々」、第三連の二行目「飛びはねたが」→「飛び跳ねたが」、四行目「喚声と混ぢつて聞へる頃」→「喚声に混ぢるとき」、「口吻《くち》」→ルビなし、五行目「脱け落ちた鱗」→「脱け落ちる鱗」、六行目「沈んで行く」→「沈んでゆく」、七行目「一九三四・七・《ママ》」→「一九三四・七・三〇」。

山にある田で　タテ二四センチ×ヨコ三五センチ、タテ二〇文字×ヨコ二〇行の原稿用紙二枚（製造元不明）。縦に黒色ペン書き。クリップで留められている。

本作品の初出は「詩精神」第一巻第一一号（一九三四年一二月）。原稿と初出の異同は下記の通り。まず大きな点として一一行目の後、三行が付け加えられている。「底の底までさらけ出し、それから頭を立て直した／いわたし。／殴りつけてもはらしたいこの曇り」。またタイトル「山にある田で」→「山に在る田で」、一行目「三日、」→「三日。」、四行目「ひと田づゝ」→「ひと田づつ」、「おくられてゆく」→「送られて行く」、五行目「半ば」→「なかば」、六行目「まき、」→「巻き。」、七・八行目「くるくるまはしながら、／一日中踊つてゐる」→「まはしながら一日中踊つてゐる」、九行目「―もつと澄ませられぬものか。」→「（もつと澄ませられぬものか）」、一〇行目「じりじり《ぢりぢり》」→「ぢりぢり」、一四行目「見せて」→「みせ」、一五行目「さやさや」→「さやさや《サヤサヤ》」、一七行目「浮《うか》べ……」→「浮かべ」、一八行目「―待つか。」→「待つか。」、一九行目「一九三四・七」→「一九三四、七月於三重」。

2、小説作品

蛙　タテ二三センチ×ヨコ二七センチ、タテ二八文字×ヨコ三二行の原稿用紙（製造元不明）五枚。縦に黒色ペン書き。最後に「1934・4」とあるので、「詩精神」時代の作品であることが分かる。「詩精神」は同じ年の一月に創刊されている。本作品がどの雑誌に発表されたか、現在のところ不明である。

童話あさの街道　タテ一九センチ×ヨコ二六、五センチの上質紙四枚。孔版印刷されたもの。文学案内特報「Ⓑノ二十六」から「二十九」までの番号と、左肩に「(童の1)」から「4」までの番号が二重に付けられている。五枚目以下は散逸してしまっている。週刊「文学案内特報」に掲載された可能性が高いのだが、本作品がどの雑誌に発表されたか、現在のところ不明である。

雲の下　タテ二六、五センチ×ヨコ一九センチ、ロール紙六枚。縦に黒色ペン書き。童話。本作品がどの雑誌に発表されたか、現在のところ不明である。

題なし　タテ二六、五センチ×ヨコ一九センチの無地用紙五枚。縦に黒色ペン書き。童話。冒頭の部分が散逸してしまっているため、タイトルが分からない。

題なし　タテ二六センチ×ヨコ三六センチ、タテ二〇文字×ヨコ二〇行の盛文堂製の原稿用紙二枚。縦に黒色ペン書き。童話。冒頭の部分が散逸してしまっているため、タイトルが分からない。一枚目にページ番号2、二枚目に3が付けられている。

3、評論・随想作品

田螺の唄　タテ二二、五センチ×ヨコ三二センチ、タテ二〇文字×ヨコ二〇行の大東京文具チエーン特製の原稿用紙五枚。縦に黒色ペン書き。

一枚につきページ番号が1ずつ付けられている。五枚目までが遺されているが、それ以後のものは散逸してしまっている。そのため記述の途中までしか分からない。本作品がどの雑誌に発表されたか、現在のところ不明である。

ちなみに鈴木の代表作ともいえる「田螺」は「関西文学」第一巻第七号（一九三四年六月）に掲載された。

題なし　タテ二二八センチ×ヨコ二八センチ、タテ二〇文字×ヨコ二〇文字のDBC特製の原稿用紙三枚および同じサイズのKS特製の原稿用紙一枚。縦に黒色ペン書き。

一枚目にページ番号2・3、二枚目に4・5、三枚目に6・7、四枚目に10・11が付けられている。ページ番号1に当たるもの、また12以降の原稿用紙が散逸してしまっている。そのためタイトルや冒頭部分が不明である。本作品がどの雑誌に発表されたか、現在のところ不明である。

古い家　タテ二七センチ×ヨコ一九センチ、タテ二〇文字×ヨコ一〇行、「人民文庫」の文字入り原稿用紙四枚。左肩にページ番号が一枚につき1ずつ付けられている。縦に黒色ペン書き。クリップで留められている。

「人民文庫」は一九三六年三月に創刊され、三八年一月まで続けられた。名義上での編輯兼発行者は本庄陸男であるが、実質的には武田麟太郎であった。「プロレタリア文学敗退後、その系譜をひいた進歩的文学雑誌」（『日本近代文学大事典』）と評価されている。本作品がどの雑誌に発表されたか、現在のところ不明である。

所謂「楯」について　タテ二三センチ×ヨコ三〇センチ、タテ二〇文字×ヨコ二〇行の原稿用紙八枚。縦に黒色ペン書き。クリップで留められている。最後に「六月二九日」と記されている。鈴木が言及している「汽槌の下」は「詩精神」第一巻第三号（一九三四年四月）に発表された詩であることから、本作品は三四年六月二九日に執筆されたものと考えられる。しかしどの雑誌に発表されたか、現在のところ不明である。

性格への懐疑について　タテ二七センチ×ヨコ一九センチ、タテ二〇文字×ヨコ一〇行、「人民文庫」の文字入り原稿用紙二枚。縦に黒色太ペン書き。クリップで留められている。本作品がどの雑誌に発表されたか、現在のところ不明である。

「性格」の不安に縋る高見　タテ二六センチ×ヨコ二〇センチ、タテ二〇文字×ヨコ一〇行の「人民文庫」の文字入り原稿用紙四枚。最後の二枚は盛文堂製。左肩にページ番号が一枚につき1ずつ付けられている。縦に鉛筆書き。

詩人といふ種類の人間 タテ二一センチ×ヨコ一五、五センチ、タテ二〇文字×ヨコ一〇行、中央下に「文学案内」と印刷された原稿用紙五枚。一枚につきページ番号が1ずつ付けられている。二枚目および七枚目以後は散逸してしまっている。縦に黒色ペン書き。本作品がどの雑誌に発表されたか、現在のところ不明である。

古い滑車 タテ二〇センチ×ヨコ二七センチの上質紙一枚。縦に鉛筆書き。本作品がどの雑誌に発表されたか、現在のところ不明である。

Ⅲ

（解説）鈴木泰治とその時代

一、誕生から富田中学校卒業まで

　一九一二年（明治45）二月一三日、鈴木泰治は三重郡四郷《よごう》村大字室山二〇七番地に生まれる。現在の町名でいえば四日市市室山町、鈴木家が代々住職を務める無漏山法蔵寺が生家であった。遠くからでも本堂の勇壮な大屋根を望むことのできる法蔵寺は、古記録によれば一、二〇〇年以上もの歴史を持つ名刹である。東本願寺開基・教如上人の旧蹟を示す大きな石碑が山門の前にあり、今は浄土真宗大谷派に属している。正面五間、入母屋造の本堂は一八五九年（安政6）に再建されたものである。

　器械製糸や洋式紡績といった近代工業を興した伊藤伝七・小左衛門の両家や県内有数の醸造元・笹野家は室山に在所がある。いずれも法蔵寺の檀家である。三重紡績会社、後に東洋紡績株式会社となる工場を父と共に創設し、貴族院議員に選ばれる栄誉を受けた伊藤伝七（一〇世）の生家は法蔵寺のすぐ隣にある。板塀で囲まれた土蔵の白漆喰が今も眼に鮮やかである。

　一八七四年（明治7）生まれの鈴木泰定の許に七歳年下の佐竹綾子が嫁いできたのは九九年（明治32）七月。綾子の父・法梁は愛知県津島市にある久遠山成信坊《じょうしんぼう》という寺院の住職をしていた。成信坊もまた真宗大谷派に属する古刹で、佐竹家が代々住職を務めている。戦国時代、伊勢長島の一向一揆征伐に向かう織田信長の軍勢に教如上人が取り囲まれ絶体絶命の危機に遭遇したとき、成信坊佑念が上人の身代わりとなって討たれた故事にち

生家の無漏山法蔵寺（四日市市室山町207番地）

なんで、この寺院の名が付けられた。

泰定・綾子夫婦は三男三女に恵まれる。年長から記すと定制、定津、美代子、泰子、泰悟、憲子の順になる。五番目の「泰悟」が泰治の本名で、檀家の人達から「泰悟さん」と親しみを込めて呼ばれていた。定制の生まれたのが一九〇一年、〇四年に定津、一〇年に泰子、一二年に泰悟（泰治）、一六年に憲子と続き、全員が法蔵寺の所在する室山二〇七番地で誕生している。

ところで泰治の生まれた一二年二月一三日は希世の歌人・石川啄木が肺結核のために数え二七歳の若さで病死する、ちょうど二ヶ月前に当たる。貧困と病魔とに我が身を蝕まれながらも啄木はこの頃、新しい時代の到来を予感していた。一月二日付の日記のなかで、前年の大晦日に始まった東京市電ストライキに触れ、「明治四五年がストライキの中に来たといふ事は私の興味を惹かないわけに行かなかつた」という。そして「保守主義者の好かない事のどん〳〵日本に起つて来る前兆のやうで、私の頭は久し振りに一《ひと》しきり急がし《ママ》かつた」と胸を躍らせている。自らの権利を護るために労働者や農民が連帯して争議を展開する――まもなく明治に終わりを告げ、新たな時代が始まろうとしていた。そのような世の中に泰治は生を享けたのである。

＊　＊　＊

一九一八年（大正7）四月、泰治は村立四郷尋常小学校に入学する。自宅から見て裏山に当たる高台の一角、現在は四郷小学校のある場所に二階建ての校舎があった。幼い頃の思い出が残る故郷は泰治の詩の原風景ともいえよう。今は四日市市に編入されている室山町は泰治の時代、八王子、室山、西日野、東日野の四ヶ村が一八八九年（明治22）に合併してできた四郷村に属していた。近隣の村々は古くから協力関係を結んでおり、行政区画が変更されても何ら支障なく地域活動が続けられたという。

ここで附近一帯の地理を説明しておこう。四日市中央から南西の方角に東西七キロにわたって八王子丘陵が延びている。その南向き斜面に西から八王子、室山、西日野、東日野の四ヶ村があった。泰治の作品に「山に在る田で」という詩があるように、村々は丘の斜面を細かく削り取って田地を確保していた。また波木から岡山にかけての南部丘陵、現在は笹川団地になっている一帯と八王子丘陵とに挟まれた谷間部分に笹川（天白川の上流）

が蛇行している。川沿いに県道四日市鈴鹿環状線が走っているが、かつてはそこに三重鉄道株式会社の軽便鉄道が四日市から八王子まで敷かれ、村の製糸工場で生産した生糸や、工場用燃料となる石炭を大量に輸送していた。二三年からはガソリンで走る軌道自動車が運転され、通勤通学の足として沿線住民に利用されていたという。その辺りの情景を描いた泰治の詩の一節を引いてみよう。

飼葉

山脈から這ひ下りる霧のなかに
定期《てい き》自動車の初発が警笛をひゞかせる頃
子供らは大きな桑籠を背中に転ばせ
鎌を片手にうち振り、うち振り坂の街道を上つて行
く
路傍に籠をならべ
ベツと掌に唾きして土堤へ降りると
草履の下から小さい生物が飛び散る
子供らはおとなの様に黙りこみ、脇眼もふらず草を
刈り
葉ずれに頬を真赤に膨らませ
一抱へになるとよちよち土堤を上る
（以下略）

室山の辺り一帯は養蚕が盛んで四郷小学校の山手、八王子丘陵の頂部分には桑畑が広がっていた。泰治の作品「飼葉」は「詩精神」創刊号（三四年二月）に掲載された詩である。ここではその冒頭の一節を引いた。軌道自動車の初発が警笛を響かせる時分、朝霧の立ち込めるなかで桑籠を背にした子ども達が坂道を登って行く。ふざけ合って遊びたい年頃にもかかわらず、「おとなの様に黙り込み、脇目もふらず」作業に勤しむ姿には、朝早くから低賃金の労働に追い立てられる子ども達の悲哀が感じられる。泰治が故郷で眼にしたであろう光景、その描写に貫かれているのは「貧農のせがれども」に対する温かい共感である。

＊　＊　＊

平穏に見えた泰治の家庭にも危機が訪れる。泰治が九歳の年に、まだ四八歳の泰定が家督を定制に譲って隠居してしまうのである。女性関係も取り沙汰されるなど日

頃から奔放な振る舞いの多い父であった。それに比べて、母は穏和な性格ながらも芯の強さを内に秘めたひとであった。子ども達が悪いことをしても笑いながら諄々と諭し、胸中に心配事があっても努めて笑顔を装って、家族に知られない内に困難を乗り越える。病気の時以外は笑みを絶やすことがなかったという。そんな母の慈顔からどれほど大きな安心と勇気が与えられたか、はかり知れない。「詩の道でしっかりやりなさい」と折に触れて母から励まされていた、と泰治はコップ大阪地方協議会の仲間であった緒方唯史に語っている。

また綾子は多才の人であった。三味線や書道が達者で檀家の人達に手習を授けていた。一九一四年一一月、当時まだ皇太子であった大正天皇が伊藤製糸工場、現在の亀山製糸室山工場を訪れた際には、彼女の書が天覧に供されたという。ひときわ才芸に秀でた母親であった。

泰治の兄妹関係にも触れておこう。彼は四歳年下の憲子を非常に可愛がっていたようである。大阪外国語学校在学中、下宿先からプレゼントとして詩集を送った。憲子は大喜びでそれを受け取り、何度も読み返したという。泰治を敬愛していた憲子は日記に「私の家で私の味方になつてくれる人は家中で母と兄と二人です。兄といつても大阪にゐる兄だけです」と素直に述べ、「兄はどれだけ勉強するのだらう、入つた時からの番号を人に譲らず常に進んでゐるのだ」と勉学に勤しむ泰治の様子を書いている。憲子は晩年、早世した泰治のことをよく口にした。愛しい兄の面影が胸裡に甦ってきたのであろう。

一九二四年（大正13）四月、泰治は三重県立富田中学校、現在の四日市高等学校に入学する。中学校の校舎は三重郡富田町大字東富田、現在の地名でいえば四日市市富田四丁目、ちょうど近鉄富田駅西側に建てられていた。今も同じ場所に四日市高校があり、以前と変わらず県内屈指の名門進学校である。学校関係者に尋ねてみたが、残念なことに泰治が在学した頃のエピソードはほとんど残されていない。しかしながら、四日市高校同窓会事務局に保存されている校友会会誌のバックナンバーを一冊ずつ調べてみたところ、泰治が登場している号を発見することができた。当時多くの中学校では在校生・卒業生・教師が相互の親睦を図りつつ進学や就職に関する実績を高めるために校友会が組織され、毎年機関誌を発行していた。どれも菊判・活版刷で製本されている。そこで泰治の中学時代を知る手がかりとして、つぎにそれらを紹介しよう。

＊　＊　＊

まず「会誌」第三三号（二五年一二月）である。まだ二年生の泰治が「砂浜」という小品を文芸欄に寄稿している。その最初の部分を引いてみよう。

砂浜

鈴木　泰悟

僕達は足にやはらかい砂を気持よく感じながら無意識に渚をつたつて歩いた。弓なりの渚には水が白くくつきりと陸との区別をつけて続いて、末は黒いもやの中に消えて居り、砂浜の所々には高い柱があざわらふやうな赤い燈を光らせながら広く黒い海を見下ろして居た。

『そら聞えるだらう?』この静かさを重々しい兄の声が破つた。

『え?』私はふり返つて兄のしんみりした、淋しそうな顔を見つめた。

『そら聞えるだないか』兄はくらい顔をして耳をかたむけた。

『あ!!　あのほらの音?』

『そうだあれを聞くと去年の二人の淋しい生活を思出すなあ』私と兄とは何時の間にか暮れなやんで居るもやにつゝまれて砂の上に足を投出して居た。ほらの音は風に送られてとぎれとぎれにあへぐやうに淡く聞こえて来た。

（以下略）

闇に包まれた四日市富田の浜で淋しさを胸に秘めた兄弟が暗い海を眺めている。父を巡る泰治自身の家庭事情がそこに投影していると考えるのは作品の解釈として早計に過ぎようか。まだ習作の域を脱していない作品ではあるが、過ぎ去った日々を想うセンチメンタルな情感がよく描かれており、後に詩人として活躍する才能の片鱗を感じさせる。

もう一つ、「会誌」第三三号に関して言及しなければならないことがある。水泳部の部報欄に「大正一四年度水泳試験成績」が記されている。そのうち「五〇丁合格者四六名」とあるなかに泰治が含まれているのである。

1929年（昭和４）２月、富田中学卒業直前。前列中央が泰治。

約一、〇九〇メートルの距離を泳ぎ切ったということだから身体が弱い方ではなかったといえよう。但し運動部に入って積極的に活動したという記録は見当たらない。

つぎに「会誌」第三七号（三〇年二月）に泰治が登場している。本号の「第二六回卒業生氏名」欄には前年三月に卒業した一一三名の名前が記されており、巻頭には彼らの卒業記念写真が掲載されている。三重郡出身三九名のなかに「四郷村・鈴木泰悟」がある。名門進学校らしく富中卒業後すぐに高等学校をはじめ高等工業、商業、農林、師範などの上級学校に進むものも多く「卒業生欄」に各人の進学先が記されている。家庭事情からなのか、入学試験を通過できなかったからなのか本当の理由は分からないのだが、その欄には泰治の進学先が記されていない。泰治は一年遅れて大阪外国語学校に入学するのである。二八年一月二日に泰定が急逝していることも影響しているのだろう、父の死は泰治が卒業する前年の出来事であった。

最後に「会誌」第五〇号（四〇年二月）に泰治が登場する。本号は「四〇周年記念並に慰霊祭記念号」とされ、創立四〇周年を祝う記念式と、満州事変で戦歿した卒業生二二名を追悼する慰霊祭に関わる特集が編まれている。巻頭には戦没者全員の遺影が掲載され、本文には「故人氏名」と「戦死者履歴概要」がある。そのなかには二六回生・鈴木泰悟も含まれており、彼に関する履歴の概要を読むと「本校卒業後大阪外国語学校に学ブ」、そして「東京ニ於テ文筆ヲ業トセリ」とある。このわずか二行のうちに非合法活動に携わり辛酸をなめた青春の九年間が凝縮されているのである。さらに戦死の状況として三八年三月一六日、中国の山西省潞城県神大村にて歿したことも記されている。無限の可能性を秘めた若い生命が戦争で奪われてしまったことへの悲しみと、死地に赴くことを人々に強要した支配権力に対する憤りとを禁じざるを得ない。

　故人氏名を調べてみると、二二回生・鈴木定津の名前があることに気付く。泰治のすぐ上の兄が定津で、富中卒業後は名古屋第三師団に幹部候補生として入営していた。泰治が亡くなったのと同じ三八年の一〇月二八日、中国の江西省羅盤山附近で没したことが記されている。わずか七ヶ月の間に二人の愛息を喪った母・綾子の悲嘆はどれほどのものであったか、その深さをはかり知ることは出来ない。

　泰治の富中時代のエピソードとしてもう一つ、田村泰次郎が同級生であったことを述べておこう。泰次郎の父・左衛士は富中の初代校長を務めていた。よく知られているように、敗戦直後の混乱期に爆発的人気を呼んだ小説「肉体の門」(「群像」四七年三月)の作者が泰次郎であった。度重なる空襲のために廃墟と化した東京の街で、肉体の解放こそ人間に真の解放をもたらすという事実に目覚めた娼婦の姿を描いた。

1929年(昭和４)12月、四日市にて。中学卒業後、浪人生活を送っていた。

　「会誌」第三七号の「第二六回卒業生氏名」を見ると、他府県一一名のなかに「高知県・田村泰治郎《ママ》」とある。彼が生まれたのは三重郡富田町東富田一九六、現在の四日市市東富田町であったが、本籍地は父と同じ高知市小高坂であったため、他府県出身者の扱いになったのであろう。出席日数の多い精勤生であり富中卒業後は早稲田第二高等学院に進学している。また肉体壮健で剣道部に属し、他校との団体対抗戦では最も頼りになる大将として相手を打ち負かした。県立伊賀上野中学校、現在の上野高等学校で開催された武道大会では四人勝ち抜いて賞を受けている。「会誌」のバックナンバーを調べてみたところ、第三六号（二九年一月）には五年生の田村が「Marcus Aurelius との対談」「第二回諸兵連合演習に参加して」を文芸欄や紀行欄に寄稿し、柔道部の部報も執筆している。ギリシアの哲人政治家・マルクス＝アウレリウスを作品の素材にするなど、単なる武骨漢であった訳ではなくまさに文武両道を兼備した輝かしい中学時代を送っていたことが分かる。

二、大阪外国語学校入学から検挙退学まで

一九三〇年（昭和5）四月、泰治は大阪外国語学校独逸語学科に入学する。受験勉強で使用した参考書が今も生家に遺されている。国語（漢文を含む）と外国語（英語、仏語、独語のうち一つ選択）、数学（代数、幾何）が入試科目であった。大阪外語は二二年に開校された官立外国語学校で、大阪市天王寺区上本町八丁目一八七番地に鉄筋コンクリート三階建ての本館校舎があった。土地買収費と工費を合わせると当時一〇四万円以上もの巨額の資金が投じられて学校施設が建てられ、その威容は人々の目を惹くものであったという。開校時の名称通りに設置語部を記すと支那語部三五、蒙古語部一〇、馬来語部二五、印度語部一五、英語部三五、仏語部三〇、独語部二〇、露語部二〇、西語部一〇の九語部二〇〇名になる。三年の修業年限と年額五〇円の授業料、また本科生の他に研究生、選科生、別科生を置くことなどが学則として定められていた。東京外国語学校に比較した場合、大阪外語の特徴は国際的実務に従事できるような人材を養成するという実学指向や、西洋語部よりも東洋語部を先に配するという東洋語優先・重視の姿勢を打ち出していることが挙げられる。

また大阪外語のユニークな特徴として忘れてはならないのは制服が背広・ネクタイ姿であったことである。在学中に撮られた泰治の写真のなかにもそれが見られる。

背広はネズミ色の折襟で、四〇円もする高価な英国製羅紗が生地として使われていた。背広に縫い付けられたネズミ色のボタンには「O」（Osaka）と「L」（Linguae）とを組み合わせた校章がデザインされており、「EX ORIENTE LUX ET PAX」（光と平和は東方より）という文字の入った濃紺七宝の盾形アームが襟章であった。大正の終わりという時代を考えればハイカラな制服だったといえるのだが、泰治が入学した翌年からは風紀粛正などの理由によって黒の詰襟学生服に制服が変わっている。

大阪外語在学中、泰治は「吾等の独乙語」という機関紙を発行していた新聞部に入る。いつ左翼思想に目覚めたのか定かではないのだが、新聞部の関係で学生新聞編集委員会に誘われてからだと考えられる。おそらく三一年九、一〇月頃、二年生の二学期が始まった前後のことだろう。当時編集委員会内部には植村鷹千代（仏語部三年）、戸井幸次郎（馬来語部一年）、谷義之（露語部一年）を中心とする日本共産青年同盟（共青同盟）の学校細胞が確立されており、三〇余名のメンバーが級別に読書会を開き「大阪外語学生新聞」を創刊するなど積極的な活動が目立っていた。一一月一日の学校創立一〇周年

1931年（昭和６）２月、大阪外語学校内庭。独語部新聞委員。
前列中央が泰治（当時２年生）。

記念競技大会では、運動場と校内展覧会会場に「大阪外語学生新聞」号外を撒布、さらに一六、二四日にも同紙を撒いて学生自治を求める学内改革闘争を訴えた。それらの活動と同時に学校細胞内でメンバーの役割分担を決め、日本反帝同盟（反帝）班、無産者青年（無青）班、第二無産者新聞（第二無新）班、日本赤色救援会（モップル）班、日本プロレタリア文化連盟（コップ）班、日本労働組合全国協議会（全協）支持団のグループを結成し学外の左翼組織とも連絡を取り始めていた。泰治入学後に限っても、三一年四月に一一名、三二年二月二五日に一〇名の学生同盟員が検挙される事件が大阪外語で起きている（「特高月報」昭和七年五月）。度々弾圧に遭いながらも中央から派遣されたオルグの指導を受けて学校細胞が再建され、学内改革闘争が継続された。大阪府内では大阪外語の他に大阪高等学校（大阪大学）や大阪商科大学（大阪市立大学）、大阪府立浪速高等学校（大阪大学）で学生運動が激しさを極めていた。

大阪外語に社会科学研究会（社研）が発足したのは二四年一月、仏語部の磯崎巌（一年）と原田耕（二年）が中心となって学生一五、六名が集まる。それまで無産階級運動の一翼を担っていたのが学生連合会（学連）で、東京帝大の新人会や早稲田大学の建設者同盟、京都帝大の学労会など全国の大学や高等学校、高等専門学校の学生が参加して軍事教練反対や学問研究の自由のために闘争していた。二四年九月、学連が学生社会科学連合会と改称して組織の拡張に乗り出したとき、全国四六校がそれに加盟したが、大阪からは大阪外語一校しか応じなかった。「『商都』大阪の学連勢力は弱体であった」（『大阪社会労働運動史』）といえよう。また二四年七月三日夕刻から始まった大阪市電争議で、大阪高等商業学校（大阪市立大学）の学生一五〇名が乗務員として臨時採用され、当局によるスト切崩しが行われた際には、大阪外語を含む関西学生社会科学連合会（関西学連）が抗議文を発表した。

二五年一二月一日、治安維持法制定後、初めて同法が適用された学連事件が発生する。軍事教練反対を主張する不穏ビラが発見されて京都帝大および同志社大の学生三三名が検挙された（第一次）。証拠不十分であったことから教師・学生の猛烈な抗議を受け一旦全員が釈放される。しかし翌年一月一五日～四月二二日の間、河上肇（京都帝大）や山本宣治（同志社大学）、河上丈太郎（関西学院）などの教師達が家宅捜索を受けると共に岩田義道、石田英一郎、淡徳三郎（京都帝大学生）、野呂栄太郎（慶大卒）、後藤寿夫（林房雄、東京帝大学生）などの学生三八名が治安維持法違反、出版法違反、不敬罪を問われて検挙された（第二次）。大阪外語では独語部三年の黒川健三と仏語部三年の原田耕がそのときに検挙され、二七年五月、京都地方裁判所で両名共に禁固八ヶ月執行猶予二年の一審判決を受ける。

右のように大阪の学生運動の主導的役割を果たしてきた伝統が大阪外語にあり、泰治も歴史の激流のなかに身を投じることになったのである。

＊　＊　＊

新聞部の関係で泰治が学生新聞編集委員会に入ったのは二年生の二学期が始まった前後と推定される。ちょうどそれと同じ時期、三一年九月一八日に満州事変が起こっている。当時の記録を調べると、それを契機として大阪外語でも右翼的学生運動が活発になる。事変発生直後の二九日に開催された秋季校内弁論大会では「真の日本民族精神に還れ」「支那排日に関する一考察」など満蒙に関するテーマが多数を占め、侵略戦争を支持する方向に校内世論を導くことになった。一一月一日の学校創立一〇周年記念祭の万国風俗行列には英語部が「満蒙の嵐」という奉天（瀋陽）総攻撃を模した戦争劇を熱演、一二月一二日に中之島中央公会堂で開催された満蒙兵士慰問金募集大会には音楽部のグリークラブが出演する。

このように大阪外語の学生が右傾化する兆候はすでに同年二月二四日から三日間、中目覚校長排斥を求める右翼学生達のストライキ事件に表れていた。さらにその傾向が決定的になるのは一一月一三日に学内講堂で開催された満蒙研究会の学生大会である。生徒主事の志水義暲教授が顧問となり約五〇〇名の学生が集まった満蒙研究会では、会の綱領として「満州ニ於ケル我国ノ特殊ナル立場ヲ明ニシ更ニ之ヲ中外ニ説明セントスル」目的が掲げられていた。学生大会当日、蒙古部三年の大月桂が議長を務め、支那語部三年の岩佐忠哉が発起人代表として最初に演説する。現在日本が国際社会から非難されているのはプロパガンダの力が不足しているからに過ぎず、今こそ若い力を結集して国際外交の場へ踏み出して各国を説得する働きを行うべきだと、主張した。さらに各語部各学年からの代表一名ずつが登壇し熱弁をふるった後、本庄繁関東軍司令官や芳沢謙吉国際連盟理事会日本代表を激励する電報を打つことや、国際連盟事務局および一三理事国代表に日本「帝国の公正なる態度」を示す声明文を打電もしくは郵送することを満場一致で決議する（「大阪毎日新聞」一一月一四日）。関西地方の大学や高等学校、高等専門学校に働きかけて満蒙問題研究会関西学生連盟を結成しようとする計画まで持ち上がっていた。

　これらの大阪外語の学生が右傾化する流れに対抗するために、共青同盟学校細胞が編集委員となり「大阪外語学生新聞」を創刊する。一一月二四日に撒かれた同紙第三号には、先の学生大会に触れて「満蒙研究会／暴力団本部と化す」と厳しい言葉で右翼学生グループを批判する記事が掲載されている。それと同時に大阪外語共青同盟員はメンバーの役割分担を決めて学外の左翼組織とも積極的に連絡を取り始めていた。

　ところで大阪外国語大学には当時の学籍簿が保管されている。泰治の学業成績について問い合わせると、一年では好成績を修めていたが二年生になって急に成績が落ちていた。おそらく二年生の二学期が始まった前後に学生新聞編集委員に加わって活動していたからであろう。三二年二月二五日、大阪外語を含む大阪高校、大阪商大、府立浪速高校の四校に在学していた左翼学生四三名が検挙される事件が起きた。「特高月報」（昭和七年五月）には、大阪外語から検挙された共青同盟員一〇名の氏名が記されているのだが、そのなかに泰治の名前は含まれていない。このことから、泰治が共青同盟員になったのは少なくとも三二年三月以降、最終学年である三年生になってからのことと考えられる。

＊　＊　＊

　現在判明している限りでは泰治が最初に発表した詩は「赤い火柱——農民からの詩——」（「プロレタリア詩」第一巻第八号、三一年一〇月）である。この詩が発表された時期は、泰治が大学生新聞編集委員会に入った頃と重なり、左翼運動にコミットして生きて行くことを宣言した詩とも読める。掲載誌「プロレタリア詩」は、全国規模で若いマルキシズム系詩人が結集したプロレタリア詩人会によって刊行された詩雑誌で、三一年一月に創刊された。新井徹、大江満雄、遠地輝武、後藤郁子、平沢貞二郎など多士済々の若い詩人達が主要メンバーであった。

赤い火柱《ひばしら》――農民からの詩――

鈴木　澄丸

俺たちの渡政
俺たちだけの渡政
こいつは偉大な労働者の誇だ
赤い火柱は延びる　太くなると火を吹く
バク発する！　その日まで
あいつは俺たちの中に徹頭徹尾生きる

初出では四行目「赤い火柱」の「赤」の一文字が伏字になっている。「渡政」とは、二八年九月に台湾基隆《キールン》で官憲に追われて死んだ日本共産党中央委員長渡辺政之輔を指す。階級闘争を呼びかける政治的スローガンが前面に掲げられた詩であり、全日本無産者芸術団体協議会（ナップ）の指導を受けた詩人会が主題の積極性を求めたのに即応した作品であるといえよう。詩人会は活動の基本方針として、「芸術運動の諸分野に於ける『プロレタリア詩』の確立、ブルジョア詩の闘争克服」を達成す

1932年（昭和７）10月、大阪外語内庭。中央の女性はドイツの飛行家エッツドルフ。立っている学生の内、向かって左から７人目が泰治（当時３年生）。

るために「各詩人がその意識及び技術を、マルクス主義的に鍛錬する『練習場』であり、同時に指導体の貯水池」であることを引き受ける（「プロレタリア詩人会設立に際して」「プロレタリア詩人会の意義と任務」）。詩のボルシェビキ化を追及する詩人集団としてプロレタリア詩人会は、作品創作および批評、歌人同盟や美術家同盟と連携して「プロレタリア詩と絵の展覧会」を開催する活動を行なった。

ところでこの詩の筆名は「澄丸」である。生家法蔵寺で付けられた幼名を使っている。当時の泰治を知る宮本正男（元全協大阪支部員）によれば、早くから泰治は、少女小説を流行させた文芸雑誌「若草」の常連投稿者であったらしく、「いささか少女趣味的なペンネームもこのときの遺産」であったという。残念ながら当時の「若草」を調べても、泰治が投稿したものと思われるような作品は見つからなかった。これ以後「プロレタリア詩」には、「働らく子はにくむ」（第一巻第九号、三一年一一月）、「春に与へる詩――映画「春」のノートから――」（第二巻第一号、三二年一月）の二作品を発表し、その他、三二年一一月二八日の検挙までに創作した作品には「澄丸」を使っている。

また詩人会の財政確立三〇〇〇円基金募金に応じて泰治は二度、合計一円五〇銭を寄付している。詩人会がまもなくそのなかに発展解消することになる日本プロレタリア作家同盟（三二年二月、国際革命作家同盟日本支部・ナルプに加盟）に泰治が加わったのは三一年一二月中旬である。遠地輝武の「プロレタリア詩人会発展の概観」（『プロレタリア詩集』）にその記録がある。満州事変以後に急速に勢力を増した反動グループに対抗するために、左翼陣営はナップを解散し、日本プロレタリア文化連盟（コップ）を結成することによって文化諸団体を再編統合した。詩人会が作家同盟に発展解消したのは、この動きに連動している。

作家同盟や美術家同盟、映画同盟、演劇同盟等、合わせて一二団体が集まって一一月二七日に結成されたコップは、蔵原惟人が提案した「芸術運動の組織の基礎を企業内の労働者に置く」ことに沿う形で文化運動を展開する（「プロレタリア芸術運動の組織問題――工場・農村を基礎としてその再建組織の必要」）。具体的には、芸術家が大衆の生活現場を直接訪れ、労働者や農民が主体となったサークルを工場・農村内に組織させる。それらのサークルを各文化団体の地区委員会に従属させて活動を指導しながら彼らの生活を学び、大衆が持つ生活感情を自らの創作に反映させるという。党の意向を受けたコップ中央協議会の統制下、文化団体が結束すること自体は組織力の強化を図ろうとしたと評価できる。しかし、その反面、官憲による追及が一層激化し、それまで党とは直接関係のなかった文化団体の活動家にまで検挙の対象を広げる結果になった。

＊　＊　＊

泰治が作家同盟に加わった前後、一二月一五日にコップ大阪地方協議会が確立される。翌三二年四月二一日、東京築地小劇場で開催された作家同盟第五回全国大会には、大阪支部から中央委員に選出された田木繁と阿部真二とが出席し、大阪支部の現勢として同盟員数二二、執行委員長田木、書記局長水田衛、組織部長児玉義夫（誠）等の役員名、組織活動の具体的な状況を報告する。支部執行委員九名のリストには、調査部長として泰治の名前が見出せる（「プロレタリア文学」第一巻第八号、三二年六月）。

当時大阪支部では、職場や街頭など人目に触れやすい場所に張り出す壁小説の創作が奨励されていた。小説・詩・戯曲・評論に分かれた専門研究会が毎週土曜日に開かれたり、帝国主義戦争に対する反戦文学研究会の定期開催や反戦小説集（謄写版刷約五〇〇部）の発行が試みられたりする。しかし大阪支部では、いまだわずかにサークル数一三、サークル出版物三という「組織活動の著しき立遅れ」が見られると同時に、「イデオロギー的に極めて低度」な作品しか創作されていない現状も全国大会で報告され、その席で自己批判がなされる。

一般に創作率は極めて悪く殊に積極的に作品を書くのは主として労働者の同盟員であり街頭分子並にインテリの同盟員は其生活状態のルンペン化乃至は消極性の為めに製作は殆ど為されず世界観の根本的な懐疑懊悩の逡巡に落込んで居る。

右の文章は、大阪支部小説研究会からの報告の一節である。「全同盟員が組織者になれ」という中央委員会の方針に従って労働現場でサークルを組織することに労力が払われたが一向にその成果が表れず、労働者によって実際に制作された作品もマルクス主義的観点を備える水準には到底及ばない。組織活動に携わる余り、作家同盟所属の作家達は創作に専念する時間を失ってしまっていたのである。政治と文学、労働者と知識人との間に介在する溝を前に、何を以ってしてもそれを埋めることのできない不毛な現実に気付かされた作家たちが斉しく「世界観の根本的な懐疑懊悩」に落ち込んでいたという。

三月二四日、中野重治や蔵原惟人等の作家同盟中央委員を含むコップ関係者四〇〇名が検挙された。官憲による弾圧が熾烈を極め白色テロが横行する。泰治の周辺でも六月三〇日に作家同盟大阪支部員の原理充雄が未決監から釈放された後まもなく死亡する。度重なる拷問を受けて身体が衰弱していただけでなく、肺病と脚気を獄中で悪化させていたのであった。

その年の夏、当時全協大阪支部員であった宮本正男は泰治と知り合う。「啄木研究」等の左翼系文芸誌を大阪で創刊する佐藤（大蔵）宏之の紹介であったという。その頃、三年生の泰治はすでに共青同盟大阪外語班に加わっており学外の左翼活動家に接触する機会もあったと考えられる。生活に窮していた党・全協オルグのなかには、親元からの仕送りの一部をカンパとして学生に要請する輩もいたらしく、宮本も泰治から毎月二、三円を貰っていたようである。

八月には作家同盟大阪支部から「大阪ノ旗」が創刊される。創刊号の体裁は菊判四五ページの謄写版刷、美術家同盟所属の浅野猛府が作製した表紙のみ二色刷で、「反戦号」というサブタイトルが付けられている。大阪プロレタリア文学史を長年研究し続けている中村泰氏に創刊号の複写をご恵送いただいた。奥付を見ると編輯兼印刷発行人が阿部真二、発行所が作家同盟大阪支部出版部、八月二四日印刷納本、二五日発行、定価七銭とある。つぎに目次を見て雑誌の内容を確かめてみると巻頭には「八・一（反戦）デーを迎へて」があり、それに続いて水田衛「大阪支部組織活動の自己批判と新活動方針」がある。作家同盟中央委員会の指導を受けて、サークル組織活動の発展という政治目標の達成を優先させて考えていた大阪支部の運動方針がそれらに示されている。

一方、佐藤宏之「ゼネストへ！」、鈴木澄丸「凱旋」の詩二篇と、大元清二郎「氷水」、阿部真二「おツさん一ツ頼むぜ」の壁小説二篇とが創作作品として掲載されている。前述したように「澄丸」は泰治のことである。「夜が来た／列車はベルトの様な響をたてて走ってゐる」という冒頭表現のある「凱旋」は、中国大陸の戦場で目撃した光景に衝撃を受けた兵士達が凱旋帰国する列車の中で反戦思想を語る、という詩であり、ちなみに泰治の詩が掲載されたページの余白部分には「原理充雄を悼む――白色テロルを倒せ――」（作家同盟大阪支部執行委員会）という抗議文が載せられている。

「大阪ノ旗」は休刊をはさみながらも三三年九月の第二巻第五号まで合わせて八冊が発行される。制作費の不足から印刷の方法が謄写版と活版との間で度々変更されており、経済的な面においても雑誌の維持がどれほど困難なことであったか、その苦労の様子が窺えよう。現在、創刊号を除く全ての号が大阪府立中之島図書館に保存されており、容易に閲覧することができる。同誌に発表された泰治の作品は、詩「十月のために」小説「伸び上る手」（第一巻第三号）、評論「同志山岸の近業に就て」（第二巻第二号）、詩「純粋なる逆卍《ハーゲンクロイツ》の旗」（第二巻第四号）であった。

＊　＊　＊

「大阪ノ旗」が休刊になったのは三二年一一月から翌年一月までである。近畿地方陸軍特別大演習のために来阪する天皇警衛の予備検束と称して官憲がコップ大阪支部員を総検束したのであった。一〇月一一日夜から一二日早暁にかけて近畿二府五県の警察官が非常警戒命令下で出動、左翼組織の一斉捜査が行われる。そのときの模様は「大演習の前奏曲／左翼大検挙始まる／近畿二府五県の警察官／総動員の大検索網」という大きな見出しを付けて、「リスト登載の人物を一斉点検／大阪府六十二署で百二十余名検束」と新聞が報じた（「社会運動通信」一〇月一五日）。それに対して直ちにコップ大阪地方協議会は「文化戦線の強化を以て断乎、弾圧に抗議す」という声明を発表して関西地方協議会の設立を提唱する。しかし、その実態は「コップ系団体は闘争能力を喪失／京阪神地方に於ける頻々たる検挙」と報道された通りのものでしかなかった（同紙、一二八日）。また「日本プロレタリア作家同盟大阪支部活動報告（二）」（同紙、三三年五月一八日）によれば、「弾圧後非常な不活発状態に陥りサークル教育においても全くの無関心状態」に陥っていたことが指摘され、つぎのように総括される。

わが大阪支部は鈴木澄丸、城三樹、佐藤宏之等の詩人、田木繁、大元清二郎、山岸又一、松下喜一、阿部真二等の作家、評論家をもちながらその活動を充分指導し得ず、又企業内からの新しい労働者作家の獲得にも怠慢を示して創作教育活動の旺盛化へわが支部を導き得なかつた。

いかに弾圧が厳しいものであったか、この報告からも推測できよう。ちょうどその当時、天皇を迎える準備に忙しい大阪を描いた泰治の詩がある。作家同盟編集発行の『防衛』（詩パンフレット第二輯）に掲載された「舗装工事から」である。幹線道路の舗装工事に従事する労働者の視点から天皇制への批判を語った泰治の詩の冒頭には「十一月にはいると天皇統監の大演習だ。ブルジョア共のカンパニアを前に、俺達への気狂ひじみた弾圧が労働都市大阪につゞいてゐる」というエピローグが付されている。

俺達は特別大演習までに舗装を完成する
四ヶ師団の軍隊がこの道を行進する
天皇旗！
俺達が夜に日をつぎ、飢へた腹をゆすり上げられしきつめた道を
天皇旗！
不可侵の権力――
税のいらぬ日本一の大資本家地主――
俺達が「出版物」ではじめて知り
憤怒を胸にやきつけた奴が
堵列する民衆の前を通る！
ソヴエート同盟攻撃の道を進軍する！

寄生地主という封建的勢力とブルジョアジーという新興産業勢力とを統括する絶対主義的権力こそ天皇制である、と定義した三二年テーゼに重なる内容をこの詩の表現から読みとることができよう。政治的主題が前面に押し出された典型的なプロレタリア詩であり、時代の要請に応えた表現様式を備えている。『日本解放詩集』（壺井繁治・遠地輝武共編）、『日本現代詩大系』（中野重治編）という戦後編まれたアンソロジーにも「舗装工事から」が収録され、泰治の代表作と目されてきた。

＊　＊　＊

「舗装工事から」の他にも「あいつが立上つて来たのは」（『戦列』詩パンフレット第三輯）等のプロレタリア

詩を発表していた泰治の身辺にも官憲の手が伸びていた。三二年一〇月末、不穏ビラを所持していたとして大阪外語学生一名が検挙される。大阪外語学生新聞の発行や自治会の組織を企んでいたとされて共青同盟大阪外語細胞にも捜査が及び、一一月二八日に独語部三年の鈴木泰悟・高梨才三および支那語部二年の鷲見正、大阪外語共青同盟員三名が検挙される。警察による取調は合わせて一五名に達した（図1「特高月報」昭和七年一二月参照）。検挙された三名は、前月末検挙の一名も含めて全員不起訴処分となって釈放されるが、学校当局は事件に関わった学生の内、退学三名、訓戒二名という厳しい処分を下す。それによって一二月二四日、泰治は大阪外語を中退した。

「共青の不穏指令『裁判所を襲へ』押寄せた三〇余名検挙」（「読売新聞」一一月二九日）と新聞が悪質なデマを報じているが、実際は年末から翌三三年の初めにかけて、共青同盟大阪地方委員会に対する一斉検挙が行われた（図2「社会運動の状況」昭和七年）。党中央執行委員・岩田義道の労農葬を一二月四日に計画していたものの厳しい弾圧に遭って解散する事件も生じている。

泰治は退学後、四日市市室山に帰郷する。そのときの心境はどのようなものであったのか。泰治の生家である法蔵寺に遺されていた資料を調べていると、つぎような詩の書かれた未発表原稿を発見した。

僕の讃歌は、
プロレタリアのうえに。
それ以外に何があらう、
そこで性格はかゞやいて強くなり、
創造はひとりでに生れ出て、
詩の道はひらける筈だつた。
僕が怠惰になつたのは
讃歌を上申書とともに
あいつらに渡したからだ。
カツコつきの「政治」のことぢやない、
文学を渡したからだ！

（「僕に讃歌無し」）

いつ創作されたのか明確ではないが、「上申書」と共に「文学」も官憲に売り渡した、という泰治の悲痛な叫びがそこにある。泰治二〇歳に遭った青春の蹉跌であった。

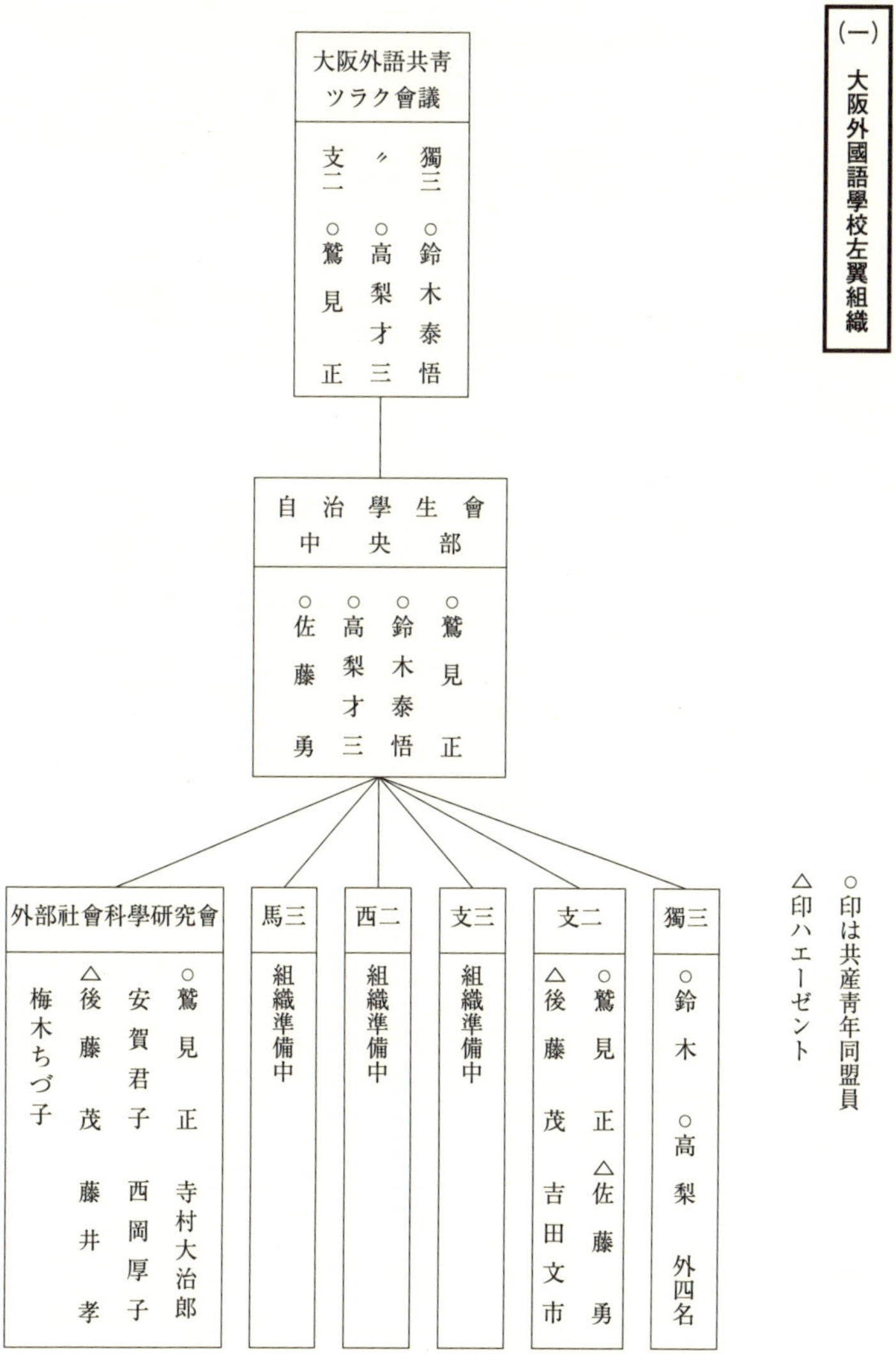

図1　内務省警保局編「特高月報」昭和7年12月

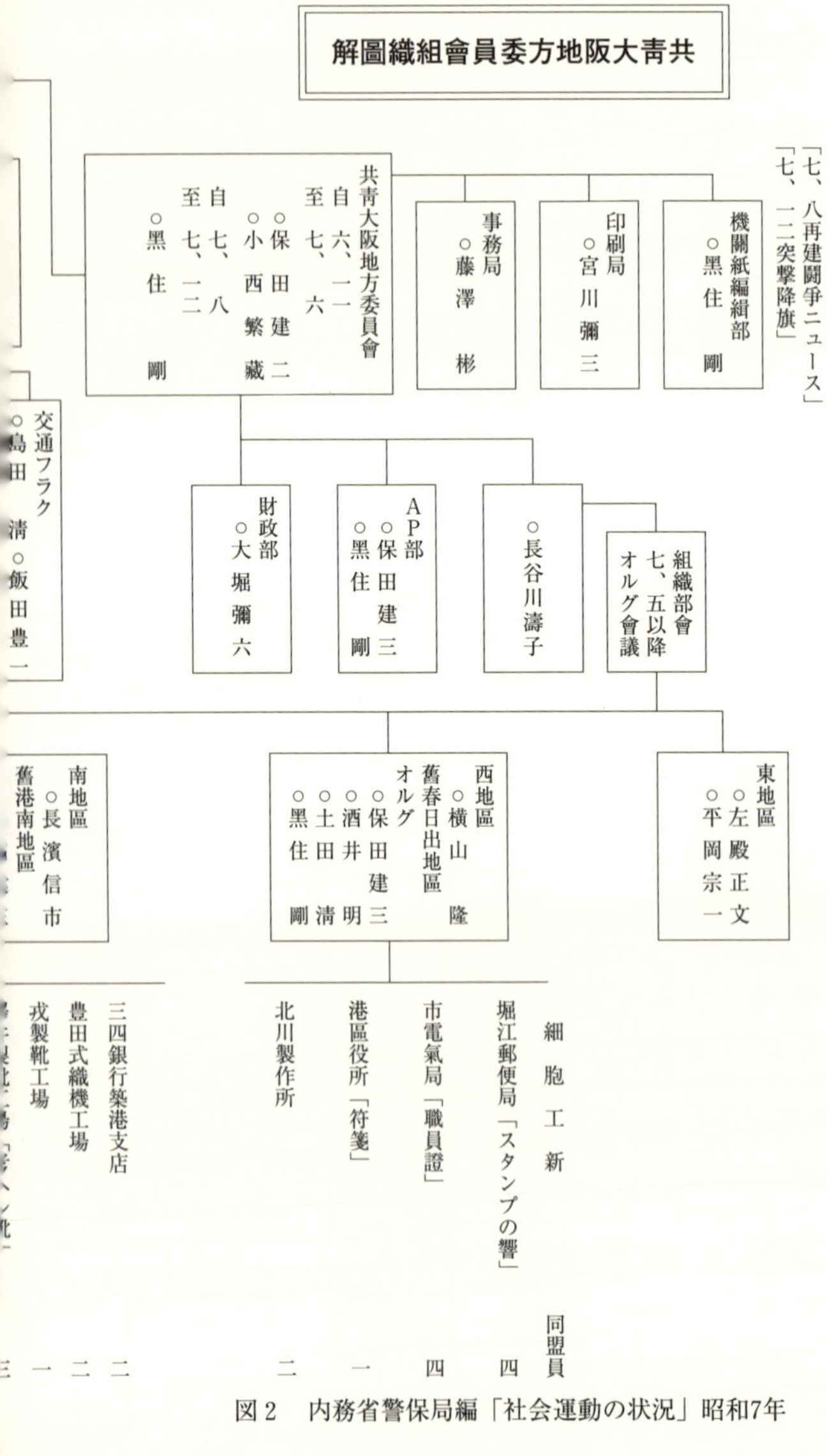
共青大阪地方委員會組織圖解
「七、八再建鬪爭ニュース」
「七、一二突擊降旗」
共青大阪地方委員會
自六、一一
至七、六
○保田建二
自七、八
○小西繁藏
至七、一二
○黑住剛
事務局
○藤澤彬
印刷局
○宮川彌三
機關紙編緝部
○黑住剛
交通フラク
○島田清
○飯田豊一
財政部
○大堀彌六
AP部
○保田建三
○黑住剛
○長谷川濤子
組織部會
七、五以降
オルグ會議
南地區
○長濱信市
舊港南地區
西地區
○横山隆
舊春日出地區
オルグ
○保田建三
○酒井明
○土田清
○黑住剛
東地區
○左殿正文
○平岡宗一
細胞工新
同盟員
三四銀行築港支店
二
豊田式織機工場
二
戎製靴工場
一
北川製作所
二
港區役所「符箋」
一
市電氣局「職員證」
四
堀江郵便局「スタンプの響」
四

図2　内務省警保局編「社会運動の状況」昭和7年

- （舊組合部）
  - ○黒住　剛
- 婦人對策委員會（舊婦人部）
  - ○加藤きく枝
  - 纖維フラク　○泉本克巳
  - 科學フラク　○崔　某
  - ○松本祿良
- 學生對策委員會（舊學生オルグ）
  - ○藤澤　彬
  - ○亀山幸三
  - 外語
    - ○植村鷹千代　○明石邦一　○野間忠孝　○大村雄壮　○原田潤　○鈴木泰悟　○谷　義之　○戸井幸次郎　○山田勇　○木下正三　○高梨才三
  - 商大
    - ○森本清次　○麓谷武　○井上熙　○池田正雄　○吉井武造　○服部嘉太郎　○長井一二　○松本祿郎　○中谷正二　○植木雅男　○宮川彌三　○牟禮茂次郎
  - 浪速高校
    - ○荒谷眞平　○下村貫志太郎　○阪森國三
  - 大阪高校
    - ○寺村大次郎
- 農村對策委員會（舊農村オルグ）
  - ○小西繁藏
  - ○金　海山
  - 三島地區
    - ○川上章太郎

- ○黒住　剛　○張　富田
  - 舊堺地區　○左殿正文
  - 福助足袋工場　四
  - 堺製煉工場　一
  - 中央タクシー難波案内所「スピード」　一
  - 松川皮革工場　一
- 北地區
  - ○馬本　晴
  - ○平岡宗一
  - 行動隊　○上田　勲
  - 三陽染工場「ローラー」　四
  - 新聞班　四
  - 高橋製帽所　一
  - 市水道部給水課「バルブキー」　二
  - 大阪鐵道局「唸るサイレン」　四
  - 市土木部細胞　三
  - 大タク梅田營業所　一
- 市電オルグ
  - ○加藤きく枝
  - ○横地章子
  - 市電今里車庫　二
  - 市電築港車庫　六
  - 市電天王寺車庫　二
  - 市バス梅田車庫　六
  - 市電都島車庫　一

三、ナルプ大阪支部員から「詩精神」同人まで

一九三三年度（昭和8）の作家同盟大阪支部第一回総会は一月五日に開催された。なお作家同盟は前年二月に国際革命作家同盟（モルプ）に加わってナルプになっており、以下、作家同盟をナルプという略称で呼ぶことにする。大阪支部第一回総会では、開会の辞だけで中止解散になり参加者が総検束された岩田義道労農葬の件、また陸軍特別大演習による弾圧と財政的窮乏とのために「大阪ノ旗」が休刊になっている件などが書記局から報告された。また同盟員数三一、サークル数一六、サークル出版物数三であることが組織部から報告され、さらなる組織拡大を目指して市電・市バス車庫や砲兵工廠といった目標工場が新たに設定された。

他方、専門部長の変更として配宣部長児玉義夫、教育部長鈴木澄丸、出版部長阿部真二、常任書記水田衛とする人事案件が決議される。泰治の名前の横には「帰郷中に付き来阪するまで田木繁部長兼任」という但し書きがある。いつ泰治が大阪に戻ってきたか、正確には分からない。ただ遺されている証言によれば、泰治は三三年の初め、無産者病院に入院していた宮本正男を見舞って五円渡しているし、秋には、網島署に留置されている緒方唯史に饅頭を差し入れている。また九月三日から五日にかけてコップ大阪地協メンバーが総検束された際には、市内の各警察署に分散留置されている一七名に面会し差し入れをすると共に同志相互の連絡を取り合う役目を果たした。このときの彼の献身的な行動がメンバーの心に強く残り、京阪地方で無産主義運動に携わった人々が戦後、京都で創刊した「煙」という同人誌に、泰治の遺業を偲ぶ特集が組まれることになったのである。

ナルプ大阪支部の同志で、生産現場を描いて注目された労働者詩人・大元清二郎は、非合法活動で地下に潜っていた頃の泰治について、つぎのように回想している。

> しばらく私達は、あのロイド眼鏡の底の眼を細くして笑ふ彼の姿をみなかつた。そのうちに捕まったときき、そして、昨年の暮、道頓堀の喫茶店バザートで久し振りに再会した。
>
> 全く、永く逢はなかつた。そしてその時彼は言つ

た。「俺は芸術の為に死ぬまで闘ふよ、文学者は必ずしも政治家ではあり得ないからね、文学と政治とは根本的に別ものだ。しかし、弁証法的な統一性は無論あるがね」と。

右の引用は「プロレタリア詩人達のこと」（「詩精神」第一巻第五号、三四年六月）の一節である。昨年の暮、とあるのは三三年の歳末のことで、そのとき久し振りに大元と再会した泰治は「俺は芸術の為に死ぬまで闘ふよ」と語ったという。また非合法活動が原因で検挙、大阪外語を退学させられた後でも、政治と文学とは根本的に別なものであると断言しながらも、両者の間に弁証法的な統一がある可能性を否定していない。「大阪ビルで」（「啄木研究」創刊号）に見られるように、泰治は文房具のセールスマンをすることで糊口をしのぐ一方、ナルプ大阪支部の重要な働き手として活動していた。当時、ナルプ中央委員会は蔵原惟人が提唱した唯物弁証法的創作方法の理解と積極的な実践とを同盟員に要求しており、徳永直が「創作方法の新転換」（「中央公論」三三年九月）を発表して公然と反旗を翻すまでは、個々の作家達は創作に行き詰まりを感じながらも、中央委員会に対する創作上の批判を差し控えていた。その頃の泰治の心境をよく表していると思われる評論の一節をつぎに引用する。

> 同盟に入つた時、僕は自分を同伴者詩人だと考へてゐた。いまのところ、仕様がないとも思つてゐた。今はくびになつたが、僕は学生だつたし、同盟へ加盟するまでには真実なにも仕事をしてゐなかつた。みじめな階級的実践が、僕の心持を萎へさせ、僕の作品は僕の烈しい意志のはるか後で跛をひいた。もどかしかつた。何とも出来ない焦燥だつた。
> 　詩はおれ、若くはおれ的な芸術だ。誰をうたひ、何を扱はうと、おれ若くはおれ的な気魄に貫かれないならば、せつぱつまつた感情、ぎり／＼の底深い「叫び」はないと僕は思つてゐる。そして、このおれ、若くはおれ的なものゝ根帯に、階級性がある！なければならない。

右の引用は『同伴者』の感想——同時に『自己批判』——」で、山岸又一が大阪で発行していた「新精神」秋季特輯号（三三年一〇月）に掲載された作品である。この文章のなかで泰治は、プロレタリアートに同伴する詩人達に「おれの改造」、つまり「闘争のうちに自身を労働者化して行くこと」を求めている。泰治の主張には、創作活動と組織活動とを弁証法的に統一させるというナルプ中央委員会の指導に忠実な部分が残っているのだが、その反面、これまでの「みじめな階級的実践」から創作された詩はどれも自分の「烈しい意志」には到底追いつかないものばかりで焦燥を感じていた、とも述べている。そのような反省を踏まえて泰治は、極限にまで追いつめられた自己が血路を開こうとする「気魄」を謳うのが詩である、そして同伴者詩人はプロレタリアートの「気魄」に満ちた感情を共有することで自己存在の根底にある「階級性」を自覚し、革命的プロレタリア文学の創作に取り組むべきである、と主張する。

政治的敗北を喫して自己の内部に帰り閉じこもろうとしていた多くのインテリ作家を、いかに引き止めて階級闘争の前線に復帰させるか、泰治が取り上げたテーマは当時のプロレタリア文学にとって焦眉の課題であった。六月七日、党中央執行委員の佐野学と鍋島貞親とが獄中から転向声明「共同被告同志に告ぐる書」を発表、それ以後堰を切ったように大量の転向者が生じた〈転向の時代〉――。従来のプロレタリア文学は主題の積極性や政治の優位性という観点から階級闘争を描写してきたが、現実社会から隔絶された獄中で自己の内部に帰る時間を与えられた作家達は、転向した後に出獄すると間もなく、内部に注視する作品を創作するようになる。片岡鉄兵や島木健作等に代表される転向文学であるが、それらに対してプロレタリア文学はどう立ち向い、階級闘争の継続を説くのか、右に引用した「『同伴者』の感想――同時に『自己批判』――」の最後に泰治は「プロレタリア文学以外に傾到《ママ》して悔ひない文学はあり得ないと思ふ」と自らの決意を記している。

当時のナルプの状況を見ると、官憲による弾圧が繰り返された結果、主要メンバーは投獄されるか、あるいは保釈中の被告となるか、留置場生活を再三余儀なくされるか、という惨憺たるものであった。「文学新聞」「プロレタリア文学」の機関誌も度重なる発行禁止処分のために一〇、一一月号以降は発行が不可能になる。危殆に瀕したナルプに対して、従来の運動方針には政治主義的偏向の誤りがあることを指摘すると同時に、組織の解散を呼びかけたのが徳永直や林房雄等であった。彼らによれば、作家達の創作不振を招いている原因が弾圧の激しさにあることは言うまでもないが、政治の優位性に固執するナルプ中央委員会の指導もまた個々の作家にとっては自由な創作活動の妨げになっている、ナルプの組織が中央主導の官僚主義的な性質を持っていたために弾圧の格好の標的になっていた、という。徳永の「創作方法の新転換」、林の「プロレタリア文学の再出発」（「改造」三三年一〇月）「一つの提案―プロレタリア文学再出発の方法」（「文化集団」一〇月）等の諸論文はナルプの「政治主義的偏向」に対する不信感にもとづいて書かれており、ナルプ批判が展開された。

彼らが自説の決定的な根拠としたのは、唯物弁証法的創作方法の強要が作家の自由な創意を喪わせていたとするロシア・プロレタリア作家同盟（ラップ）の自己批判である。ラップは新たに「ただ真実を書け、現実を正しく写しだせ」とだけ作家に要求する社会主義リアリズムを提唱し、従来の組織を解散することなどの方針転換を決めていた。

ナルプ関西地方委員会準備会は「ナルプを四分五裂にせんとする林房雄等の意見を粉砕せよ」という声明文を「プロレタリア文学」関西地方版に発表、徳永や林等の分派活動を日和見主義として強く非難した。関西にはまだナルプ中央委員会の指導に忠実なメンバーがいたのであろう。だが左翼組織の末端にまで官憲の手を伸ばすことを許す治安維持法の改悪案が三三年一二月開会の第六五帝国議会に上程される運びとなり、ナルプ解散の動きに拍車をかける。ナルプ書記長・鹿地亘が『文学運動の新たなる段階のために』『日本プロレタリア文学運動方向転換のために』という二つの論文をパンフレットに著し、今後は政治主義を強要せず組織を分散させた形にするという方針転換を示したが、時すでに遅しの感があった。翌三四年二月二二日、ナルプ拡大中央委員会は「ナルプ解体の声明」を発表、ついに組織の解散を決めたのである。

＊　＊　＊

同盟員にとってナルプ解散は政治的敗北を意味したが、その反面「文芸運動のボルシエヴィキー化」という綱領から解放され自由に創作できるようになった。一時的ではあったが彼らの間には解放感が漂い、「文学界」創刊に象徴されるような出版ジャーナリズムの隆盛も重なって、「文芸復興」と呼ばれる現象が生じていた。

ナルプ大阪支部員の宮西直輝が解散声明を聞いたの

は、党オルグさえ手の付けられなかった堺の目標工場に、ようやく文学サークルを組織した矢先のことであった。サークルの必要性を力説しておきながら突如解散した中央委員会の無責任さに「憤懣やる方のない思い」を抱かされたという。そして「ナルプ大阪支部の殆ど全員が、亀井勝一郎が正しく指摘したように、解体を契機に政治から眼をそむけ、なだれをうつが如く一斉に『文学』へ転向して行った」と、当時を振り返っている（「ナルプ解体と多数派」）。亀井の指摘とは、政治の優位性を批判しながら結局政治そのものから目を背けてしまい、文学の領域内でのみ文学を解決しようとした作家達に対する、亀井自身も批判の対象に含めた文章を指す（「文学における意志的情熱」『転形期の文学』）。政治と文学とがいかに関わるべきか、というナルプに内在した問題を根本的に問い直すことのないまま政治から文学への転向が雪崩現象となって続いた。折から出獄してきた転向作家が自分の転向体験を描き始めていたが、最後までナルプに所属していた作家の側にも、政治からの転向を感じながら創作を続けたという側面があったことは興味深い。宮西のいた大阪では「関西文学」「啄木研究」「新文学」「創作月刊」「新精神」等、雨後の筍のように創刊が続き、その内の数誌に泰治が作品を寄稿している。

他方、東京でも徳永のナルプ批判を掲載した「文化集団」を始めとして「文学建設者」「文学評論」等が相次いで創刊される。正確にいえば、それらの雑誌が発行されたのはナルプ解散前のことで、「ナルプ諸分派夫々雑誌を発行／左翼文芸陣の統一破る」（「社会運動通信」一月一一日）と報じられたように、分派活動の開始を告げる狼煙とも見なされた。三四年二月、新井徹、後藤郁子が遠地輝武と共に創刊したのが「詩精神」であった。「詩精神」は詩専門雑誌で、徹、郁子夫婦の出資による前奏社から発行され、経営の一切、雑務から印刷配本まで彼ら夫婦が責任を持って処理していた。旧ナルプ系詩人に限らず、植村諦、草野心平、土方定一、岡本潤、小野十三郎、萩原恭次郎等のアナーキスト詩人や百田宗治、尾崎喜八、井上康文、千家元麿等の新散文運動の詩人にも広く誌面を提供、「プロレタリア詩雑誌の〈正系〉」（伊藤信吉氏）として貴重な役割を果たす。

「詩精神」創刊号の巻頭には明治の詩人・北村透谷に関する特集が編まれている。掲載順に記すと資料紹介「夢中の詩人（未発表遺稿）」、新井徹「藤村氏に透谷をきく」、中野重治「透谷に就て」の三篇である。創刊号を探しても創刊の辞らしき言葉が見当たらないことから、透谷の特集をそれに代わるものとして考えてよいだろう。弾圧によって追い詰められた自由民権左派のメンバーが武装蜂起に踏み切ろうとしたとき、透谷は剃髪した姿で現れ盟友と行動を共にしないことを詫び、そのまま漂泊の旅に出た。メンバーの計画は事前に情報が漏れて発覚、大井憲太郎や景山英子といった首謀者はもとより、透谷が離脱の赦しを乞うた大矢正夫等の八王子民権運動家が一網打尽に逮捕される。大阪事件と呼ばれるこのクーデター未遂事件に際して、同志から見れば保身を図って自分達を裏切った、ともとれる透谷の行動は重い罪責感を彼に与え、内的世界を「幾多の苦獄」に変えた。獄につながれた心象風景を描いた「楚囚之詩」「蓬萊曲」「我牢獄」等の詩や散文は、「アンビシヨンの梯子」から転落して政治的敗北を経験した透谷の転向文学であったといえよう。透谷を取り挙げたのは創作の再出発を図ろうとした「詩精神」創刊に相応しい企画であったと思われる。

明治文学研究者・神崎清の斡旋によって美那子夫人が所蔵している未発表原稿を掲載したのが「夢中の詩人」、透谷についての感想を尋ねた新井の許に、豊多摩刑務所に拘留中の中野重治から返信されてきた書簡が「透谷に就て」である。また井上康文に案内されて当時飯倉片町にあった島崎藤村の自宅を新井が訪問、インタビューした記録を整理したのが「藤村氏に透谷をきく」である。藤村が語った言葉のなかで印象的なのは「北村氏もセクスピアを読み杜子美を読んでも結局は自分自身を読んだに過ぎないのです」、「結局は自分の中にあるものを読んだ」と、同じような趣旨の発言を二度も繰り返していることである。これまで工場・農村内にサークルを組織することばかりに奔走し、自分の創作について静かに省察する時間を奪われていた詩人たちに、藤村の言葉は間接的ではあったが、自分の内面に立ち戻ってみることの重要性を説いたものであったといえよう。

またナルプの文学運動において、詩のジャンルが不当に冷遇されていた、という不満が詩人達の間に燻っていた。スローガンを直接的な形で作品のなかに取り込みやすい小説や評論に比べて、言葉自体への問いかけがテーマの設定以上に重要な詩にとって「主題の積極性」「政治の優位性」等の要求は創作上の桎梏になる。そのために詩は停滞し小説や評論が機関誌の誌面を独占するという事態が続いていた。ジャンルの復権という観点からも「詩精神」創刊には大きな意義が存していたのである。

＊　＊　＊

三四年二月から翌年一二月まで発行された「詩精神」全一一冊に泰治は詩一一篇、評論三篇を発表している。終刊時には三四名に達した同人のなかでも、初期から参加していたメンバーの一人であった。この頃の泰治はプロレタリア詩という自己定位は継承しつつも、唯物弁証法的創作方法に忠実であった従来の詩から一変して内攻する心の悲鳴が聞こえるような詩を創作している。詩人としての泰治の生涯を考えれば、「詩精神」の二年間は、まだ癒えない政治的敗北の傷を抱きながらも、その痛みを言葉によって分節化しようとして苦闘する内的緊張が最も高まった時期といえるだろう。

「詩精神」創刊以後、泰治は「飼葉」（創刊号）、「工場葬」（第一巻第三号）、「無題」（第一巻第四号）、「夜の街道で」（第一巻第六号）、「暁闇」（第一巻第七号）と、ほぼ毎号寄稿している。「飼葉」に関しては既に紹介したが、定期自動車の初発便が警笛を鳴らす早朝、桑の葉を摘みに子ども達が街道の坂を登って行く、という情景から詩が始まる。汗水流して働いてもわずかな賃金しか払われない。だがその仕事には一家の生活が懸かっており、少しでも多くの収入を得ようとする「ぎしぎしした意慾」に満ちている。「貧農のせがれども」に向かって「その労苦の道で／金輪際離さぬおれたちの腕をにぎれ」と連帯を呼びかけ、泰治はこの詩を締め括る。一見牧歌的と感じられる風景描写のなかにも、抑制した筆致ではあるが、少年労働者に対して資本主義の搾取が行われている現実を描き出している。さらに、そのような少年労働者の一人の家庭をクローズアップしたのが「暁闇」という作品である。この作品には、貧農の生活の厳しさをリアルに描きながら「ボッカリひらいた煎餅蒲団が、朝の葉摘みまで子供の小さい身体をかかへ込むのだ」と、ややユーモラスな表現も交えている。「飼葉」にしろ「暁闇」にしろ、農村の生活に密着して創作されたこれらの詩には荒々しい露骨な言葉が影を潜め、農家の子ども達に対する温かい共感に満ちていることが共通する。

また、紡績工場の女工を描いた「工場葬」は「盆踊り——越後から来た女工のうたへる」（「文化集団」第二巻第一〇号）、「河童の思ひ出を」（「文学案内」第二巻第四号）と続く泰治の「女工もの」の一つである。泰治の実家の近くには伊藤製糸工場があり、日本三大紡績会社の筆頭と呼ばれた三重紡績工場も同じ郡内にあったことから、工員の暮らしは、泰治にとって幼い頃から見慣れた故郷の風景の一つであった。女工を取り巻く厳しい労働環境に関しても聞き及んでいたことだろう。

ナルプ解散後、仕事を失った同盟員達はたちまち生活難に陥り、商業雑誌に作品を発表して原稿料を稼ぐことのできる一部の作家を除いて、みな郷里に帰らざるを得なくなった。彼らのうち、多くのものはナルプ大弾圧の際に逮捕された経歴を持っていることから、久し振りに再会した故郷の人々から前科者として白眼視され疎外感を強く抱かされた。泰治も当時の心象風景を「田螺――故郷で――」という詩に描いている。

田螺は畦道で子供らの歌を聴いた。
春近く、日は永いし、藻の生へた小鬢のあたりに水
　泡が擽つたいし……
突然、彼は通りすぎる暗い翳《かげ》を感じて居ずまいを直
　した。
それはいつも殻だけにした仲間の上でのびのびと羽
　ばたきをし、
弔歌をうたうて飛び去つた――

田螺。
天翔ける敵を憎む前に今日も一日自らのいのちの扉
　を閉めつゞけねばならんとは。
おのれの甲冑を疑ひはじめたのに、甲冑を試すたゞ
　一つの方法は
ああ、自らを暗い翳の蹂躙に委ねることだけだ。
ふてくされて、ひつくりかへり、
瞼に揺れる太陽を感じ乍ら、明るい昏迷に眼をつむ
　る田螺らの上――
幾億のいのちをはらんだ蛙の卵がねむつてゐる。

「田螺――故郷で――」は「関西文学」（第一巻第七号）に発表された後、年刊『一九三三四年詩集』に収録される。子ども達の歌を聞きながら畦道に潜んでいる田螺。春の訪れが近く日も永い。「暗い翳」を感じて思わ

ず居住まいを正すと、鳥が羽ばたきして上空を通り過ぎた。硬い殼に包まれている限り生命は安全であるが、もし殻を破って自由を得ようとすると、たちまち「暗い翳の蹂躙」に我が身を委ねてしまうことになる。今日もまた田螺は「瞼に揺れる太陽を感じ乍ら、明るい昏迷に眼をつむる」しかないのであった。

＊　＊　＊

高い理想を掲げて活動してきた作家詩人達も、あまりにも冷ややかな故郷の人々の眼差しを感じることで、それまで自分が持っていた理想が本当に正しいものであったのか、深刻な疑問を感じ始めていた。理想と現実との間にあるギャップに苦悩するインテリの姿がそこから見えてくるのであるが、その状況を打破すべく詩人に「私詩」を歌えと訴えたのが亀井勝一郎であった。官憲の弾圧によって大学を中途退学、検挙起訴された後に転向して保釈されたという苦い体験を持つ東大新人会の元会員・亀井は、評論「詩と詩的情操の悲劇」（「詩精神」第一巻第二号）のなかで「インテリは、その泣き言を、泣き言の根元に到るまでラヂイカルに歌ふことによつてはじめて能動的詩人に転化する」と述べる。自らの泣き言を歌え、などという方法はナルプ時代には到底考えもつかない。もしそのようなことを口にすれば厳しい自己批判を迫られたに違いない。

亀井の所説が発表されると、それに対して真っ先に批判を浴びせたのが出獄してまだ半年も経たない窪川鶴次郎であった。窪川は社会主義的リアリズムの正当性を説きながら「自己の変改は現実の変改の過程においてのみ実現される」と主張した（「詩壇時評――詩におけるリアリズムの問題に就いて」）。すると亀井が反論、ナルプの公式見解ではなく「君自身の積極性」を具体的に示して欲しいと要望し、自分達が「大衆の不信の只中に住んでゐること」をもっと自覚すべきであることを強調した（「ありとあらゆる仮面の剝奪――窪川鶴次郎を駁す――」）。この両者の論争が「詩精神」同人達にも大きな影響を及ぼし、良心的な詩人であればある程、それまで正しさを信じて疑わなかった理想が民衆の大多数から支持されなくなった状況に苦悶し、亀井と窪川との両説の間で自らの詩をあらためて定位し直す必要に迫られたのである。では泰治はどうであったか。「可能性の解放　その他――田木繁のことなど――」（「詩精神」第二巻第四号）という評論のなかで、つぎのように述べている。

> 現実の圧力に押しつけられたインテリゲンチヤとしての良心が、嘗て僕等を「可能性」の確信とそれを実現するための実践に躊躇なく赴かせた時とは、正に反対の力となり、僕の「可能性」の解放を制するブレーキと化してゐるのである。

それまでプロレタリア文学運動の実践に「躊躇なく」赴かせていた自己の良心が、今度は反対に自分の行動を抑える「ブレーキ」になっているという。詩のなかで泰治が描いた田螺の「いのちの扉を閉め」続ける姿は、彼の胸裡に内攻する良心の喩であり、ふて腐れて畦道にひっくり返っている様子は、鬱屈した生活を送っている泰治に重なるものであったといえよう。折角、故郷に逃げ帰ったものの、再びそこから出て行かなければ胸奥に広がった虚脱感を消すことができない、そのような心境を描いたのが泰治の「或る日に」（「詩精神」第一巻第一〇号）である。

> 折角逃げ帰つた故郷ではあるがおれはまた出なければならぬ。
> 故郷はおれに興味をもちすぎる。
> 白い歯を剝き、尻を叩く。
> いらだつ良心のつれて行く意味のない虚脱からおれ自身を救はねばならぬ。
> そのために、おれは故郷を棄てる。
> おれを知らぬ都会で腰を据へて出口を考へようと決意した。

プロレタリア詩人達が故郷で抱かされた疎外感は自己の良心の見直しを迫るものであった。どれほど自分を攻め尽くせば済むのか——懐疑と絶望の淵に転落してしまう危険に怯えながら内攻する精神を反転させる地点を見出し、能動的精神を持った詩人として再スタートを切るための方法が模索された。自分に白い眼を向けた故郷を否定し、「日本」「伝統」というメタヒストリーのなかであるべき故郷を再構成する「日本浪曼派」同人、労働者の生産場面をリアリズムに徹して描くことでインテリの自己否定を図ろうとする田木繁、筆を休める間もなく当意即妙の諷刺詩を書き続ける小熊秀雄、この時代、数々の個性的な試みが展開されたのである。

＊　＊　＊

泰治の詩に変化が訪れたのは「魚群」（「詩精神」第一巻第八号）を発表した頃からである。初めは広々と張られていた漁網に戯れていた魚の群れであったが、知らない間にそれが狭められ陸へと手繰り寄せられていたことに気付く。魚らはみな一瞬顔が蒼白になり、群れて泳ぐ日頃の習性をかなぐり捨てて、一尾一尾、網の目をかいくぐろうと体当たりを試みる。「行分け」自由詩を否定し詩の革新を目指した北川冬彦の新散文詩運動の影響を受けながら、泰治は魚の激しい闘いの様子を描いた。

　動くともなく動く網綱。せばまるともなくせばまる境界。魚たちはぎらぎら飛び跳ねたが、やがて濱辺のかゞりが見え、砂をこする網底の音が陸の喚声に混ぢるとき、捨身の激突に口吻は赤黝くはれ上り、眼玉に血がにじみ、脱け落ちる鱗は微に燃えてひらひら海底へ沈んでゆくのである。

何度も飛び跳ねて漁網から逃げようとしたが成功せず、ついに魚は陸に引き上げられてしまう。それまで用いたことのなかった散文詩の方法で泰治は、「捨身の激突」も虚しく捕獲される魚の姿を描いた。それが何を象徴しているのかは言を俟たないが、この作品以後、樹木や自然の風物を象徴的な技法を取り入れて表現する詩の数が増えてくる。「詩精神」に発表されたものに限っても「山に在る田で」（第一巻第一一号）、「分裂の歌――藻について――」（第二巻第五号）、「自然の玩具について」（第二巻第一〇号）などの作品が象徴詩に当たる。内攻する精神を反転させて外部に放とうとする詩人の心境を、水生植物の藻が分裂生長する姿に象徴させて表現したのが「分裂の歌――藻について――」である。詩の冒頭は「生温い春の日さがり。／わたしの身体が俄かに灼熱し、／気泡があはただしく舞ひ上つた」と、穏やかな情景から始まるのだが、まもなく藻の内部で分裂が起こる。

　何か知らわたしの中からうごめき出した。

　こいつなのであらう。
　わたしを苦しめ抜いた奴は。
　こいつに違ひない。

この数日、
わたしの肉体をぐぢぐぢ内攻したのは。

異分子。こいつ悪魔め。

こいつがわたしを見棄てる時が来たのであらうか
そしてわたしは再び良心《わたし》の枠のなかに入つて行くの
　であらうか。

数日間、「わたし」を苦しめ続けた何かが蠢き出した。体内で内攻していた異分子が「わたし」を見棄てるときが来たのだ。悪魔が出て行けば良心を取り戻せるのだろうか。波のように繰り返し襲ってくる苦しみに耐えていると、ついに体が四分五裂、新たな「わたし」がいくつも誕生する。自分の体も緑色が濃くなり厚味が増しており、自己拡充の歓喜に心が満たされてしまう。

やがて再びわたしに分裂がやつて来る。
もう恐れはせぬ。
分裂とともに新しいわたしの中に新しい悪魔が誕生
　しようとも

わたしは分裂を避けはせぬ。
敵とともに味方も生まれるのだ。

それを繰りかへすうちに、
わたしの胸幅も厚くなるだらう。
息もふてぶてしくなるであらう。

1935年（昭和10）1月2日、東京杉並区馬橋の前奏社。「詩精神」同人。向かって左から小熊秀雄、鈴木泰治、後藤郁子、新井徹、島田宗治、遠地輝武、森谷茂。

この池を草つ原ほどみどりにする日も、
それを通してわたしの前に来るに違ひないのだ。

もはや分裂を恐れまい、このような「わたし」の心境は、理想と現実との間にあるギャップに苦悩していたインテリが能動的精神を持った詩人として再スタートを切るときの決意が象徴されたものである。このような象徴の度合いが高い作品へと次第に泰治の表現が変化して行った様子を的確に捉えたのが新井徹であった。「詩精神」終刊号に掲載された「詩作家六十四人論」は、「詩精神」誌上に三回以上作品を発表した六四人の詩人をインテリ詩人、勤労詩人、労働詩人、農民詩人の四つのカテゴリーに分類して個別に新井が論じたものであるが、そのなかで泰治はインテリ詩人として紹介されている。

鈴木泰治はプロ詩人会の鈴木澄丸時代から、多くの農民詩を書いてきてゐる。『詩精神』創刊號に於ても『飼葉』といふ傑れた農民詩を見せた。又その後彼は或は『工場葬』をうたひ、金鎖をかけたブルジョアをうたつた。が『魚群』をうたひかけたころから、漸く彼は自らの心境を象徴的にうたふやうに傾いていつた。『分裂の歌』はその高頂に達した作品である。そこにはインテリの思索的な深さと共に、スローモーションの中にも抑へがたい翹望をうたつてゐる彼はインテリの思索性と農民の鈍重さとを兼ね備へてゐるそして彼のレアリズムの手法の健実さ——。『或る日に』等はそのことを如実に示してゐる。さればこそ彼はあらゆるものをこなしてゆくのだ。

新井によれば、泰治はインテリの思索性と農民の鈍重さとを兼ね備え、「健実」なリアリズムを持っているという。そのように指摘されてみればたしかに、「詩精神」誌上で繰り広げられた生産場面詩論争（インテリ詩人田木繁が創作した詩「鋲打工」「鋲焼工」に、生産場面を正確に描いたといいながら実際にはあり得ない情景も混じっていた、と労働者詩人大元清二郎や武田亜公が批判を浴びせた論争）でも田木が行なったインテリの自己否定の試みを泰治は冷静に評価している。「いまの様な時期にあつては、自我はひたむきなそれ自身の強調よりもむしろ、自己の抛棄と否定を通して強化、確立されるといふ逆説が成立するのではないか」（「可能性の解放その他――田木繁のことなど――」）。評論から引用した一節だが、このように慎重な発言のなかにも新井が言及した泰治の思索性と鈍重さとが見られるであろう。

最後に補足的な事柄を述べておくと、「詩精神」終刊号に掲載された同人名簿には泰治と同郷の三重県から堀坂山行が参加している。堀坂の本名は梅川文男、飯南郡松阪町（松阪市）の生まれで農民運動、水平運動の最前線に立って闘う活動家であった。ペンネームは故郷の堀坂山に由来する。梅川は三・一五事件で検挙起訴されて懲役五年の実刑判決、獄中でも非転向を貫き、「詩精神」創刊は刑期満了で釈放された後であった。ちなみに梅川が服役した大阪刑務所において、「癩」「盲目」などの「獄中もの」を出獄後に発表する島木健作とは独房が斜め向かいで、両者は獄中生活を共にした同志といえる。堀坂が「詩精神」に寄稿した作品は、小説「酒」（第一巻第九号）評論「部落民文学について」（第一巻第一一号）など、水平運動に対する理解を呼びかける作品が多く、差別反対闘争に明け暮れる日々の生活から生み出されたものであった。なお戦後になって梅川は革新市長として松阪市長を三期務めている。

四、死に至るまで

経済的理由から「詩精神」は「詩人」に受け継がれ、貴司山治が経営する文学案内社から発行されることになった。貴司と遠地輝武が編輯責任者となり、「詩人」客員として一六名、千家元麿、萩原朔太郎、百田宗治、中野重治、森山啓、小熊秀雄、窪川鶴次郎、大江菊雄、新井徹、田木繁、後藤郁子、林芙美子、槇本楠郎、矢代東村、渡辺順三、栗林一石路が集まった。勤労階級の若い詩人の育成に加えて「進歩的要素を有する現在の各傾向の詩派に均しく門戸を開放」して誌面の活性化を企図した。泰治が「詩人」に発表した詩は第二号の二篇、金龍済「獄中詩集」後藤郁子「郁子集」と並んで「泰治詩集」が特集として組まれた第六号の八篇である。評論は六篇寄稿していることに比べると、詩の創作は低調であったといわざるを得ない。樹木や自然の風物を象徴的な技法を取り入れて表現する「詩精神」時代の後期に見られた詩の延長線上に位置する作品が数多く創作された。厳しい言い方をすれば、創作上の行き詰まりに陥っていたともいえる。当時「残されてある退路を断つために」（「曇天」）上京していた泰治は、アパートを借りて詩人仲間の榎南謙一と共同生活をしたり、すでに結婚して所帯を持っていた次兄・定津の許に転がり込んだり、栄養失調のために脚気を発病しながら「文学案内」「人民文庫」などの雑誌編集を細々と手伝っていたようである。

一九三七年（昭和12）七月七日深夜、日中戦争の発端となった蘆溝橋事件が勃発した。戦線不拡大を表明したものの軍部は侵略を進め、国家間の全面的な対決を迎える。尽忠報国・挙国一致・堅忍持久の三大スローガンを掲げる国民精神総動員実施要項が閣議決定された八月二四日、京都に師団本部があった第一六師団に動員令が発せられる。中国大陸に出征後、第一六師団は北支那方面軍戦闘序列第二軍に編入され、戦闘の最前線に置かれる。泰治が所属していたのはその配下の輜重兵第一六連隊であった。歩兵でなく輜重兵に配属された理由があったのかどうか分からないが、思想犯という前科のために兵舎内で過酷な扱いを受けたに違いない。

また泰治の許にいつ召集令状が来たのか、正確な日付けは不明である。出征の日に実家で撮った写真が今も遺されているが、どのような心境で臨んだのであろうか。

撮影日時不明。三重鉄道室山駅で。出征する泰治。

ちなみにそれから三年後、富田中学校の同窓生であった田村泰次郎が応召された際、送別会の席上で作家伊藤整が「田村君はもう結婚するか、戦争に行くかしなければ、自分自身をどう処置していいかわからないところへきてゐる。このとき召集令状がきたのは、同君のために願つてもないことかも知れない」というスピーチをした。三六年一二月に「人民文庫」執筆者グループの一斉検挙で上野壮夫、本庄陸男、高見順らと共に逮捕された泰次郎も虚無的な心情に囚われることが多かった。

記録によれば、泰治が戦死したのは三八年三月一六日、山西省潞城縣神大村の附近とされる。当時、泰治は第三兵站輜重兵中隊小林漸部隊に所属する上等兵であった。中国北部、北京市の西南方に位置する山西省は、産出量が中国全土の三分の一を誇る石炭や、銅、アルミニウム、鉄鋼石などの埋蔵物が豊富にあった。それらの地下資源を狙って日本軍が山西省の制圧支配を目指したのである。泰治が戦死したときの状況は、谷間を進軍している際に、両側の山に待ち伏せをしていた敵軍から砲弾が雨のように降り注ぎ、抵抗する間もなく部隊が全滅してしまったという。山西省の約八〇パーセントが山地・丘陵地であり、呂梁、太行、五台、恒山などの高峰が聳える。国民党軍と抗日民族統一戦線を結成していた共産党軍のゲリラは自然の要塞ともいえるそれらの場所に潜伏して、抗日根拠地を構築しながら攻撃の機を窺っていた。

「故郷《ふるさと》よ、また揺れ戻つて来たあなたの息子です／こんども夜で、酔つてます」（未発表作品「帰郷歌」）と詩に書き、傷ついた心を抱きながら幾度となく帰郷した泰治。出征した泰治が生きて再び故郷の土を踏むことはなかった。

＊　＊　＊

本書は鈴木泰治生誕九〇周年を記念して編集されたものである。一冊の詩集も上梓できないまま二六歳の若さで戦死した詩人の生涯を悼むと同時に、彼の遺した文学作品が再評価されるきっかけとなることを願っている。混迷する日本社会が過去と同じ道を歩まないためにも、多くの方々に泰治の詩を読んでいただきたい。最後に、昨今の出版不況の中、本書の刊行を引き受けて下さった和泉書院社長・廣橋研三氏、編集の労を執って下さった廣橋和美氏のご厚情に深謝申し上げる。

Ⅳ　年譜

一九一二（明治四五）年
二月一三日、三重郡四郷村大字室山二〇七番地（四日市市室山）に誕生。父は法蔵寺住職の泰定。母綾子、兄定制、定津、姉美代子、泰子、妹憲子。

一九一八（大正七）年 **六歳**
四月　四郷尋常小学校（四郷小学校）入学。

一九二一（大正一〇）年 **九歳**
九月一九日、父泰定が隠居して長兄定制が家督を相続。

一九二四（大正一三）年 **一二歳**
一月　大阪外国語学校（大阪外国語大学）に社会科学研究会（社研）結成。仏語部磯崎巌（一年）や原田耕（二年）等一五、六名が参加した。
三月　四郷尋常小学校卒業。
四月　三重県立富田中学校（四日市高等学校）入学。

一九二五（大正一四）年 **一三歳**
一二月一日、京都帝国大学社研メンバー三三名検挙。この日に京都府内各学校で軍事査閲が行われる予定であったが、前月一五日に京都市内や同志社大学構内で軍事教練反対のビラが張り出されていたのを特高刑事が発見。そのことから捜査が及び出版法違反の容疑で家宅捜索、検挙が行われた（第一次検挙）。治安維持法の制定後、初めて同法が適用された学連事件の始まりとなる。翌年一月一五日～四月二二日、関係者三八名が検挙（第二次検挙）、そのなかには大阪外国語学校（大阪外語）独語部三年黒川健三、仏語部三年原田耕が含まれていた。
二五日、小説**「砂浜」**（「会誌」第三三号）発表。

一九二八（昭和三）年 **一六歳**
一月二日、父泰定死亡。
五月二〇日、全日本無産者芸術団体協議会（ナップ）大阪支部創立準備委員会結成。
六月一二日、ナップ大阪支部創立大会開催（組織部長佐渡俊一、財政部長高山文雄）。

一九二九（昭和四）年 **一七歳**
一月　「プロレタリア」創刊（ナップ関西地方協議会）。但し創刊号のみで廃刊される。

二月一〇日、日本プロレタリア作家同盟創立大会開催（東京、浅草信愛会館）。大阪支部設立。執行委員長片岡鉄兵が選出される（その後、田木繁が務めた）。

三月　富田中学校卒業。

六月　京大生等によって大阪外語、大阪商科大学（大阪市立大学）に社研再建。中央から派遣された日本共産青年同盟（共青同盟）オルグの服部麦生による指導下で各校の社研が日本反帝同盟（反帝）班、無産者青年（無青）班、第二無産者新聞（第二無新）班、日本赤色救援会（モップル）班、日本労働組合全国協議会（全協）支持団を結成する。

一〇月七日、ナップ関西地方講演会開催。大阪の久坂栄二郎・太田晋之助、京都の川田薫、神戸の林田秀雄、作家同盟の林房雄・片岡鉄兵・山田清三郎、演劇同盟の佐野碩・佐々木孝丸等が講演する。

一九三〇（昭和五）年　一八歳

二月　文書撒布が発見されたことから捜査が及び三月にかけて大阪外語生（卒業・中退含）一六名検挙。大阪商大生一〇名、関西大学生三〇名（三名起訴）等、合計六二名が検挙される。

四月　大阪外国語学校独逸語学科入学。

五月一八日、「戦旗」基金募集文芸講演会が大阪市東区本町橋詰の実業会館で開催。小林多喜二、貴司山治、片岡鉄兵、中野重治、大宅壮一、江口渙等が講演するが弁士中止が乱発される。

二〇日、中野、大宅が参加して京都・大阪作家同盟の合同協議会が京都で開催。青木聡、原理充雄（岡田政二郎）、橘千三、奥田梅男、横山芳夫、米沢哲（銀橋渡）、弘田競、阿部真二（芳雄）の八名が参加して大阪支部の再建が話し合われる。

二四日、作家同盟第三回全国大会に渡辺類・瀧茂・片岡鉄兵が大阪支部より出席。

この夏、港区新池田町にあったナップ大阪地協および戦旗大阪中央支局の事務所が北区沢上江《かすがえ》町（都島区都島南通）に移転する。

一九三一（昭和六）年　一九歳

一月二日、大阪ナップ加盟団体新年会。戦旗社大阪支局の局長に左山貞雄が選出される（以後、森元宗二、児玉誠が歴任する）。

一月二五日、「戦旗」防衛文芸講演会が天王寺公会堂で開催。武田麟太郎、徳永直、黒島伝治、中条百合子、窪川いね子等が講演するが弁士中止が乱発される。

二月二三日、大阪外語講堂に午後三時から各語部一、二年生が集まり生徒大会開催。学生三〇〇名が二四〜二六日、中目覚校長排斥を訴えるストライキを行う。中目校長が天皇に対して不敬な発言を行なったことなどの理由で右翼学生グループがストを主導した。

六月一日、第三回戦旗防衛講演会が天王寺公会堂で開催。九月一八日、満州事変勃発。

二九日、大阪外語で秋季校内弁論大会開催。満蒙中心の時事問題がテーマの多数を占めた。

この頃、植村鷹千代（仏語部三年）、戸井幸次郎（馬来語部一年）、谷義之（露語部一年）等の大阪外語共青同盟員が読書会組織。三〇余名のメンバーが級別に週一回の研究会を開催する。

一〇月九日、「**赤い火柱――農民からの詩――**」（「プロレタリア詩」一〇月号〈第一巻第八号〉）発表。

下旬、大阪外語共青同盟員が中心となって学生新聞編集委員会結成、「大阪外語学生新聞」創刊。さらに反帝班、無青班、無新班、モップル班、全協支持団を結成する。

一一月一日、大阪外語で不穏ビラ撒布。創立記念第一〇回陸上競技大会で、運動場と校内展覧会場に「大阪外語学生新聞」号外が撒かれた。内容は形式的無内容の記念祭を止めよ、学校当局の欺瞞を暴露せよ、記念祭を廃して休校にせよ、進歩的諸君は外語学新の旗の下に、等であった。他方、記念祭の万国風物行列では英語部が「満蒙の嵐」の催しを企画。奉天（瀋陽）総攻撃を模した戦争芝居を上演した。

五日、「**働らく子はにくむ**」（「プロレタリア詩」第一巻第九号）発表。

一二日、ナップ解散。

一三日、大阪外語の満蒙研究会の学生大会が学校講堂で開催。同会は「満州ニ於ケル我国ノ特殊ナル立場ヲ明ニシ更ニ之ヲ中外ニ説明セントスルヲ以テ目的」とする右翼学生グループ、会員数約五〇〇名であった。

一六日、授業開始前の教室に「大阪外語学生新聞」号外撒布。内容は総代制度の自主化を闘い取れ、自主的生徒大会を闘い取れ、等であった。

二四日、校内の各所に「大阪外語学生新聞」第三号撒布。美濃判西洋紙半面刷三頁、「二月のストライキをムダにするな」のスローガンに続いて学内改革闘争の継続を訴えた。

二七日、日本プロレタリア文化連盟（コップ）結成。泰治、プロレタリア詩人会三〇〇円基金カンパに一円応募する（「プロレタリア詩」第一巻第九号）。

二八日、「『文学新聞』刊行記念プロレタリア文化の夕べ」が天王寺公会堂で開催。阿部真二、山本一、池田寿夫、貴司山治等が講演した。

下旬、中央から派遣された党関西地方オルグ長谷川寿子が保田健三、木田一郎等と共青同盟書記局を構成。大阪および堺市を七地区に分割して各地区委員会の確立を目指す。

一二月一二日、大阪高等専門学校および大学連合による満蒙兵士慰問金募集大音楽会が中之島中央公会堂で開催。大阪外語音楽部グリークラブも出演、収益四一五円を寄付する。

一五日、コップ大阪地方協議会確立。日本プロレタリア演劇同盟（プロット）、作家同盟（ナルプ）、美術家同盟（ヤップ）、映画同盟（プロキノ）、音楽家同盟（PM）、日本戦闘的無神者同盟（戦無）、プロレタリア・エスペランチスト同盟（ポエウ）、無産者医療同盟、新興医師連盟から八九名参加。「周知の如く、大阪市は我国最大の工業都市であり、日本資本主義の急所であり、プロレタリアートの絶えざる激戦地であり、社会ファシスト共の巣窟である。此処に於ける吾々の文化運動も亦、今後増々重要さを加えるであろう」（「コップ地方協議会ニュース」）。

中旬、泰治、作家同盟に加入（「プロレタリア詩人会発展の概観」『プロレタリア詩集』）、また三〇〇円基金カンパに五〇銭応募（「プロレタリア詩」第一巻第一〇号）。

三〇日、「戦旗」終刊に伴って戦旗社解散。大阪中央支局も解散となり、責任者の児玉義夫（誠）は作家同盟大阪支部常任書記となる。

末頃、共青同盟大阪外語班確立。学外の左翼団体である党大阪地方委員会アジプロ部第二無新、共青大阪地方委員、反帝赤救大阪地方委員会、全協大阪支部協議会、文化連盟大阪支部協議会等と連絡する。毎週一回会議を開催し学校細胞メンバーを各班責任者として積極的闘争を始める。前後六回にわたり共青ビラ数万枚を作成配布した。

一九三二（昭和七）年　　二〇歳

一月一日、**「春に与へる詩——映画「春」のノートから——」**（「プロレタリア詩」第二巻第一号）発表。

二月　国際革命作家同盟（モルプ）に作家同盟が加わりナルプになる。共青外語班が行動隊を組織して大阪市内各工場を目標にビラ撒布。さらに党の支持者として基金の募集に努める。

二五日、共青ビラ配布中に検挙されて大阪高等学校（大阪大学）、大阪外語、大阪商大、大阪府立浪速高等学校（大阪大学）の左傾学生四三名検挙。大阪外語では共青同盟員一〇名（逃走中二名を含む）が判明、その内九名に対して大阪地方裁判所検事局が起訴保留八名、不起訴釈放一名の処分、さらに学校当局が退学処分を九名全員に下した。

三月　四月二一〜二三日に開かれる作家同盟全国大会の準備のため作家同盟大阪支部総会開催。反戦作品を制作する反戦文学研究会を定期的に開くことや反戦小説集（謄写版刷約五〇〇部）を三月一〇日までに発行することなどを決議する。大阪支部では毎週土曜日、小説・詩・戯曲・評論の専門研究会が開かれていた。四月　共青同盟大阪地方委員会確立（委員長志田重男）、大阪市電関係の一七名を含む九事業所に六四名が加入。二一日、作家同盟第五回全国大会が東京築地小劇場で二三日まで開催。大阪から田木繁と阿部真二が中央委員に選出される。大阪地方委員会の現勢として同盟員数二二名、研究生数九名、執行委員長田木、書記局長水田衛、執行委員阿部他八名と報告される。なお執行委員メンバーのなかで泰治は調査部長を務めている（「プロレタリア文学」第一巻第八号、三二年六月）。

六月三〇日、前年の八・二六事件で捕らわれていた作家同盟大阪支部の同盟員原理充雄が未決監釈放後に死亡。

八月二五日、作家同盟大阪支部から「大阪ノ旗」創刊。泰治**「凱旋」**発表。

九月一四日　作家同盟大阪支部の阿部真二、児玉義夫（誠）、水田衛検挙。

この頃、作家同盟大阪支部の同盟員数三〇名、サークル員数一三二名、「文学新聞」配布数六〇二であった

（「社会運動通信」九九四号）。

一〇月一一日夜から一二日早暁にかけて近畿二府五県の左翼団体一斉検挙。翌月、近畿地方陸軍特別大演習のために来阪する天皇の警衛準備が目的であった。「コップ系団体は闘争能力を喪失／京阪神地方に於ける頻々たる検挙」、「作家同盟大阪支部の幹部、作同中央委員の田木繁君は過般来郷里和歌山県日方町へ帰省してゐたが去る十月五日再び上阪したところを検束され、数日を置いてプロ美術家同盟の羽田一郎、小谷良徳の両君。プロエス同盟の澤井廣君、何れも十日頃各事務所より検束引致されたまゝである」と報道された（「社会運動通信」九〇一号）。

末頃、大阪外語共青同盟員一名が共青ビラ所持のため検挙。自治学生会の組織や学生新聞の発行を前月末より計画していたことが発覚する。

二五日、**「十月のために」「伸び上る手」**（「大阪ノ旗」第一巻第三号）発表。

一一月一一日、近畿地方陸軍特別大演習が天皇統監の下で三日間挙行。それに合わせて一一月一〇日～一八日滞在というスケジュールで天皇が来阪。警衛を目的とする検挙数が一、〇〇〇人以上に及んだ。作家同盟大阪支部は大打撃を受けて活動が停滞。「わが大阪支部は鈴木澄丸、城三樹、佐藤宏之等の詩人、田木繁、大元清二郎、山岸又一、松下喜一、阿部真二等の作家、評論家をもちながらその活動を充分指導し得ず、又企業内からの新しい労働者作家の獲得にも怠慢を示して創作教育活動の旺盛化へわが支部を導き得なかつた」（「社会運動通信」一〇五六号）。但しコップから起訴されるものはなく一～二ヶ月の拘留だけで済んだ。

二五日、**「舗装工事から」**（『防衛』詩パンフレット第二輯）発表。

二八日、独語部三年鈴木泰悟・高梨才三および支那語部二年鷲見正、大阪外語共青同盟員三名検挙。取調は一五名に及んだ。検挙された三名は、前月末検挙の一名も含めて全員不起訴処分となって釈放される。学校当局は退学三名、訓戒二名の処分を下す。

三二年末から三三年初にかけて、共青同盟の関西地方委員会および大阪地方委員会に対する一斉検挙があった。特高警察は大阪外語を含めてすべての共青同盟大阪地方委員会の組織を把握していた。大弾圧に対して共青同盟中央執行委員会が「大阪の同志に送る手紙」

発表。

この頃、作家同盟大阪支部の同盟員数三〇名、サークル員数一七五名、「文学新聞」配布数二五三であった（「社会運動通信」九九四号）。

一二月四日、岩田義道労農葬をコップ大阪地協が計画したが開会の辞で中止解散、四五名が総検束された。

二四日、大阪外語独逸語科退学。四日市市室山に帰郷する。

二五日、共青同盟大阪地方委員会のメンバーの大部分が検挙され組織壊滅。

この年、大阪外語では治安維持法違反の検挙者数が一四名。大阪地方裁判所検事局による起訴留保八名、不起訴釈放六名の処分、また学校当局による退学一二名、訓戒二名の処分が下された。

一九三三（昭和八）年　二一歳

泰治、プロレタリア文学への志を捨てきれず、この年の初め再び来阪。文房具のセールスマンをしながら作家同盟大阪支部の重要な働き手となる。また山岸又一の紹介で「大阪市東区史」編纂の仕事を大蔵宏之と共に行う。

一月五日、作家同盟大阪支部第一回総会開催。出席者一〇名、傍聴者五名。この頃同盟員数三一名、サークル数一六、サークル出版物三であった。機関誌「大阪ノ旗」に関して、前年一〇月号以降は陸軍特別大演習による弾圧、財政窮乏などの理由で発行停止の状態にあることが報告された。決議事項の内、人事案件では配宣部長児玉義夫、教育部長鈴木澄丸（泰治）、出版部長阿部真二、常任書記水田衛が承認される。但し帰郷中の泰治が来阪するまで彼の職を田木が兼任することになった。また教育部強化の案件では部員を一名増加することや、月一、二回すべての同盟員が参加する研究会を開催すること、地区毎に研究会を持ち組織活動と連携しながら創作活動を活発にすることなどが決定される。

二月二〇日、**「あいつが立上つて来たのは」**（『戦列』詩パンフレット第三輯）発表。小林多喜二、東京築地警察署内で拷問死。

三月一三日、マルクス五〇年祭記念講演をコップ大阪地協が計画するが、前日になって府特高課が中止を命令。

一五日、小林多喜二労農葬をコップ大阪地協が計画するが、府特高課員四〇〇名が出動し、会場の天王寺公開堂を閉鎖。検束者多数のため開催が不可能になる。

四月　この頃、作家同盟大阪支部の同盟員数三六名、サークル員数九二名、「文学新聞」配布数五〇〇、「プロレタリア文学」配布数五〇、「大阪ノ旗」配布数八三であった（「社会運動通信」一〇五五号）。支部活動報告では、創作活動が停滞している、と自己批判が行われた。

二五日、評論「同志山岸の近業に就て」（「大阪ノ旗」第二巻第二号）発表。

二八日、演劇同盟大阪北地区責任者の北野照雄検挙。

五月一日、音楽家同盟大阪支部の三木武夫（別所源）検挙。

二九日、コップ大阪地協議長伯井紫郎、美術家同盟の川島元二郎・中西信之、音楽家同盟の千田良子検挙。

六月二日、作家同盟大阪支部の宇野高志、映画同盟大阪支部の内山コト（一井菊太郎）検挙。

六月七日、日本共産党中央執行委員佐野学、鍋山貞親が転向を表明。以後、〈転向の時代〉を迎える。

八月二五日、大阪の山岸又一が「新精神」創刊。泰治「あいつとおれ」発表。同誌の同人住所録には、泰治の連絡先が「山岸又一気附」（大阪市外布施町高井田一五一七）になっている。

五日、「純粋なる逆卍《ハーゲンクロイツ》の旗」（「大阪ノ旗」第二巻第四号）発表。

九月三〜一六日、コップ大阪地協メンバー総検束。作家同盟の阿部真二・中村健吉・児玉義夫、演劇同盟の米沢哲・九木義夫、プロレタリア科学者同盟の岩出丈利、美術家同盟の羽根田一郎、コップ地協書記長多田俊平等二三名が検挙される。泰治、朝日橋・十三・天王寺・網島警察署に留置されている一七名の同志に面会差し入れを行う。市岡署に米沢、朝日橋署に羽根田・水田、網島署に児玉、鶴橋署に阿部、高津署に九木が分割留置されていた。

二五日、小説「病気」（「新精神」第一巻第二号）発表。

一〇月二五日、小説「蒲団と賽銭箱」評論「「同伴者」——同時に「自己批判」——」（「新精神」第一巻第三号）発表。

一一月二五日、随想「秋のファンタジー」（「新精神」第一巻第四号）発表。

一二月一五日、作家同盟大阪支部「ナルプを四分五裂にせんとする林房雄等の意見を粉砕せよ」（「プロレタリア文学」関西地方版）発表。

一九三四（昭和九）年　二二歳

一月一日、大蔵宏之が「啄木研究」創刊。泰治**「大阪ビルで」**発表。「日本詩壇」（第二巻第一号）の巻末「全国詩人住所録」には、泰治の連絡先が「鈴木澄丸　大阪市東成区東桃谷一ノ五八三三富田方鈴木泰悟気付」になっている。

二月一日、新井徹、後藤郁子、遠地輝武が「詩精神」創刊。泰治**「飼葉」**発表。**「ある珈琲店で」**評論**「風路について」**（「新精神」第二巻第二号）**「大阪ビルで」**（「啄木研究」第一巻第二号）発表。

二二日、作家同盟拡大中央委員会が作家同盟解散を決議。

三月一日、評論**「松ケ鼻渡しを渡る――田木繁の詩集」**（「詩精神」第一巻第二号）発表。

四月一日、**「夜盲症――手紙に代へて――」**（「啄木研究」第一巻第三号）**「工場葬」**（「詩精神」第一巻第三号）発表。

五月一日、**「無題」**（「詩精神」第一巻第四号）発表。「関西文学」創刊。「大阪の旗」を継承する雑誌で田木繁、大月桓志（前田房次）、大元清二郎、三谷秀治等が中心となって編集発行した。

六月一日、**「田螺――故郷で――」**随想**「禁酒弁」**（「関西文学」第一巻第七号）発表。

一〇日、**「帰郷」**評論**「感想」**（「啄木研究」第一巻第四号）発表。同誌には大阪短歌評論社啄木研究会の同人として泰治の名前が記されている。但し連絡先は「大阪市住吉区中野七大蔵（宏之）方気付」となっており、同人消息欄に「永らく帰郷中のところ、近日中来阪の由」とある。泰治**「埋立地」**評論**「詩におけるレアリズム」**（「新精神」第二巻第六号）発表。

七月一日、**「夜の街道で」**（「詩精神」第一巻第六号）発表。

八月一日、**「ポンプ」**（「啄木研究」第一巻第五号）**「暁闇」**評論**「詩誌七月号散見――詩二百篇の失望など――」**（「詩精神」第一巻第七号）発表。「ポンプ」末尾に「一九三四・六・三〇　於故郷」とある。**「木曾川」**（「新精神」第二巻第八号）発表。

九月一日、**「魚群」**（「詩精神」第一巻第八号）発表。

二三日、評論**「感想二つ」**（「三重文芸協会　会報」第三号）発表。同誌巻末の「庶務からの通知」には「四日市々外室山二七　鈴木泰治」が三重文芸協会に入ったことが報告されている。

一〇月一日、**「盆踊り――越後から来た女工のうたへる」**（「文化集団」第二巻第一〇号）発表。昭和九年一〇月調の富田中学同窓会名簿には、泰治は三重郡四郷村の自宅、次兄定津は東京市瀧野川区田端町八八番地（東京都北区田端）が連絡先として記載されている。泰治上京時には度々、次兄の許を訪れている。

一一月一日、**「或る日に」**（「詩精神」第一巻第一〇号）発表。作品中に「折角逃げ帰つた故郷ではあるがおれはまた出なければならぬ」という表現がある。

一二月一日、**「山に在る田で」**（「詩精神」第一巻第一一号）発表。作品末尾に「一九三四、七月於三重」とある。

一六日、コップ大阪地協が再建第一回準備委員会開催。

一九三五（昭和一〇）年　二三歳

一月一日、**「地鎮祭」**（「日本詩壇」第三巻第一号）発表。新井徹の推薦文では泰治の住所が「東京市瀧野川区田端八八鈴木定津方」になっているのだが、同誌巻末の「全国詩人住所録」では「鈴木澄丸　大阪市東成区東桃谷一ノ五八三二富田方鈴木泰悟気付」になっている。

二月一日、評論**「読んだ作品から――一月號雑誌の詩――」**（「詩精神」第二巻第二号）発表。同誌には、泰治を含む「詩精神」同人二七名の名前が挙げられている。「日本詩壇」（第四巻第一号）の「詩壇時報」には「鈴木泰治氏　東京市瀧野川区田端八八」という転居通知が掲載されている。

一〇日、コップ大阪地協が再建第二回準備委員会開催。党の指導を受けて進めてきた従来の活動は文化の特殊性を無視し政治偏重主義を招いていた、と自己批判する。まだ壊滅していなかった科学者同盟や戦無を解体したうえで半ば非合法の「旧套」を脱し全面的合法舞台に進出することを決議した。

三月一日、**「曇天」**（「詩精神」第二巻第三号）発表。作品中に「わたしの東京の生活のはじまり」とある。東京に出てアパート暮らしをしていたことが分かる。

四月一日、評論**「所謂「愴しみの段階」について」**（「評論」第一二号）評論**「可能性の解放　その他——田木繁のことなど——」**（「詩精神」第二巻第四号）発表。

四日、雷石楡の詩集「沙漠の歌」刊行記念会が新宿白十字で開催。泰治も出席した。

五月一日、**「河端三章」**（「文学評論」第二巻第六号）**「分裂の歌——藻について——」**（「詩精神」第二巻第五号）発表。

六日、次兄定津が正式な転居届けを提出する（新住所は東京市瀧野川区田端町八八番地）。**「ポスト②」**（「啄木研究」第二巻第四号）発表。前号「啄木研究」を送ってもらったことのお礼とそれを読んだ感想とが述べられている。最後には「そのうち素晴しいことがあると思つてゐるのですが、その日その日がくらいので閉口します。それでも、そのうちに糞つと思つてねむりますよ」とあり、当時の閉塞感が滲み出ている。

七月一日、評論**「新井徹小論」**（「詩精神」第二巻第七号）発表。

一一月五日、「三重文学」が創刊。泰治随想**「感想」**発表。

一二月一日、**「自然の玩具について」**（「詩精神」第二巻第一〇号）発表。終刊号になった同誌には泰治を含む「詩精神」同人三四名の名前が挙げられている。

一九三六（昭和一一）年　　二四歳

一月一日、貴司山治と遠地輝武とが編輯責任者となって「詩人」創刊。泰治評論**「覚悟のほどを歌つた詩」**発表。同誌巻末の「全国詩人住所録」には「鈴木泰治　瀧野川区田端八十八」とある。

二月一日、**「異つた二つの夜に」「怠惰は結果に現れる」**（「詩人」第三巻第二号）発表。

三月一日、評論**「レーニンの愛した詩人」**（「詩人」第三巻第三号）発表。

二一日、関西作家倶楽部結成。「主義主張を問わず関西在住の同人雑誌同人及一般作家の親睦と発展を目的とした」もので「関西文学」の田木や大元、「新文学」の山岸等を中心に関係者六三名が集まった。

四月一日、**「河童の思ひ出を」**（「文学案内」第二巻第四号）随想**「小さい感想帳」**（「詩人」第三巻第四号）発表。

二五日、詩人クラブ創立。新宿京王電車階上京王パラダイスで第一回総会が開催、高橋新吉、小熊秀雄、壺井繁治、中原中也等、二一名の出席者があった。会員は六五名、そのなかには泰治も含まれている。

五月一日、評論**「詩の定型・非定形」**（「詩人」第三巻第五号）発表。

五日、関西作家倶楽部のメンバーや前田房次、駒木清明によって結成された人民文庫大阪読書会が武田麟太郎歓迎会を開催。

六月一日、特集「泰治詩集」として**「桜――大阪の仲間に」「松」「寝てゐたこの樹が」「意地わるい自然」「童話うたひ（花売車）」「紅葉する林とわたし断層」「雑草の標本から」「川崎扇町にて」**（「詩人」第三巻第六号）発表。

七月一日、評論**「「詩人」六冊に就て」**（「詩人」第三巻第七号）発表。

八月一日、随想**「「クリム・サムギン」について」**（「文学評論」第三巻第八号）評論**「「生産的」な詩人その他」**（「詩人」第三巻第八号）発表。

一〇月一日、**「樹々、二章」**（「詩人」第三巻第一〇号）発表。

一一月三日、関西作家倶楽部と人民文庫大阪読書会の共催で武田麟太郎、高見順等六名を迎え、講演会及び座談会が開催。

一九三七（昭和一二）年　二五歳

七月七日、蘆溝橋事件発生。日中戦争の発端となる。

八月二四日、泰治の輜重兵第一六連隊を麾下におく京都第一六師団中国北部に出征。

一九三八（昭和一三）年　二六歳

三月一六日、泰治、中国山西省潞城縣神大村附近で戦死当時、第一六師団第三兵站輜重兵中隊小林漸部隊の上等兵であった。

一〇月二八日、次兄定津が中国江西省羅盤山附近で戦死。

V　参考資料

同志とともに

山岸　又一

同志鈴木泰治

僕もまた、君の通信の中の一句を真似て、「お話したいこと、承りたいこと、フンガイしたいこと……」を、たくさん持つてゐると云ひたい。君の帰阪が、待たるる次第だ。

さき頃、阿部真二ならびに佐藤宏之の両君が、相前後して正式に「新精神」に加盟した。

阿部真二は、たとへば、久方振りに「大阪ノ旗」六月号に発表した創作「蛙」がしめしてゐるごとく、プティ・ブルジヨアジー特有の退嬰的な生活雰囲気と感傷主義にとらはれ、ときに、右翼文化主義的傾向を表明することがある。また、佐藤宏之は、在来の謂はゆる芸術家気質乃至は詩人的性格を、かれ自身の意識的な努力にもかかはらず、未だこれを徹底的に揚棄することを得ずして、ときに個人主義的な詠嘆と、敗北的な溜息を洩らすことさへある。

けれども、僕は、であるからと云つて、かれら両君がともに、僕たちの陣営に於けるすぐれたる文学的はたらき手であると云ふ事実を、決して、拒否しやうとするのではない。むしろ現実に於いては、作家として、はたまた、詩人として、将来を期待するに足る同志であると考へる。

欠点のない人間のみが、ただしいのではない。欠点はだれでも持つてゐる。要は、如何にしてその欠点を矯正し、ただしい方向へ前進せしむるかにある。かれら両君が、真にボルジエヴイキ的な作家若しくは詩人として成長する途は、ただ一つ、日常の組織活動との統一に依る強力な創作的実践を措いては絶対に拓かれ得ない筈である。そして「新精神」はかれらの仕事の成果を裏づけるための、一つの「舞台」となるであらう。僕は単にかれら両君のためのみならず、わが大阪地方に於けるプロレタリア文学のためにこのことを何よりもうれしく思ふ。

同志鈴木泰治

「新精神」は、周知のごとく、「従来個々バラバラに散在せる諸同人雑誌を一丸とし、これに加ふるに、在阪の作家、評論家を網羅して構成されたところの、一大文学的ブロツクである」それは、一定のイデオロギー的背景を反映するものでもなければ、また、それを終局の目的とするものでもない。それは、一口に云へば、「新らしき文学を建設すること」を、唯一の使命とする「文学的ブロック」である。

　ところで、作家同盟大阪支部の同盟員諸君のあひだには、いまなほ、「新精神」にたいするあやまれる見解が流れてゐる。否、それがはつきりとあやまれる見解と云ふよりは、むしろ「新精神」にたいする認識不足と云ふ方が、もつとも妥当であるかも知れない程、無理解であるやうに思はれる。そして斯かる傾向は、わが大阪支部に巣喰ふてゐるところの観念的公式主義者とくに仲田久に依つて代表されてゐるかのやうに見へる。

　公式主義者たちが主張するごとく、僕たちが「新精神」の中から、同伴者的作家を僕たちの陣営に獲得し、自由主義的作家を僕たちの影響下に結集しなければならない。このことは、作家同盟のメムバーとして、当然の使命である。けれども、であるからと云つて、仲田君たちが考へてゐるごとく、口先きだけの公式主義を以つてしては、断じて既定の効果を確保し得られないのである。

　僕たちにとつて、もつとも肝要なことは、僕たちみづからが実践に於いて、ブルジョア芸術・文学の優位性をしめすことである。換言すれば、芸術派をも含めてのブルジョア作家に依つては、到底「真似ごと」さへもなし得ないやうな優れた立派な作品を以つて、僕たちの文学の勝利の必然性を、宣揚することでなければならないのである。

　斯くすることに依つて、僕達の影響をしつかりと「新精神」に植えつけ、僕達の側におほくの作家を獲得することが出来るのである。それ故に、斯かる活動なくして、如何に僕たちが口の先で大きなことを云ひ、また、公式主義者たちの方針どほり、やれ「維持員の獲得」だ、やれ「基金の募集」だと、大声はり上げてわめいたところで、結局なにものをも得られないのである。

同志鈴木泰治

　いままで僕が書いて来たことは、単に「新精神」のみに限つたことではない。他の同人雑誌についてもまた、同様に以上のごとく云はるべきであらう。一般に、同人雑誌に拠る諸君は、極言すれば、たゞ芸術・文学をのみ中心として集つてゐる人たちであると云ふことが出来る。そして、かれらは、長年のあひだに於いて、知らず識らずの中にいまや滅却されやうとしてゐるブルジョア的観念に支配され、個人主義的プシコ・イデオロギーに依つて武装せしめられてゐる。僕たちの創作的実践はかれらをしてかれらの足もとを凝視せしめ、ただしきポイントに立ち向はしめるための、謂はゞ強力なる警鐘とならなければならないのである。

同志鈴木泰治

僕たちの仕事は、無数にある。阿部佐藤とゝもに、かたく腕を組んで前進しやう。

—一九三三・九・一七—

プロレタリア詩人達のこと

大元　清二郎

「文学評論」四月号の詩壇時評を書かれてゐる窪川鶴次郎氏が『詩精神』の代表的詩人を五氏、その文の末尾に書かれてゐる中に、関西のプロレタリア詩人、鈴木泰治の名があげられてゐる。私はこの稿の始めを彼から始めていかうと思ふ。

鈴木泰治——彼は大阪外語にゐたインテリゲントである。鈴木と始めて逢つたのは「プロレタリア詩人会」が作家同盟へ解消するか否かを盛んに論議されてゐた時分で、彼もまた「プロレタリア詩人会」の人だつたうえから当時「詩人会」の解消に対してこういふ意見をもつてゐた。

「プロレタリア詩人会の現左《ママ》大阪支部の力は非常に弱い。解消するなら詩人会を大きくしてからの事にしてはどうか?」と。

そこで、作家同盟から私と田木（?）とが出かけて行つて、解消するなら即刻、解消してはどうか、解消してから作家同盟の力を大きくするのが本当ではないか?といふふうに言つたつもりである。

彼と逢つたのはその席上が最初であつた。と記憶してゐる。その頃彼は『鈴木澄丸』といつてゐた。と書けば諸君の中でも、あゝ、あれか、とうなづける人が多々あるだらう。その時分から彼は「プロレタリア詩人会」の動かすべからざる詩人であつたのだから——。

彼が文学運動にたづさはるやうになつたのは今から見れば、古い部に属するのだらう。

彼は農村に育つた。が貧農ではない。

彼は現実——特に農村の現実を忠実に模写する詩人である。とくに傑れた詩は大概、農村を描いた詩に多い。

「トマトのやうな頬つぺたを」といふやうな欠食児童の

事を書いた詩があつた。今は手もとにないので諸君に読ますことが出来ないのは残念であるが、「プロレタリア詩」に載つた詩のうちでは相当以上評判のいゝものであつた。

彼が作家同盟大阪支部に所属し活躍しだしたのは、それから間もなくの事であつた。

研究会が定期的にもたれ始めた。それは彼の力にあづかるところが多い。鈴木は決して欠かさず出席し、同盟員の作品を批判しあひ、また自分も持つてきては読んだ。間もなく大阪支部から機関誌「大阪ノ旗」が発刊されると鈴木はきつと原稿をのせた。が、しばらくすると詩も書かなくなり、集会にも顔をみせなくなつた。彼は非合法運動に入つてをつたのである。彼もまた革命的情熱に燃える真面目な青年であつたが故に――。

しばらく私達は、あのロイド眼鏡の底の眼を細くして笑ふ彼の姿をみなかつた。そのうちに捕まつたときき、そして、昨年の暮、道頓堀の喫茶店バザートで久し振りに再会した。

全く、永く逢はなかつた。そしてその時彼は言つた。

「俺は芸術の為に死ぬまで闘ふよ、文学者は必ずしも政治家ではあり得ないからね、文学と政治とは根本的に別ものだ。しかし、弁証法的な統一性は無論あるがね」と。

間もなく彼は書き出した。話せば静かに、書けば熱と力をもつて、決戦すれば岩のやうであるが、一たび野に放てば檻を離れた猛虎の彼、私達は現在、かくもすぐれた詩人を関西にもつてゐるところの何たる誇り！　か。

しかし、その彼も最近、大酒するやうになつた。私はその酒でもし頭を壊すことがあつてはと心配してゐる。私は彼に、すぐれた詩を書き、プロレタリアートの道をまつすぐに進むためにも酒を止めてくれ、と言ふ。

佐藤宏之――彼はプロレタリア歌人同盟に居た優秀な歌人の一人である。詩も書く、関西大学に居たインテリゲント。かつては国鉄にもゐた。彼はコツ〳〵と自分のタイプを築いてゐる。まるで歌の中から生れてきた人間みたいに実によく勉強する。彼もまた作家同盟へ解消してきた中の一人だ。それは詩人会の解消と期を逸せずして。

始めて逢つた夜、（鈴木と一緒だつた）彼は国鉄を馘首になつた労働者の事を書いた詩を読んだ。その時、どんなに彼の詩を批判したか、もう忘れてしまつてゐる。彼は仕事をもつてゐる。昼仕事をし、夜勉強する、集会へはきつと出てきた。最近、彼はいくつかの傑れた作品を発表してゐる。昇給になつた喜びをうたひ「坊やと坊やの母あちやんにいゝものを買つてあげるよ」と自分の子供に対する愛情をうたつてゐる。関西プロレタリア詩人間では一番、年配だらう。彼は新らしい詩のタイプへの探究に、全力を集注してゐる。それは牛の歩みである。しかしその牛は最後迄、歩み、歩みぬく牛である。彼は表面弱々しいやうなところがある。しかし彼は本当に強い性質の人間だ。彼には充分期待できるし、彼こそいゝものを造り上げるものと思ふ。

田木繁――古い戦旗にはいくつかの詩を発表した。その代表的作品「拷問に耐へる」はソヴエート、ロシアの詩人、ベズミヨンスキイによつて賞讃された。と鈴木泰治が云つた。彼は帝国大学出身の独逸文学士である。彼についてはどう云はうか、所謂、芸術家肌ではない。ブルジヨアの息子だけあつて我儘だ。口を縮めて、首をかしげて、小さな声でシヨポ〳〵とものを言ふ。彼は皮肉屋だ、足が悪い。それが彼を皮肉屋にしてしまつたのかも知れない。彼をみてゐると本当に「お坊つちやんだなあ」といふ感じがする。理論家だ。革命的インテリゲンチアとまでは言へないが田木は階級的な良心家だ、だからこそ彼は身をもつて工場と工場とが犇めきあひ、煙突と煙突とが、ごうぜん！　と起ち上つてゐる「烟れる安治川」沿岸の西日本に於ける最大の工場地帯へ突入してゆき、今年で満二ヶ年間、そこで生活してゐるのだ！　彼は真面目に新らしい労働者のタイプを描く為の努力をしてゐる。かつて大阪支部（ナルプ）が組織活動に全力を上げた時代、華やかなりし頃！

日夜、労働者住宅地を歩き廻り奔走した。それは気紛れでは決してない。それを、立証するいくつかの詩を発表した。「大同電力春日出発電所八本煙突」「松ケ鼻渡しを渡る」「安治川風景」等。そして彼はその詩の中で言ふ「一九三三年二月私は春日出へやつてきた。この工場地帯に生え抜きの、労働者詩人とならんがために、やつてきた――」と。

それ等の詩を今、ふりかえつてみる。しかしその作品は取り立てゝ成果であつたとは言へない。が私はその真剣さに自ら頭を下げざるを得ない。「田木繁氏はその無理に耐へ、押しとほしてきてゐるこれには万腔の敬意を表さねばならぬ」（「麵麭四月号」北川冬彦）最近、彼は第一詩集「松ケ鼻渡しを渡る」を発刊した。とにかく金のある事は便利に違ひがない。

彼の詩は理論家としてくる一種の堅さがある。読みづらい（最近の作品になるにつれてこの弊からのがれつゝあるが）といふ私の批評に、鈴木泰治が批評の批評をしてきた。引用するのも満更、無意味でもなからう。

「（前略）、仮令田木の詩がインテリゲンチヤ的プロレタリア詩であらうとも君が――私の事を言ふ――親身にプロレタリア詩のことを考へるかぎり、彼が背負つて歴史的な弱みと格闘したであらう「自己否定」の苦しみを察してやるべきでせう。僕は田木にもいふやうに田木的な詩のみが僕等の詩を豊穣にするとは夢にも思はぬけれど、彼は彼としての一つの境地に達してゐると考へてゐます（後略）」

直接にではなく間接に田木に関する事なので迷惑だらうがついでながら応へておこうと思ふ。読者諸君よゆるせ！

「彼としての一つの境地」ちよつと神秘的な言ひ方だね、だが私はそうは思はない。「一つの境地」とはその到達点、自己完成を意味する。彼の詩はもうすでに完成されたものだらうか？　否、私は彼自身の詩の中にはまだ発達すべき、忘れたものがあるとみる。彼の詩は今、やつと芽を噴き出したばかりで、葉とも花ともなつてはゐない。それが証拠に「駆逐艦旗風」より「大同電力春日出発電所八本煙突」より「風」「俺はこんなところで」の方が（無論、詩の内容の性質は違ふが）技術的にも、芸術的にも、うまくなつてゐる。たしかに飛躍《ジャンプ》を示してゐる。だが、それは彼の芽なのである。その芽は多くの伸びる要素をもつてゐ、古い姿《タイプ》から新らしい姿《タイプ》への推移過程なのである。鈴木泰治はこれを指して「一つの境地」と言つてゐるのではないだらうかとと思ふ。――「詩精神」を通じて答へる事を鈴木泰治よ、許してくれ給へ！

城三樹――知つてゐる人もあるだらう。古い「労働芸術家連盟」の機関誌「労働芸術家」の詩人であり、一九三二年五月臨時増刊号「プロレタリア文学」に詩で入選した『マストの上で』の作者である彼を。度々「文学新聞」紙上に詩を載せてゐた彼を。彼は生え抜きの労働者だ。今、材木かつぎ（仲仕）をやつてゐる。が、この頃ずつと何も書いてゐないらしい。彼の仕事については迷惑がるだらうと思ふので多くの事を言ひたくない。たゞ一言。「城三樹こそ本当に労働者の気持を歌ひあげることの出来るプロレタリア詩人である」と。けだし、大阪には彼につぐ本当の意味でのプロレタリア詩人はゐない。

○

此処までくると私は、ひたと行詰つた、で「さてその次にひけえしは」と、とう〳〵私を引つぱり出さなくてはならない。「その次は」はよかつたが殿《しんがり》だ。昨年「プロレタリア文学」（九月号）に「決意」といふつまらない詩を発表してもらつたおかげでやつと関西プロレタリア詩人群（?）の末席を汚す事が出来た。

私は小さい時分から貧民窟で育ち、親の腹の中から労働者であつた。金属工でもあつたが現在は土木建築労働者の一人なのである。私はいつも「自分はまだに子供だ」といふことを痛切に感じて恥づかしい。

鈴木は私の事をこう書いてきた。

「君は僕等の「公式」を悲しみ北川冬彦（これは僕（鈴木）も尊敬してゐるブルヂヨア自由主義詩人なのであるが）などに傾倒するとは言ひながら君自身のうちにあまりにも固定した文学の「城郭」をもつてゐる」と。

この事については充分自己批判し、素直に彼の言葉をお受けするつもりだ。頑張らねばならない！

○

総括――とにかく三年前の関西のプロレタリア詩人達とは違つた、現在では大きな息吹きをもつてそれくたち上つてきた。この事は何かしら未来を明るくさしてくれる力の一つである。大阪には小説家より詩人の方が多いのだから今にこの国際的商工業都市大阪の「真実」を「社会主義的真実」を、きつと歌ひあげる詩人が出る。それも遠くはない！

新しい芽は春の陽に輝いてゐるのだから……。

附記　まだこの他に、小川栄二郎、衣川敏、児玉義夫とかゐるにはゐる、がよく知られてゐないし、私も知らないのでこの位で筆をおく事にする。

関西作家クラブのことなど
――大阪報告――

三谷　秀治

一九三四年春ナルプ解散以来大阪地方に於ける文学運動は、確かに解散間もなく創刊された「関西文学」と「新精神」に依て代表される程度のものであつた。此の二雑誌はいづれもナルプ大阪支部の旧同盟員が主な構成員となつて発刊されたもので「関西文学」には田木繁、大元清二郎、大月桓志、大蔵宏之、三谷秀治、植田大二等の旧同盟員に福田定吉、藍川陽子などの進歩的作家が加つてゐた。「新精神」には山岸又一、鈴木泰治が拠り、いづれも関西に於るプロレタリアジヤアナリズムたることを自負して創刊されたものであるが、感情的ないきさつから必然的に激しく対立した。それが理論の上の争ひでないだけに質が悪く「新精神」がそれはそれなりにプロレタリア文学誌としての役割を果して消え去つた後も、種々複雑な対立関係を生んで、これが大阪のプロレタリア派の作家詩人達の間に大きい障害として続いた。

「関西文学」はその後二三の作家詩人を育てあげ、今尚執拗に頑張つてゐる。創刊一年にして田木繁、大元清二郎をプロレタリア詩壇に送り、同伴者婦人作家藍川陽子を送り出したことは書き落す訳に行かぬ「関西文学」の功績であらう。

然しこの間の困難な状勢は僅々十人近くの同志で「関西文学」に拠り固つた人々の間にしばしば内部的破綻と、自家撞着からくるセクト性を助長した感があつた。大蔵宏之、内田博などの歌人がそれぞれ「啄木研究」により「九州文学」に去つてからの「関西文学」はその持つプロレタリア雑誌としての姿を消すかの如く思はれた。田木繁を筆頭とするインテリゲント達は、その頃「反文学評論」を一つ文学的スローガンとして叫びそれが支配的な勢力となつた。「文学評論」はインテリゲンチヤを救ふことをしない労働者セクトを示してゐる。「関西文学」はそう言ふ風潮に対して反逆しろと言ふやうな論鋒であつたと思ふが、それが又大阪に於ける文学運動を強く支配して「関西文学」を支持してゐた労働者達は、赤石茂、大江鐵麿等の人々をはじめとしてちりぢりに散つてしまつた。労働者出の私、植田大二等が表面に立つて此の支配的空気に対して、「プロレタリア文学の本道は労働者を第一義的に描くことだ。此の日本第一の大工業都市の社会的現実は生産勤労の文学の中にこそ最も生き生きと甦つてくる」ことを労働者的鈍重さで叫びはじめたのは一九三六年に入つてからの事だ。

一九三四、五年当時大阪に於ては進歩的文学雑誌として「新芸術」があつたが、それも大きい仕事を残すことなく廃刊し、総て聰て若いプロレタリア派の人々によつて「文学月刊」が創刊された。「文学月刊」は、レベル的には今一息と言ふ雑誌ではあつたが、それは大阪の文学運動を支配したインテリ誌上主義的傾向への反逆であつたと私は考へてゐる。

その他に「文芸物故宇」の空囃子にのつて文学に恵まれぬ大阪にも、どつと同人雑誌が氾濫した。

プロレタリア派と言へる雑誌には「創作」あるひは微々たるものではあるが「文学戦線」などがあげられ、進歩的集派には「文砦」「芸術圏」「浮標」「文学時潮」「断層」等が出た。短歌雑誌「啄木研究」はつとに日本の第一線的歌人を包含して独自の活動をつづけてゐながら、それ等の雑誌はそれぞれに排他的な独善的空気の中で仕事をつゞけてゐた。

此の間の大阪に於ける創作的成果は、大月桓志の「性格」「肉親について」、角浩一の「入れ歯」「予審判事」、湯川千枝の「転換期の家」、大元清二郎の「貧民窟」、植田大二の「暴力」等をあげることが出来る。詩の分野に於ては「日本詩壇」、「関西詩人」、「椎の木」等の同伴者的詩誌があり乍らも思はしい仕事を見ることは出来ず、「関西文学」「詩精神」を中心とした田木繁、大元清二郎、鈴木泰治、九木一衛「詩行動」によれるアナ系の小野十三郎等の詩人「短歌評論」、「啄木研究」を中心とした大蔵宏之、萩原大助、赤木公平、青江龍樹等が万丈の気を吐いた。

此のやうに作品の上に於ては高い成果を示し乍ら、作家詩人達は分散につぐに対立をもつてしたために、絶へず経営上の「共倒れ」的危険を痛切に感じた。大同団結しよう、協力一致しようと言ふ気持が、各派の上に幾度も動き乍らも、積極的に捨石とならうとしなかつた。

一九三六年二月に入つてから「関西文学」「文砦」、「文学月刊」等の雑誌が躍起となつて談合をすゝめた結果、三月廿一日に至つて関西作家クラブは成立した。参加雑誌は「関西文学」「文砦」、「文学月刊」、「啄木研究」、「浮標」、「芸術圏」、「文芸時潮」等で全大阪的な組織となつた。主な成員は田木繁、大元清二郎、大月桓志、毛利修、大蔵宏之、赤木公平、大森勇夫、柴田賢次郎、植田大二、家崎徳男、上村献夫、岩地桂三等六十余名にのぼつてゐる。近近《ママ》百名を超すであらうとさへ思はれてゐる。これは発企人の一人として働いた私個人としても大きい嬉びであると共に、大阪に於ける今後の文学運動に何らかの貢献をなすであらうことを信じて疑はない。

勿論クラブは単なるクラブである。規約第二條に「クラブは主義主張を問はず関西在住の同人雑誌同人及び一般作家（小説、詩、短歌、俳句）の親睦と発展を目的とする。」と記した如くではあるが、此の関西作家クラブに集つた進歩的、あるひはプロレタリア作家詩人達の間に、大同団結の工作がぐんぐん進められることは必然的であらう。

四離分散から充分な成果を示し得ないでゐた大阪に於ける文学運動が、作家クラブを基礎にどのやうに発展して行くかと言ふことは私自身としても、読者諸君に於ても興味深い事であらう。

とも角私は此の大きい嬉びを文学評論の読者諸君に伝へることにとどめて「関西作家クラブ」の一員としての仕事の中に入つて行くことにしよう。

（一九三六・三・廿）

鈴木泰治のこと

梅川　文男

「舗装工事から」は、鈴木澄丸の名で発表している。これは自己防衛のためであろう。「××旗」の伏字になつていても、この××は誰もが想像できる文字である。特高警察につかまれば、この詩一篇で、けつこう彼は、治安維持法違反で懲役数年はまちがいなしである。

この詩はまた、当時、地下の日本共産党の運動方針に実に忠実な詩である、とも言える。

作詩の日付は、一九三二年一〇月一四日となつている。

秘密結社日本共産党の運動は「一九二七年テーゼ」と一九三二年四月に発表された「三二年テーゼ」によつて敗戦まで活動してきた。

一九三二年の十月頃に鈴木泰治の手許に、すでに三二年テーゼの訳文が、秘密の組織を通じてとゞいていたかどうかは疑はしい。私はその頃、獄中にいたのだが、この一文を書くために当時三重で、このテーゼを極秘裡に再プリントし配布していた友人にたゞしたところ、三二年の初冬、中央からとゞいたとゆう。だから多分、彼もまだ読んでいなかつたのではないかとおもう。

では、

税のいらぬ日本一の大資本地主――
俺達が「出版物」ではじめて知り

のはじめて知つた「出版物」とは何であろうか、二七年テーゼか三二年テーゼか。

こと「天皇」や「天皇制」に関する批判や分析はそれこそ文字どおり「絶対」に日本語では、日本共産党関係の組織より出るもの以外にはなかつたのである。
「日本国家はそれ自体日本資本主義の最大の要素をなしている。ヨーロッパのいかなる国でも、日本に於ける程国家資本主義体系に接近している国はない。ある計算によれば日本に於いては、その殆ど全部が国家の手中にある鉄道を除外して工業及び銀行に投下された資本総額の三〇％が国家に属している。天皇はまた幾多の株式会社、企業連合の実に多額の株を所有している。最後にまた天皇は資本金一億の彼自身の銀行を持つている」（二七年テーゼ）
これではないかとおもう。
彼は「当時」のプロレタリアの分析による天皇の実態を「出版物」を通じて始めて知つたのである。厖大な御料林周辺の貧農たちのように、貧困と盗伐を通じて体でぢかに知つたのではなかつた。また日本郵船の船員が大株主として対決した天皇としての認識とも異つていた。それは「出版物」のアヂテーションを通じて認知したのであつた。

二七年テーゼは最後に「日本共産党はつぎのような行動綱領」をかゝげねばならぬと規定した。その綱領には「舗装工事から」で彼は叫び憎悪をもつて叩きつけた詩句が、

一、帝国主義戦争反対！
二、ソヴエート同盟の擁護！
三、君主制の廃止！
六、君主制の廃止！
一二、宮廷、地主、国家および寺社の土地の没収

などの表現で出ているのである。

「舗装工事から」でかくも忠実に、日本共産党の綱領の実践のために、渾身の勇をふるひ、気負い込み、いさゝか背のびと爪立ちは感じられるもの、、治安維持法の厳存を承知の上で、体を張つて立ち向かつた詩人鈴木澄丸が、それから二十ケ月たつた一九三四年春には「田螺」を本名の鈴木泰治でうたつているのである（編者註＝本名は泰悟）。

次世代のプロレタリアへの希望を托しつゝも、自己の弱さへの素直な反省と、抵抗と、自嘲と、自虐とがはじまつているのである。

では、この二十ケ月の間に、どのような変化が、客観的に、また詩人の内部におこつたのであろうか。

青木文庫の「日本文学史年表」によつてこの一年間の変化を摘記してみる。

一九三三年には「清水焼風景」須井一「地区の人々」「転換時代」小林多喜二の作品が発表され多大の感動をよんだのであるが、一方この年の一月にはヒットラーが政権を獲得しており、二月には多喜二が拷問によつて虐殺され、四月には日本は国際連盟を脱退し、四月には京大で滝川事件がおこつている。

ところが、六月には当時大衝撃を与えた日本共産党の指導者佐野、鍋山が敵に屈服して転向声明している。次いで、河上博士が実践からの脱落に沈痛な告白を発表した。

いやな、暗い、混迷の、革命運動からの、転向と脱落の時代がはじまつたのである。

この詩人も、この波に必死に抵抗し、沈潜し、苦悶した。そして「田螺」となつたのではないかとおもう。

しかしこの年、一九三三年十月頃であつたろうか、この頽勢への抵抗の意識をも含めて「詩精神」が発行された（編者註＝創刊は三四年二月）。旧プロレタリア作家同盟の詩人たちは率先して参加した。彼も、もちろん参加して、次々と作品を発表した。

私も、堀坂山行の筆名で、二、三の詩を発表し、推薦されて同人となつた。

一九三四年（昭和九）、初夏の候かと記憶する。彼の「田螺」が「詩精神」に発表された直後そのころ四日市室山に帰郷していた彼と、彼からの連絡によつて、私は、はじめて会つたのである（編者註＝「田螺」は「関西文学」三四年六月号に発表）。

（続く）

（参考資料・解説）

「同志とともに」

（初出）「新精神」秋季特輯号（第一巻第三号）掲載。二一～三頁。一九三三年一〇月二〇日印刷納本、二五日発行。編輯人が大阪市外布施町高井田一五一七の山岸又一、発行人が大阪市旭区放出町一六二の階本樹、発行所が大阪市外布施町高井田一五一七の文学書院。

著者の山岸又一は、作家同盟大阪支部に属していた作家。山岸や泰治等が「新精神」を創刊したことは分派活動に当たるとして、作家同盟大阪支部の仲田久から批判される。それに対して山岸は仲田がナルプの「公式主義者」であると反論している。前年一一月二八日に検挙された泰治は、この文章が発表された時点ではまだ四日市市室山に帰郷中であったことが分かる。

「プロレタリア詩人達のこと」

（初出）「詩精神」六月号（第一巻第五号）掲載。五四～五六頁。一九三四年五月二〇日印刷、六月一日発行。編輯発行兼印刷人が東京市杉並区馬橋二丁目一三四の内野郁子、発行所が右記住所の前奏社。

著者の大元清二郎（一九一四～一九七四）は、作家同盟大阪支部に属していた詩人。尋常小学校卒業後、金属工や店員等の仕事をしながら詩の創作を続ける。大元が執筆した「プロレタリア詩人達のこと」は、往事の泰治を浮かび上がらせる貴重な証言になっている。コップ時代、工場内のサークル組織を拡充しジャンル別の文学研究会を開いていた大阪支部の活動は「彼（泰治）の力にあづかるところが多い」とし、大阪外国語学校在学中に検挙されてから久し振りに再会した泰治が「俺は芸術の為に死ぬまで闘ふよ」と語るところなど、どれも興味深いエピソードである。

訂正をしたのは一三九行目「伸びる要素」→「伸びる要素」、一六七行目「ブルチヨア自由主義詩人」→「ブルヂヨア自由主義詩人」。

また二カ所（四文字）に伏字が施されていた。収録に当たって伏字を復元したのは四二行目「非××運動」→「非合法運動」、「××的情熱」→「革命的情熱」。

「関西作家クラブのことなど――大阪報告――」

（初出）「文学評論」五月号（第三巻第五号）掲載。一四六～一四八頁。一九三六年四月一九日印刷納本、五月一日発行。編輯人が渡辺順三、発行所が東京市神田区神保町二ノ一三文学評論発行所のナウカ社。

訂正をしたのは一七行目「今尚執擁に」→「今尚執拗に」。

著者の三谷秀治は大阪の「関西文学」同人。三谷によれば、ナルプ大阪支部解散後、田木繁や大元清二郎、大月桓志、大蔵宏之等が創刊した「関西文学」と、山岸又一や泰治等が創刊した「新精神」とが「感情的ないきさつ」から対立関係にあったという。理論上での争いではないだけに質の悪い対立となり、「新精神」終刊後も複雑な対立関係を生んで大阪のプロレタリア作家詩人達の大きな障害になった。また田木を筆頭とする「関西文学」のインテリ達は、インテリを救おうとしない労働者的セクトを示していた「文学評論」に抵抗し、大阪の文学運動にインテリ至上主義的傾向をもたらしていた。その支配的な空気に対して三谷や植田大二が労働者の立場から反論したのは三六年に入ってからのことであった。同年三月二一日、「関西文学」「文砦」、「文学月刊」、「啄木研究」、「浮標」、「芸術圏」、「文芸時潮」等の同人誌が参加して、全大阪的な関西作家クラブを創立する。従来、「排他的な独善的空気」のなかで創作を続けてきた大阪のプロレタリア作家・詩人にとって、ようやく大同団結して文学運動ができる土台が整ったのである。

「鈴木泰治のこと」

（初出）「三重詩人」三三号掲載。三〜五頁。一九五六年二月三〇日印刷、三一日発行。発行は松阪市野村の錦米次郎方の三重詩話会。一九五〇年八月、中野嘉一、錦米次郎、能登秀夫、丹羽征夫、浅野タダヨ等によって「三重詩人」（第一次）が創刊される。第七号で一旦終刊となるが、錦によって「三重詩人」（第二次）が復刊、第八号（五一年一一月）以後、現在に至っている。

著者の梅川文男（一九〇六〜六八）は堀坂山行のペンネームで数篇の詩や評論を「詩精神」に寄稿している。三・一五事件に遭って検挙起訴、懲役五年の判決を受けた。大阪刑務所では島木健作と独房が斜め向いで獄中非転向を貫く。「詩精神」同人になって執筆したのは、刑期満了で出獄した後のことであった。つねに闘争の最前線に立っていた梅川は、農民運動と水平運動との連帯を主張、文学作品でも現場の経験にもとづく創作活動を展開した。梅川と泰治とは、戦前の三重を代表するプロレタリア文学者といえよう。

収録に当たって冒頭の「田螺」「舗装工事から」の引用と解説部分を割愛し、文中の章番号を削除した。なお梅川による事実誤認の部分には、適宜編者註を入れている。本文末尾に「続く」と記されているが、残念ながら続編を発見することができなかった。

参考文献一覧

一、新聞雑誌等

「会誌」（三重県立冨田中学校友会編集・発行）
「煙」（一九六五年六月～八九年一二月、煙同人社）
堀鋭之助「ナルプ解体前後の事情」（一三号）／西本健太郎「プロレタリア詩について」（一五号）／緒方唯史「武麟をいじめたった話」（二四号）／北野照雄「冬の雨――原理充雄の追憶」（二二～三二号）／中村泰「大元清二郎のこと」（二五号）／森元宗二「私の履歴書」（二七～四三号）
「社会運動通信」復刻版（一九八七年二月、不二出版）

二、全集叢書等

『中野重治全集』（一九七六年九月、筑摩書房）
『田木繁全集』（一九八三年一〇月、青磁社）
『日本プロレタリア文学集』（一九八八年一二月、新日本出版社）

三、プロレタリア文学史等

荒正人・平野謙他『討論日本プロレタリア文学運動史』（一九五五年五月、三一書房）
栗原幸夫『プロレタリア文学とその時代』（一九七一年一一月、平凡社）
山田清三郎『増補改訂版プロレタリア文学史』（一九七三年八月、理論社）
西杉夫『プロレタリア詩の達成と崩壊』（一九七七年三月、海燕書房）
伊藤信吉・秋山清編『プロレタリア詩雑誌総覧』（一九八二年七月、戦旗復刻刊行会）
高橋夏男『流星群の詩人たち』（一九九九年一二月、林道舎）

四、労働運動史等

『大阪社会労働運動史』戦前編（大阪社会労働運動史編集委員会、一九八九年一二月、有斐閣）
三宅宏司『大阪砲兵工廠の研究』（一九九三年二月、思文閣出版）

五、論文記事等

中村泰「大阪プロレタリア文学史ノート（1）――カスガエ・ソビエトをめぐって」（「新文学」、一九七六年三月）

中村泰「生産場面詩論争始末（前）――大阪プロレタリア文学史ノート（2）」（「新文学」、一九七六年六月）

中村泰「生産場面詩論争始末（中）――大阪プロレタリア文学史ノート（3）」（「新文学」、一九七六年九月）

中村泰「生産場面詩論争始末（後）――大阪プロレタリア文学史ノート（4）」（「新文学」、一九七七年一月）

中村泰「わかったこと二つ――『プロ文学・関西地方版』発掘報告――」（「解氷期」第八号、一九七八年二月）

中村泰「聞き書き・大阪プロレタリア文学史（1）自己否定の道を生きて」（「蒼馬」第四号、一九七八年一二月）

宮西直輝「ナルプ解体と多数派」（「運動史研究」第一巻、一八七八年二月、三一書房）

「田木繁自筆年譜」（「新日本文学」第五八七号、一九九七年一二月）

六、その他

『東洋紡績七十年史』（「東洋紡績七十年史」編修委員会編、東洋紡績株式会社発行、一九五四年五月）

『四郷ふるさと史話』（四郷地域社会づくり推進委員編集・発行、一九九九年一二月）

『大阪外国語大学七〇年史』（大阪外国語大学七〇年史編集委員会、同刊行会発行、一九九二年一一月）

猪俣勝人『世界映画名作全史』（一九八三年一一月、社会思想社）

編者略歴

尾西　康充（おにし　やすみつ）

1967年1月19日、兵庫県神戸市生まれ。広島大学大学院教育学研究科博士課程後期修了。博士（学術）取得。広島大学教育学部助手、三重大学人文学部専任講師を経て、現在、三重大学人文学部助教授。これまでの主な研究業績として単著『北村透谷論――近代ナショナリズムの潮流の中で――』（明治書院）、共著『神戸と聖書　神戸・阪神間の450年の歩み』（神戸新聞社）、共著『論集・椎名麟三』（おうふう）等がある。

岡村　洋子（おかむら　ようこ）

1968年11月1日、三重県津市生まれ。京都外国語大学外国語学部ドイツ語学科、三重大学人文学部文化学科を卒業。現在、享栄学園鈴鹿高等学校教論。これまでの主な研究業績として「三重近代文学研究序説――『戦旗』防衛巡回講演会をめぐって」（「三重大学日本語学文学」第11号）、「梅川文男研究（1）――プロレタリア詩人、堀坂山行の軌跡」（「人文論叢」第18号）等がある。

プロレタリア詩人・鈴木泰治《すずきたいじ》―作品と生涯―　　和泉選書 134

2002年8月31日　初版第一刷発行

編　者　尾西康充
　　　　岡村洋子

発行者　廣橋研三

発行所　和泉書院

〒543-0002　大阪市天王寺区上汐5－3－8

電話06-6771-1467／振替00970-8-15043

印刷　亜細亜印刷／製本　渋谷文泉閣／装訂　倉本　修

ISBN4-7576-0174-3　C1392　定価はカバーに表示